A PELICAN INTRODUCTION

Classical
Literature

古 典 文 学

[英] 理查德·詹金斯 著　　王晨 译
RICHARD JENKYNS

上海文艺出版社

目录 | Contents

1 致谢
3 前言

1 第一章
荷马

31 第二章
古风时期的希腊

57 第三章
悲剧与史学的兴起

89 第四章
公元前5世纪末

119 第五章
公元前4世纪

137 第六章
希腊化时期

157 第七章
罗马共和国

199 第八章
维吉尔

231 第九章
奥古斯都时代

269 第十章
奥古斯都时代之后

313 第十一章
两部小说

327 后记

致　谢

热诚感谢委托并编辑本书的劳拉·斯蒂克尼（Laura Stickney），审稿的基特·谢泼德（Kit Shepherd），通读了草稿的詹姆斯·莫伍德（James Morwood）。以上诸君的建议为本书增色。毋庸赘言，也非常感谢我读过的著作，教过我的人和我教过的人。我还应该承认，有时我也会借鉴自己：如果我过去写过某个题目，又想不出更好的方法来表达我想说的，我便满足于改写某些旧的观点和表述。无论新旧，疏误之处皆由我负责。

前　言

本书的主题是古希腊和罗马文学。所以，这也是一个讲述希腊和罗马作者发明和想象了什么，他们相互借鉴了什么，他们的文学如何生长、繁荣和改变的故事。这是一个具有永恒意义的故事，因为西方文明是在古典时代的希腊人、罗马人和犹太人手上成形的，且很大程度上经由他们的思想和文字而成形。如果想要充分理解我们自己的文化来自何方和是什么，我们需要对古典文学有所认识。

但这个主题本身同样引人入胜。古典文学中的某些作品属于人类最伟大的成就。它们不仅精彩、深刻和富于原创性，而且多变和大胆，让所有将"古典"理解成大理石般严正的人感到吃惊。与所有时代的所有文学类似，古典文学也包括不那么伟大的作者，他们同样是故事的一部分。不过，我认为读者们主要想看到两点：对最伟大作者合理而充分的评述，以及对文学史概貌的描绘。我试图在这两个目标间保持平衡。我所说的"文学"指的是具有美学意图或价值的文字。因此，科学、医学、工程学、文法学和地理学等作品不会出现在本书中。我还把大部分不太重要的历史学家排除在外。柏拉图是第一流的文学大师，但除此之外，我只考虑有文学影响的哲学作品。

红心国王①说："从头开始，直到你抵达终点，然后停下。"这条命令的第一部分很容易遵守，第二部分则困难得多。如果容纳下古典晚期（即便我有能力这样做），本书的平衡将大大改变。除了三位活跃于公元2世纪的伟大拉丁语作家，我选择在公元100年左右停下。即使这样，一部涵盖了两种语言和千年历史的作品仍必须做出遴选。事实上，对古典文学全面而均衡的描述是不可能的，哪怕是基本的描述，因为大部分作品都失传了，我们只能依赖留存的意外（我将在第二章中更详细地讨论这点）。但无论如何，我理所当然地会选择把大部分篇幅留给那些我觉得最发人深省的作品和作者。不过，那并非唯一的标准。如果没有大量历史背景，就很难讨论某些作者的创作，因为他们流传下来的作品残缺不全或者存疑，也可能只是因为他们远离文学史的主流。出于一种或多种上述的原因，我对某些领域的描述比较简短，特别是喜剧和演说术。我觉得最为必要的内容是希腊悲剧、最伟大的历史学家、维吉尔和拉丁语的黄金时代。

本书中的许多内容可能不存在争议，但有一些则不是这

---

① 《爱丽丝梦游仙境》中的角色。——译注

样，应该提醒读者注意那只是个人观点。的确，事实很难不是这样：真正优秀的文学作品要求读者的回应，如果文学史不仅仅是罗列事实，那就必须要做出判断。本书同时对某些个体作者进行了叙述和评价。古人创作许多作品只是出于实用目的，而比实用更有野心的作品则质量参差不齐。不过，我最大的目标是呈现希腊人和罗马人最好的作品，并尽我所能地说明它们为何是最好的。

第一章
CHAPTER 1

荷马

愤怒！欧洲文学并非呱呱坠地，而是砰然降生。因为荷马的《伊利亚特》以"愤怒"一词开篇。事实上，我们不知道《伊利亚特》是不是我们拥有的最古老的希腊语诗歌，希腊人自己也就荷马和赫西俄德的孰先孰后展开过争论。但以如此伟大的杰作引领本民族的文学，这对一千多年间希腊人的生活和文化非常重要。这样的作品自然不是凭空产生，而是潜藏水底的山峦之巅，是我们所知寥寥的漫长诗歌传统的顶峰。

欧洲大陆首先兴起的是迈锡尼文明，得名于其最大的城市迈锡尼。它在公元前两千年中叶达到鼎盛，《伊利亚特》保留了对那个时代的某些记忆。迈锡尼人说希腊语，并会使用文字，尽管可能仅限于实用目的。但随着该文明的衰落，文字消失了，直到公元前8世纪才被重新引入。在此之前，用于歌唱或吟诵的诗句只能在诗人的头脑中谱写。这无疑是荷马的先辈们的状况——但真有荷马其人吗？还是说《伊利亚特》和另一部荷马史诗《奥德赛》是许多作者的成果？从18世纪末人们就开始讨论这个问题。

大约八十年前,人们发现这些诗歌属于某种口头传统,从而彻底澄清了上述问题。荷马的所有读者都会很快注意到其中有许多重复。特别是名词和形容词构成的短语一再出现,如"捷足的阿喀琉斯"、"无收成的大海"和"集云神宙斯"等等。这些短语在现代学术中被称为"程式"(formulae),它们不仅出现频繁而且系统。如果诗人写到阿喀琉斯在做某件事,并希望其占据诗行最后的五个音节,那么他就会称其为"高贵的阿喀琉斯"。如果希望其占据七个音节,他就会称其为"捷足的阿喀琉斯"。[1]上述体系没有冗余:每当诗人想要某个人或物占据特定长度的格律空间,他会选择唯一的此类短语。[2]

此外,这类短语的语言学特征表明,它们肯定是在不同时代被发明的。有一到两种非常古老,比任何我们可以称之为荷马的人早了几个世纪。还有些是在格律上对诗人有帮助的方言变体。因此,荷马的语言不可能属于某时或某地,而是构建出来的,它必然经历了许多代人才形成,并通过口头流传下来。

如果村子里有闲话流传,并在每次讲述时被不断修改和

---

[1] 高贵的阿喀琉斯:共34处,如《伊利亚特》1.7;捷足的阿喀琉斯:共31处,如《伊利亚特》18.78。——译注

[2] 事实上存在少量冗余,如上面所举的例子,五个音节的还有迅捷的阿喀琉斯,共5处,七个音节的还有英勇的阿喀琉斯,《伊利亚特》23.168。详见 Milman Parry,《荷马史诗中的传统修饰语》(*L'Épithète traditionnelle*),Paris, 1928, pp. 218—240。——译注

润色，那么我们可能就不会将其归于某个作者，而是把故事看作村里人的集体产物。口耳相传的诗歌可能情形类似。另一方面，口头传统中的诗歌本身不必完全是口头的，诗人可能会写下或向他人口述自己的作品。虽然学者们仍然存在分歧，我们现在可以相当有把握地说，我们知道的《伊利亚特》基本上是某个人独自利用传统材料创造的，而且在创作时付诸文字。

这么说的主要理由有两个。首先，谁也无法令人信服地解释，篇幅如此巨大的作品如何能完全通过口头方式传播。第二个理由更加特别：诗歌的第九卷讲述了阿伽门农向阿喀琉斯遣使求和，使者数目有时是两人，有时则是三人。显然最初版本只有两人，第三人是后来加上去的。纯粹口头的传播本该修正这种不一致。唯一可行的解释是诗人更改了自己的计划，但并未调整他已经写完的部分（口头诗人毕竟没有擦除的概念），不一致被保留下来，因为书写的事实已经将其固定。这两部作品的年代非常不确定。普遍的估计是，《伊利亚特》创作于公元前8世纪晚期，但也很可能是公元前7世纪。《奥德赛》则非常可能出现在《伊利亚特》之后的二十到五十年。

希腊人拥有规模庞大的神话，而古典文学的一个奇异特征是，在其整个历史上，大量作品都以神话为基础。作为众多英雄传说之一，特洛伊的故事讲述了特洛伊国王普利阿莫斯（Priam）之子帕里斯（Paris）诱拐了斯巴达国王墨涅拉俄斯（Menelaus）的妻子海伦，而为了夺回她，迈锡尼国王阿伽门农

(Agamemnon)统帅的联军又如何包围和摧毁了特洛伊。《伊利亚特》("特洛伊的故事")讲述了特洛伊战争中的一个事件。《奥德赛》则回顾了那场战争，并描绘了其中一位英雄后来的历险。很久以后的公元前1世纪，维吉尔在《埃涅阿斯纪》中讲述了一个特洛伊人是如何逃脱自己城邦的毁灭，在意大利建立新民族的，这部作品成了拉丁语文学的核心经典。就这样，特洛伊的故事在西方人的想象中获得了重大而持久的地位。

文学中既有简单的情节，也有复杂的情节，《伊利亚特》拥有的便是那类伟大而简单的情节。在包围特洛伊的过程中，阿伽门农与军中最好的武士阿喀琉斯发生争执，抢走了后者的女奴布里塞伊斯(Briseis)。阿喀琉斯随即退出战场。阿喀琉斯的母亲——海中仙女忒提斯(Thetis)说服众神之王宙斯让特洛伊人在战斗中占据上风。面对失败，阿伽门农派使者向阿喀琉斯讲和，准备支付巨额赔偿并交还布里塞伊斯。阿喀琉斯出人意料地拒绝了，但同意了朋友帕特罗克洛斯回到战场的请求。特洛伊人的头号武士，普利阿莫斯之子赫克托耳(Hector)杀死了帕特罗克洛斯(Patroclus)。于是，悲痛万分的阿喀琉斯亲自回到战场杀死了赫克托耳，并拒绝归还他的尸体。诸神告诉阿喀琉斯，他们对此感到愤怒；普利阿莫斯孤身前来取回尸体；赫克托耳被隆重地安葬。

每个学生都知道特洛伊战争发生在希腊人和特洛伊人之间，但在荷马看来，所有学生都错了。希腊人总是自称

"Hellenes",而罗马人出于某种原因称他们为"Graeci",从此世人大多把他们称作"Greeks"。不过,荷马从未把围城的一方称为"Hellenes",而是称之为"亚该亚人"(Achaeans)、"阿尔戈斯人"(Argives)或"达纳厄人"(Danaans)。特洛伊人有和攻击者相同的语言、神明和习俗,并得到了同等的同情。《伊利亚特》的故事中没有坏人,即使因绑架海伦而挑起战端的特洛伊王子帕里斯也风度翩翩,乖乖接受了兄长赫克托耳的训斥。他算得上是一名英勇善战的武士,尽管不太可靠。史诗的程式讲述了类似的故事,因为它们并非是无意义的:它们呈现了一个美好的世界,其中可以看到神一般的男子和美丽的女子,还有肥沃的大地和满是鱼群的大海。对世界的美好感觉是史诗悲剧特征的一部分,因为有那么多东西将会失去。

公元前4世纪时,当亚里士多德在他的《诗学》中分析文学的本质时(从而发明了文学理论),他注意到每部荷马史诗都以单一活动为对象。[①] 事实上,《伊利亚特》并非关于特洛伊战争的故事,而是描绘了十年战争期间的一个短小片段。后人把荷马的作品分成二十四卷。第二卷到第二十三卷仅仅涵盖了三天时间,首卷和末卷将整个活动扩展到几周。如此规模可能让瓦格纳觉得言简意赅,但诗人和批评家马修·阿诺德在对荷马的著名评论中称其"格外迅捷"。该评论的正确性体现在两种

---

① 《诗学》8。

意义上。尽管宏大叙事在巨大空间内展开,但战斗场景由大量小型事件组成,毫不拖泥带水。讲话部分同样快速而有力。作为其中最长的一段,第九卷中阿喀琉斯的爆发显得节奏激烈。[1]

《伊利亚特》的迅捷也体现在格律上。英语诗歌通过重音表现格律。因此,The cúrfew tólls the knéll of parting dáy(晚钟为离去的白日而鸣)是五音步抑扬格诗句,[2]因为抑扬格音步表示一个非重读音节接一个重读音节,并将这种模式重复五次。与现代希腊语不同,古希腊语似乎没有明显的重音,而是通过音长表现格律——即通过发出音节所需的时间长度。所以,希腊语中的抑扬格表示一个短音节接一个长音节(di-dum)。《伊利亚特》的格律为六音步扬抑抑格,每行有六个音步,每个音步由扬抑抑(dum-di-di)或扬扬(dum-dum)音节组成,但最后一个音步总是扬扬。绝大部分音步为扬抑抑。这种格律让诗句节奏轻快,而轻盈迅捷与史诗崇高思想的结合是荷马风格的精髓。六音步是一种非常灵活和富有表现力的形式,不仅所有的古代史诗一直使用它,而且还被用于其他许多方面。

《伊利亚特》在时间和空间上都受到严格限制。除了第一卷中的一个小例外,人类角色总是待在特洛伊城中或者城外的平原上。神明更加好动,但通常集中在奥林波斯山上,或者出现在特洛伊平原,或者在两地间往来。对史诗的特点而言,

---

[1] 《伊利亚特》9.308–429。
[2] 托马斯·格雷的《墓园挽歌》(*Elegy Written in a Country Churchyard*)。——译注

广度和专注的结合同样不可或缺。这是一个为诸神留出了大量空间的人类故事。诸神甚至会让希腊人吃惊,他们看上去似乎平常、轻率和漫不经心。公元前4世纪的柏拉图不会允许荷马进入其理想国,因为他的神明理念不够崇高,树立了坏榜样。①作为古代最著名的文学批评家,一位通常被称为朗吉努斯(Longinus)的未具名作者表示,荷马似乎把人变成了神,把神变成了人。②"神一般的"这类修饰语显然证实了上述印象。人和神可以相互搏斗,事实上,亚该亚英雄狄俄墨德斯(Diomedes)成功击伤了阿瑞斯和阿芙洛狄忒。③希腊宗教中的许多内容——亵渎、神谕、英雄崇拜、生殖崇拜和癫狂崇拜——都被史诗排除在外,尽管可以看出它对大部分这类内容并不陌生。荷马或他的传统塑造了关于神明的独特画面。他在少数几个地方浓墨重彩地描绘了神明的超凡,但通常会抽走他们的神性。如果武士在战场上遇到神,他的反应不是顶礼膜拜,而是考虑要对峙还是撤退。

这些有关神明的观念同样是史诗悲剧性基调的一部分。神与人的区别几乎不超过两点。首先,神是不朽的,而人是会死的。在希腊宗教中的其他地方,我们可以看到像赫拉克勒斯这样的伟人死后被擢升进神的行列;另一些英雄虽然没有变成

---

① 《理想国篇》10.606d–60a。
② 《论崇高》9.7。
③ 《伊利亚特》5.335–7 和 5.858–9。

神,但似乎拥有永久的力量,他们成了崇拜的对象,享受献祭或奠酒。不过,在《伊利亚特》中,凡人和神明的区别是绝对的。如此接近但又如此遥远——这是史诗神明概念的戏剧性所在。其次,宽泛地说,神明幸福,而凡人不幸。这种范式又如此叙事了:"有福的"神明"自由自在","可怜的凡人"。基督教的理念认为上帝爱我们,那是他的伟大之处之一。为了理解《伊利亚特》,我们必须颠覆这种观念:诸神不需要去关爱,因此他们是神。

当阿喀琉斯绕着特洛伊城墙追逐赫克托耳时,诗人将这幕场景比作马车竞赛,"所有的神明都在看着"。[①] 这种比较非常形象:当我们观看重要比赛时,我们会相信自己热情地参与其中。但当我们离开看台后,我们的生活并未改变。诸神(有的支持亚该亚人,有的支持特洛伊人)同样看上去像是热情的参与者,但归根到底他们的情感是肤浅的。我们也许可以类比一句伪"中国诅咒":"愿你生活在有意思的时代。"(May you live in interesting times)。[②] 乏味而简单是神的福分,有意思则是人的诅咒。最后一卷包含了两场和解或相会。神明间的和解相当短暂和直接。阿喀琉斯和普利阿莫斯两个凡人间的和解则要艰难、复杂和深刻得多。

---

① 《伊利亚特》22.162–6。
② 这句话出自英国驻华公使许阁森的回忆录,中文里没有完全对应的表述,类似冯梦龙《醒世恒言》中所说的"宁为太平犬,莫做离乱人"。许阁森称,当他1936年离开中国返回英国时,一位老朋友向他提起了这句伪"中国诅咒"。——译注

《伊利亚特》很少使用隐喻,却有大量的明喻。大部分明喻属于相当有限的几种类型。其中最常见的是动物性明喻:武士好像狮子、狼或犟驴(只出现过一次[①])。许多明喻来自自然世界:单打独斗是史诗中最主要的战斗形式,而云和波浪被用来描绘群战。各种明喻不仅让战斗叙事变得轻快和多样化,还共同达到了更重要的效果,即将战争置于包含了其他许多东西的世界中。赫淮斯托斯为阿喀琉斯打造的盾牌也表达了这种理念。盾牌上描绘了整个世界,周围是环洋。被围困的城市只是场景之一,盾牌上还有婚礼、舞蹈、收割和采摘葡萄的画面。[②]它提醒我们,我们如此强烈关注的战斗只是人类经历的一部分。

　　荷马多次用树叶作明喻。除了一处例外,树叶都被用来比喻人群("像树叶一样多……")。这处例外还有另一个特异的地方,那是故事中仅有的出自阿喀琉斯以外角色之口的明喻,它被留给了形象苍白的格劳科斯(Glaucus),因为诗人想借此传达自己的思想:"正如树叶的荣枯,人类的世代也如此,秋风将树叶吹落到地上,春天来临,林中又会萌发,长出新的绿叶。"[③]我们本指望看到凄婉的转折,听到对生命短暂发出的

[①] 《伊利亚特》11.558-9:(埃阿斯)像一头走进庄稼地的驴子,执拗地嘲弄顽童。——译注
[②] 《伊利亚特》18.478-613。
[③] 《伊利亚特》6.146-8。

哀叹，但事实上我们却见到了能量的集聚，见到了新的成长和世界永不枯竭的活力。这是全诗精神的缩影，它并不沮丧或忧郁，而是激昂和悲剧的。这部史诗还非常贴近现实。它赞颂了日常行为和胃口。如果有人在烹制肉类，诗人会描绘整个过程。对战斗的刻画在许多方面被风格化了，但真正的杀戮会被直接呈现：骨头被砸碎，肠子流了出来。这部诗并不恐怖——死亡总是立即到来——可它直接而无畏。

《伊利亚特》的不同寻常在于，它的主题不单纯是某位英雄，而是那位英雄的特定行为：《奥德赛》的第一个词表明其主题是一个人，但《伊利亚特》却宣布主题不是阿喀琉斯，而是他的愤怒。在大多数英雄故事中，主角需要勇气和坚韧去赢得胜利，但主要是针对外部环境对他们造成的挑战做出回应。然而，阿喀琉斯造就了自己的故事。比如，其他任何英雄显然都会接受使者提出的丰厚赔偿。在许多英雄故事中，主角都是出色但粗鲁的人（比如日耳曼传奇中的齐格弗里特），但阿喀琉斯拥有智慧。父亲把他培养成了"会发议论的演说家，会做事情的行动者"。[1] 他本人曾说，自己是战场上最好的亚该亚人，但其他人在辩论中更好。[2] 不过，就纯粹的口才而言，他要胜过诗中的所有人。更出人意料的是，他还懂得审美：当使者们到来时，他们发现阿喀琉斯正在歌唱人类的壮举，并亲自

---

[1] 《伊利亚特》9.443。
[2] 《伊利亚特》18.105-6。

用里拉琴伴奏。①这让他成为《伊利亚特》中唯一的诗人兼音乐家。

《奥德赛》中的诗人们在首领的厅堂上受到尊敬但低人一等，这幅画面无疑反映了历史事实。赋予最伟大的武士想象力和敏感性是个了不起的想法。阿喀琉斯头脑中的诗通过他使用的两处奇特明喻跃然纸上。在最愤怒的一段讲话中，他把自己比作为幼雏寻找食物，自己却饿肚子的母鸟——这种意象不仅奇特，而且在他激情的反衬下几乎称得上幽默。②后来，他在与帕特罗克洛斯交谈时又自比为和母亲一道奔跑的小女孩，抓着妈妈的衣裙，直到被抱起。③这个比喻既流露出戏谑和关爱，也反映了自我意识，因为阿喀琉斯认识到自己将同意朋友的请求。这个阳刚形象的最高典范两次都离奇地把自己比作女性。诗中再没有谁像这样说话。

《伊利亚特》中有两个奇特的人物。另一个是神秘的海伦，她同样懂得自我反思，而且同样是个艺术家——她在诗中第一次出现时正编织着描绘特洛伊战争的毯子。④我们该如何评价阿喀琉斯这位不寻常的英雄呢？有的解读把《伊利亚特》视作以遣使求和情节为核心的道德悲剧。按照这种观点，阿喀琉斯

---

① 《伊利亚特》9.168–9。
② 《伊利亚特》9.323–4。
③ 《伊利亚特》16.7–10。
④ 《伊利亚特》3.125–8。

在与阿伽门农的争执中基本是对的一方，但当他拒绝了使者的条件时，傲慢和愤怒让他犯了错，直到在史诗结尾处向普利阿莫斯展现出宽宏大度后，他才恢复了道德的高贵。上述解读很大程度上依赖这样的理念（我们还会再碰到它），即悲剧描绘了一个本质善良的人因为性格缺陷或特定错误而败亡。《伊利亚特》的道德广度也许可以让这种观点成为理解故事的一种方式，但也暗示这并非最好或最深刻的方式。为何阿喀琉斯如此出人意料地拒绝了？作为最后一位开口的使者，埃阿斯告诉他，诸神"为了区区一个女子的缘故"而把执拗的灵魂放进了他体内[①]——这是明摆着的常识。但埃阿斯显然错了：阿伽门农已经提出交还布里塞伊斯，如果那是阿喀琉斯最想要的，他肯定会接受条件。问题的关键在其他地方。

第一个开口的奥德修斯，他或多或少复述了原话，但机智地隐去了阿伽门农最后的几句话："愿他让步……愿他表示服从，因为我更有国王的仪容……"[②] 阿喀琉斯没有听见这些，但却仿佛听见了，因为在大肆控诉的过程中，他拒绝迎娶阿伽门农的女儿，表示阿伽门农应该为女儿找一个"更有国王仪容的"亚该亚人。[③] 阿喀琉斯与其他英雄的不同之处并非在于他看得不够深刻，而是恰好相反。阿伽门农表面上放低了姿态，但内

---

① 《伊利亚特》9.636–8。

② 《伊利亚特》9.158–61。

③ 《伊利亚特》9.392。

心仍然要求对手让步。阿喀琉斯的父亲教导他"总是成为最好,超过其他人"。[①]这是对英雄的命令。

荷马通过萨尔佩冬(Sarpedon)对格劳科斯(两人是与特洛伊人并肩作战的吕西亚人)说的一番话展现了英雄主义的本质。[②]不同于为自身存亡而战的特洛伊人,他们像亚该亚人那样战斗,因为那是英雄应该做的。萨尔佩冬注意到,他们在吕西亚人中拥有最高的荣耀,享受着最好的佳肴和美酒,拥有最肥沃的土地,好让吕西亚人说:"我们的国王不无荣耀地统治着国家……"他还表示,如果能够不老和永生,"我自己不会冲锋陷阵厮杀,也不会派你投入能给人荣耀的战争"。这种思想并非社会契约或对他人的责任:如果他代表吕西亚人,永生将让他能够更好地帮助他们。英雄只对自己负责:他占据着特定地位,必须做出相应的举动,不这样做会让他感到耻辱。萨尔佩冬并不愿意作战:如果他是永生的,他将不会惹这麻烦。悲剧性的矛盾在于,战斗的价值源于它的无用,源于最伟大的荣耀距离死亡的痛苦和羞耻仅仅一步之遥。

人类学家区分了耻辱文化和负罪文化。萨尔佩冬表达的耻辱文化原则并不是出于通常意义上的自私。它是对德性的追求,试图成为所能成为的最荣耀之人,而最大的荣耀是在战场上赢得的。有人试图极力贬低诗中的耻辱文化,觉得那会让荷

[①] 《伊利亚特》11.784。
[②] 《伊利亚特》12.310–28。

马显得令人难堪地原始。他们犯了大错。正是耻辱文化让悲剧如此有力。如果萨尔佩冬能够觉得自己在为他人或祖国献身,那将带来些许慰藉。但这种安慰性的想法在诗中并不多见。帕特罗克洛斯死后,阿喀琉斯心中是否感到负罪或懊悔呢?有人认为是的,但如果细读诗歌,我们将看到他没有。诚然,阿伽门农承认过错,并尴尬地回避他是否有责任的问题,但那是他与阿喀琉斯的不同之处。[①] 对于自己的朋友,阿喀琉斯只是说:"我失去了他",[②] 这句赤裸裸的话简单到令人心碎。他反思自己"没能救助"帕特罗克洛斯或者成为他的"救赎之光":"愿不睦能从神界和人间永远消失,还有愤怒……"[③] 阿伽门农说:"责任不在我";阿喀琉斯也许说过:"责任在我",但他并未谴责自己,也没有给自己开脱。他由外而内地审视自己,看到了内心的愤怒。这对阿喀琉斯而言是确切的事实,是无法改变和忏悔的。这种鲜明的客观性同样是史诗悲剧观念的一部分。懊悔能带来慰藉,它暗示事情本该不是这样且应该更好,并提供了治愈的希望。阿喀琉斯没有这样的慰藉。

在赫克托耳对阵阿喀琉斯前,荷马向我们呈现了这首诗中少见的独白。我们听见赫克托耳自言自语,看到了他的思想。[④]

---

① 《伊利亚特》19.85-9 和 19.137-8。

② 《伊利亚特》18.82。

③ 《伊利亚特》18.98-115。

④ 《伊利亚特》22.99-130。

他为何要去面对敌人？父母正确地告诉过他，阿喀琉斯将会杀死他，那会是特洛伊的末日。他自己也感到害怕。但耻辱再次成为绝对命令："我愧对特洛伊男子和曳长裙的特洛伊女子，也许某个比我贫贱的人会这样说：'只因赫克托耳过于自信，折损了军队。'"对耻辱的恐惧和憎恶迫使他不仅自取其辱，而且毁了所有他爱的人。①

赫克托耳临死前获得了短暂的预言能力——在诗中其他地方看不到这种思想：他告诉阿喀琉斯，后者将在特洛伊的斯开昂（Scaean）城门前被帕里斯杀死。这种预言未来的能力具有反讽意味，因为赫克托耳此前连近在眼前的东西都看不到。在这点上他与阿喀琉斯截然不同，后者知道如果继续在特洛伊作战，自己将会死在那里，但还是接受了命运。②让阿喀琉斯无法接受的是他不能为帕特罗克洛斯做得更多。他想要进一步为朋友复仇，试图毁损赫克托耳的遗体，并在火化帕特罗克洛斯的柴堆旁杀死俘虏，但这一切都于事无补。出现在他面前的帕特罗克洛斯的鬼魂——鬼魂此前似乎也不符合《伊利亚特》的思想——只是请求放其回归虚无。③最终，诸神提醒阿喀琉斯结束哀悼，并归还赫克托耳的遗体，因为就像阿波罗说的：

---

① 《伊利亚特》22.359-60。
② 《伊利亚特》18.115-21。
③ 《伊利亚特》23.65。

"命运赐予人一颗忍耐的心。"[1]或者像奥德修斯之前无情指出的,人们必须埋葬死者,让内心坚强,只哭泣一天。[2]

赫克托耳的死似乎多少为故事画上了句号,但随之而来的是另外近两千行诗句和一些令人吃惊的意外。阿喀琉斯为纪念帕特罗克洛斯举行了葬礼竞技会,诗人在这里引入新的基调:活跃的社交喜剧。一个此前不起眼的角色变得引人瞩目,那就是活泼、精明和善于摆布长辈们的安提洛科斯(Antilochus)。作为重要的一刻,他让阿喀琉斯在诗中第一次、也是唯一一次露出了微笑。[3]阿喀琉斯本人对阿伽门农非常慷慨,并宽厚地平息他人的龃龉——对于他来说(正是他和阿伽门农的争执引发了故事),这可谓反讽,但不失为温暖人心的反讽。至此,我们与除了阿喀琉斯之外的亚该亚人首领们告别。这段欢快的情节是史诗中关键部分,因为它显示英雄回到了自己的团体之中,但当竞技会结束后,仿佛一切都没有发生过。阿喀琉斯重新陷入过度的悲痛,他拒绝吃东西,甚至拒绝了母亲让他与女子同床的建议。诗中赞美的日常欲望遭到了他的排斥。

随后发生的事让阿喀琉斯本人都感到吃惊:他惊讶地看到普利阿莫斯孤身一人不宣而至,请求归还赫克托耳的遗

---

[1]《伊利亚特》24.49。

[2]《伊利亚特》19.228-9。

[3]《伊利亚特》23.555。

体。^①两人的会面气氛紧张：阿喀琉斯烦躁不安，一度威胁说如果对方继续刺激自己的话，就杀死特洛伊国王。[2]两人开始哭泣，哀声响彻整间屋子。[3]他们在某种意义上共同哭泣，但也出于不同的理由，普利阿莫斯是因为赫克托耳，阿喀琉斯则是为了远方无依无靠的父亲，也为了帕特罗克洛斯。真正的孤独笼罩着他们。但阿喀琉斯发现自己内心涌起了新的宽宏大度：他归还了普利阿莫斯带来的部分赎金，亲手将其放在赫克托耳的遗体上。他怀着新的同情与普利阿莫斯交谈，同时思考着自己的处境，看到了它的徒劳无益，"因为我远离祖国，在特洛伊长期逗留，让你和你的孩子们感到烦恼"。[4]但他想到的不仅是自己，现在他把目光放得更远：他宣称宙斯把好坏参半的命运赋予了某些人，给另一些人的却只有厄运。他还想到了没有名誉的可悲逃亡者的生活。他意识到有些人的命运比他更糟。然后，他鼓励普利阿莫斯进食。[5]在这幕崇高的场景中，史诗没有轻视一个简单的事实：吃喝之后的人会感觉更好。直到这时，两人才开始融洽相处。

但诗人不为情感所动。普利阿莫斯惊讶于阿喀琉斯神一般的外貌，阿喀琉斯则惊讶于普利阿莫斯的高贵风度和谈吐。两

---

[1]《伊利亚特》24.483。
[2]《伊利亚特》24.566–70。
[3]《伊利亚特》24.509–12。
[4]《伊利亚特》24.518–51。
[5]《伊利亚特》24.601–19。

人之间仍然保持着距离。最后,普利阿莫斯请求休战:他们将用九天时间哀悼赫克托耳,第十天举行葬礼,第十一天垒起坟茔,"如有必要,我们将在第十二天开战"。①阿喀琉斯最后的现身是与布里塞伊斯同床。②现在他可以从诗中退场了,史诗的最后一部分描绘了对赫克托耳的哀悼。这部具有强烈阳刚气息的诗歌中的最后几段重要讲话留给了女性,赫克托耳的妻子、母亲和海伦依次向他致哀。③

在《伊利亚特》的结尾,自然的欲望和节奏得到恢复:曾经拒绝进食的人开始吃东西,并敦促另一个人也这样做;曾经拒绝性的人与布里塞伊斯同床;曾经无法入土的赫克托耳得到了荣耀的葬礼,女人们为他哭泣,他的遗体被火化。表面上,我们看到了正义和美好,人性似乎从未更加灿烂。但在表面之下,什么都没有改变。阿喀琉斯看到了自身处境的无用和痛苦,但对此无能为力。这些事情之间的对比具有深刻的悲剧性。赫克托耳的葬礼起码有一个让人满意的结尾,就像儿童故事的结尾:"普利阿莫斯的宫殿里举办了盛大筵席。"④美酒佳肴,这些美好而直白的快乐为我们的阅读画上了句号。然而,这个时刻之后将发生更可怕的事:阿喀琉斯将会死去,普利阿

---

① 《伊利亚特》24.660–67。
② 《伊利亚特》24.675–6。
③ 《伊利亚特》24.723–81。
④ 《伊利亚特》24.802–3。

莫斯和特洛伊将会毁灭。这是第十一天,"如有必要",战火将在明日重燃。但普利阿莫斯知道自己的请求没有希望。《伊利亚特》以地狱边缘的筵席结尾。

《奥德赛》的故事发生在特洛伊战争结束十年后。奥德修斯尚未回到家乡,女神卡吕普索(Calypso)把他囚禁在遥远的海岛上,而他在家乡伊萨卡的宫殿却被一群追求他妻子佩涅洛珀的当地贵族霸占着。他还因为弄瞎食人巨怪波吕斐摩斯(Polyphemus)而得罪了海神波塞冬。宙斯命令卡吕普索放走奥德修斯。奥德修斯之子忒勒马科斯(Telemachus)离开伊萨克寻找父亲。奥德修斯遭遇海难,漂流到淮阿喀亚人(Phaeacians)的国家,被公主瑙西卡娅(Nausicaa)发现。在她父亲的宫殿里,奥德修斯讲述了自己的历险,描绘了如何一步步失去所有的船只和同伴。历险中遇到的大多是波吕斐摩斯这样的怪物,但也包括与他有过露水情缘的女神喀耳刻(Circe),以及一次与亡灵的会面。回到伊萨卡后,他被猪倌欧麦俄斯(Eumaeus)收留。打扮成乞丐的奥德修斯进入宫殿,用弓箭杀死了所有的求婚者。诗歌的结尾了结了一些有待完成的情节。

和《伊利亚特》一样,今天我们也可以认为《奥德赛》主要由一位有伟大塑造能力的诗人根据传统材料创作而成。与其他作品类似,它无疑也可能经历过后人的修改或增补,特别是异常突兀的结尾引发过许多关于其真实性的讨论。它的作者是谁？几乎所有的古人都认为是荷马创作了这两部史诗，只有几位"解析派"持有异议。支持《奥德赛》作者另有其人的理由分为两类。第一类理由以两部史诗的语言细节为基础，第二类理由宣称两部作品表达的价值和信仰差异过大，不可能来自同一个人。语言上的证据模棱两可，而且并不完全指向同一方向。思想上的差异则可能是诗人的伟大想象力试图创造出另一类型诗歌的结果。今天的主流观点认为存在两位诗人，但该问题尚无决定性结论。不过，我们也许可以用"荷马"作为这两部史诗的简称。

《奥德赛》显然以《伊利亚特》为模板。和前面的那部史诗一样，它同样以单一活动为主题——这是一个希腊人所谓的"回家"（nostos）故事，描绘了奥德修斯如何返乡和杀死求婚者们。因此，《奥德赛》并非现代意义上的"奥德赛"：主人公亲自回顾了他的历险岁月。我们看到，《伊利亚特》在时间和空间上都受到严格限制，《奥德赛》则截然不同。奥德修斯从可以想象的最遥远地点出发（环洋上的小岛），在叙事中被带到越来越小的空间，首先是地中海世界，然后是他的岛国，接着是他的宫殿，最后是最为狭小和私密的地方——和妻子同床。就像一位古代学者注意到的，这是史诗的"终点"，是整个故事发展的目标。[1]

---

[1] 拜占庭人阿里斯托芬对《奥德赛》23.296 的注疏。

《奥德赛》在社会层次的广度上也要超过《伊利亚特》。诗中角色包括奴隶和乞丐,甚至还有一条狗。此外,除了奥德修斯,大部分较有意思的角色都是女性。好客和考验的主题在诗中反复出现。如何对待异乡人和穷人成了对人们的考验。求婚者是坏主人(他们侮辱异乡人),波吕斐摩斯是非常坏的主人(它吃了他们)。淮阿喀亚国王阿尔喀诺俄斯(Alcinous)是好主人,但奴隶欧麦俄斯同样如此。阿尔喀诺俄斯之女瑙西卡娅说:"所有异乡人和乞丐都来自宙斯,礼敬和欢迎不足挂齿。"[①] 很久以后,欧麦俄斯说了完全相同的话,并谦卑地补充道,"我们的礼敬只有这些。"[②] 公主和猪倌可以同样好客。但《奥德赛》的价值观仍然是贵族式的:奴隶和下属必须忠诚,不忠者受到了残酷的惩罚。

与《伊利亚特》不同,这首诗有一个次要情节。事实上,奥德修斯本人直至第五卷才出现。在此之前,故事的主角是忒勒马科斯。当奥德修斯向内而行时,忒勒马科斯却向外而行。他离开伊萨卡,造访了参加过特洛伊战争的涅斯托尔国王,然后又前往墨涅拉俄斯和海伦在斯巴达的华丽宫廷。在年轻的他看来,后者就像宙斯本人的宫殿。当他回到家乡时,求婚者们注意到他拥有了此前缺乏的自信。当母亲责备他时,他回答说:"我现在已明白事理,知道一件件事情,分得清高尚和卑

---

① 《奥德赛》6.207–8。
② 《奥德赛》14.57–9。

贱，而以前是孩子。"① 后来，他还命令母亲回到自己的房间，母亲也吃惊地听从，因为"她把儿子深为明智的话语听进心里"。② 现在他是个男子汉了。他的故事是描绘个人成长和塑造的"成长小说"（Bildungsroman）的鼻祖。

忒勒马科斯的冒险完全无助于推动主要情节，但诗人乐于将不同故事并置。我们在英雄本人身上也能看到这点。因为诗中似乎有两种奥德修斯：既是像水手辛巴德和巨人杀手杰克那样编造故事的能手，也是我们在《伊利亚特》中见到的英勇武士。诗人完全没有掩饰这种两面性，反而对此感到得意。在回到伊萨卡后的主线叙事中，奥德修斯为了掩饰自己的身份而编造故事，提到了克里特和埃及等真实地点，但他的"真实"历险发生在我们完全不知道的地点。他的漂泊始于我们熟悉的爱琴海世界，在被狂风吹到希腊以西后，他进入了仙境。那里的居民要么是怪物，要么是可怕的人类，比如食人族莱斯特律戈涅斯人（Laestrygonians）和具有致命诱惑力的食莲人。其中一些故事可能借鉴了他处，特别是阿尔戈号的传说，因为诗人似乎毫不避讳这点。奥德修斯描绘对撞的巨岩时，说："众所周知，只有阿尔戈号曾通过那里。"③

诗人还喜欢在仙境和我们熟悉的世界之间切换，因为他发

---

① 《奥德赛》18.228–9。
② 《奥德赛》21.350–55。
③ 《奥德赛》12.69–70。

明了恰好介于两者之间的淮阿喀亚人的王国。这个世界是半魔幻的：他们的船只会自动掌舵，阿尔喀诺俄斯国王的花园四季如春，神明也会造访那个国家。[1] 但他们也完全是普通人，而且被赋予了微妙的幽默。阿尔喀诺俄斯建议举行一些竞技比赛，"好让异乡人回家后能告诉朋友们"那里的人多么擅长这些。[2] 当奥德修斯把他们全部击败后，阿尔喀诺俄斯不动声色地承认他们并非出色的竞技者，而是喜欢宴会、热水澡和新衣服，并希望异乡人能报告他们擅长舞蹈与歌唱。[3] 我们也许会觉得，喜欢美食和新床单不需要多高的本领。淮阿喀亚人既普通又神秘，最终在一句诗的中间从故事里消失了："淮阿喀亚国人的众位首领和君王们一起向伟大的神明波塞冬虔诚祈求，围住祭坛。这时神样的奥德修斯醒来……"[4] 我们永远无从知晓他们向波塞冬的祈求是否获准（他们因为帮助英雄而受到海神的威胁）。事实上再没有人能见到他们，因为阿尔喀诺俄斯决定不再与其他凡人打交道。说来奇怪，以这种神秘的方式从诗中消失与他们很相称。

奥德修斯一生中有过五位重要的女子。其中三位是他在漂泊途中遇到的，每人都身处能够表达她们性格的环境中。女神

---

[1] 《奥德赛》7.114–9, 7.201–3, 8.557–61。
[2] 《奥德赛》8.100–103。
[3] 《奥德赛》8.246–9。
[4] 《奥德赛》13.185–9。

喀耳刻最初试图把英雄变成一头猪，后来与他暗生情愫，最后自愿在途中帮助他。事实上，她是个神化了的浪荡女子，视感情如儿戏。她那用磨光石块建造的宫殿坐落于林莽之中，体现了她兼具野性和世故的特点。在那个宫殿的世界中，卡吕普索的居所却是洞穴，那里弥漫着燃烧雪松和侧柏的香味，茂盛的藤蔓绕着洞口生长。① 洞外是赤杨、白杨和散发着甜美香气的柏树。黑暗、隐秘而又果实累累，这里是激情的国度。与前两者不同，瑙西卡娅是凡人女子，但她同样拥有神性的光环，因为诗人把她比作阿耳忒密斯，② 奥德修斯也委婉地问她是凡人还是女神，也许就是阿耳忒密斯。③ 奥德修斯在水流清澈的河边第一次见到她（这种自然环境符合少女的形象），而赤身裸体、邋遢不堪的自己则躲在扎人的灌木丛中。④

与全体淮阿喀亚人一样，瑙西卡娅融合了温驯之美和距离之魅。她表面上是和侍女们一起去为男人们洗衣服。⑤ 但在请求父亲允许自己出行时，她心中另有小算盘。⑥ 父亲看出了这点，但什么也没说。在一部讲究礼貌的史诗中，这幕温文尔雅的喜剧包含了道德元素：沉默是一种体面的举止。瑙西卡娅

---

① 《奥德赛》5.55–74。
② 《奥德赛》6.102–9。
③ 《奥德赛》6.149–51。
④ 《奥德赛》6.85–8 和 6.113。
⑤ 《奥德赛》6.5–65。
⑥ 《奥德赛》6.66–7。

和侍女们玩球的场景（是舞蹈而非竞赛）是对日常简单幸福的最早描绘。[①] 什么都无法破坏它。她显然被陌生人吸引，我们则似乎正处于某种民间故事模式的开头：来自远方的旅行者娶了国王的女儿。但奥德修斯不能娶瑙西卡娅，因为他已经有了妻子。诗人本可以编出一个令人心碎的故事，但他的做法更加微妙。公主从故事中消失了，直到奥德修斯与淮阿喀亚贵族会宴时才重新出现。站在远处的她只说了两句话："你好，客人"——因为她还不知道奥德修斯的名字——"但愿你日后回到故乡，仍能记住我，因为你首先有赖我拯救。"[②] 奥德修斯简略地承诺会敬奉她，仅此而已。并没有太多伤感，诗人巧妙地展现了自己的节制。

奥德修斯人生中的第四位女子是他特别的恩主和保护人，即女神雅典娜。抵达伊萨卡时，他遇到了一位牧羊人，并机智地用谎言故事隐瞒了自己的身份。但骗人者反而被骗了，因为牧羊人是雅典娜乔装的。[③] 女神抓住他，兴奋地表示即使神明也必须变得狡猾才能骗过他。这里可以看到某种类似友谊的东西，在《伊利亚特》中，我们无法想象奥林波斯的神明会和凡人产生这种关系。现在，奥林波斯的神明总体上具有更加明显的道德功能。在发表诗中的第一段讲话时，宙斯确立了原

[①] 《奥德赛》6.99–101。
[②] 《奥德赛》8.457–68。
[③] 《奥德赛》13.287–95。

则：凡人因为自己的愚蠢而受苦，就像埃癸斯托斯，他不顾诸神的警告，还是犯下了罪行。[1]诗歌本身也具有更明显的道德意味，宣称奥德修斯的同伴因自己的愚蠢而送命，因为他们吃了太阳神的牛。这听上去的确很严厉，但历险故事常常会让人暂时忘记平日的同情，就像在西部片中，我们不会介意许多配角被杀，只要男女主角活下来就好。类似的，虽然奥德修斯失去了所有同伴，虽然还有其他许多杀戮，但诗歌基本上还是喜剧：英雄胜利了，作恶者被杀死。

不过，我们不能据此认为《奥德赛》处于和《伊利亚特》不同的道德宇宙中，两者的区别在于各自的故事类型。在某种意义上，两部史诗都是情感实验。奥德修斯告诉佩涅洛珀，在公正国王的国家里，黝黑的土地奉献小麦和大麦，树木垂挂累累硕果，大海哺育丰沛的鱼群，人民幸福昌盛。[2]在黑铁时代希腊的悲凉环境中，可能并不是每个人都会相信这番话的字面意思。相反，普利斯姆（Prism）小姐的话也许给我们做了解释："善有善报，恶有恶报。这就是所谓的虚构。"[3]

当奥德修斯告诉淮阿喀亚人自己的名字时，他说自己来自伊萨卡。[4]他还给出了附近三个小岛的名字，并描绘了它们相

---

[1] 《奥德赛》1.32–34。
[2] 《奥德赛》19.109–14。
[3] 王尔德《不可儿戏》(*The Importance of Being Earnest*)中的人物。——译注
[4] 《奥德赛》9.19–28。

互的方位。事实上,他在给自己定位,确立自己的坐标。和他一样,伊萨卡也有个性。他表示,自己的家乡"虽然崎岖,但适合年轻人成长"。随后,他解释了自己为何拒绝卡吕普索和喀耳刻,因为没有什么比家乡和父母更可亲,无论异国的宫殿多么华丽。作品在这里开始探索身份与归属。伊萨卡也许不是最美好的地方,但那里是他的情感所属,"贫瘠但属于我自己"。类似的,他拒绝了卡吕普索的美貌和自己获得的机会,选择美貌不如卡吕普索的凡人佩涅洛珀。评论者有时会疑惑奥德修斯真正想要夺回的是佩涅洛珀还是自己的财产,但他本人也许无需做出区分。这部史诗极为看重婚姻关系。奥德修斯告诉瑙西卡娅,没有什么比男女和谐共处更好了。这会让敌人痛苦,让朋友欣慰。[1] 随后是一个令人疑惑的希腊语句子,它也许只表示"他们自己获得了最大的名声",但也可能表示"他们自己最清楚这点"。如果是后者,这句话将是对私密而深刻的婚姻爱情的致敬。

佩涅洛珀是奥德修斯人生中的第五位女子,最终也是最重要的那位。《奥德赛》中的疑团之一是她为何没能认出丈夫,而丈夫的狗和老女仆却能马上认出他。[2] 从写实角度无法给出答案。甚至在奥德修斯尚未抵达王宫前,她就似乎陷入了一种新的狂喜。当乔装打扮的奥德修斯到来后,她产生了在求婚者

---

[1] 《奥德赛》6.182-5。
[2] 《奥德赛》17.300-304 和 19.39-94。

面前现身并令他们心动的念头,以便赢得儿子和丈夫更多的尊重,这种一厢情愿的想法让她也不禁莞尔。[①]她仿佛恍然大悟:奥德修斯在场的事实本身让她如梦方醒,尽管她不知道是为什么。她在最终认出丈夫之前遇到的周折无法解释,但不可思议地非常合适:这对她来说更加困难,因为此事关系重大得多。我们可以比较《伊利亚特》的结尾:在两者中,英雄都通过性行为变得完整;在两者中,私人恢复都在公共恢复之后;在两者中,私人恢复更加复杂和困难,因为它更深入地走进了人类状况的核心。

《伊利亚特》暗示了英雄最终的孤独,而《奥德赛》则是一首社会史诗。后者的大部分情节发生在岛上。岛屿可能是与世隔绝的所在,就像卡吕普索的奥居吉亚岛(Ogygia)或喀耳刻的埃埃艾岛(Aiaia),但也可能是包含完整社会的单元,就像伊萨卡岛。《奥德赛》同时探究了作为个体和社会动物的人,认识到这两种人类经验的元素是不可分割的。在作品的最后,英雄找回了自己的人民、财产和最私密的空间。

---

① 《奥德赛》18.158–62。

第二章
CHAPTER 2

古风时期的希腊

荷马史诗在整个古代享有特别的声望和权威。希腊人没有圣书,也就是要求得到一致认同的正典经文。这为另一类文本获得强有力的文化权威提供了空间,荷马恰恰填补了这个空间。这些诗歌是希腊人的共同财产。据说埃斯库罗斯曾表示,他的戏剧不过是来自荷马盛宴上的残羹剩饭。[1]这句话的意思与其说是悲剧情节借鉴了荷马(大多数情况下并非如此),不如说荷马为崇高地表达人类经历提供了模板。我们会发现,最早的历史作品在性质上也是荷马式的。荷马的范例也许还加深了希腊人对神话的依赖,他们视其为虚构文学作品的源泉。不过从一开始就存在着一类截然不同的六音步诗歌。和《伊利亚特》一样,它的最早代表人物赫西俄德很可能是悠久诗歌传统的继承者,但直到被写下来之后才呈现在我们眼前。

赫西俄德来自波俄提亚(Boeotia,位于阿提卡西北方)南

---

[1] 阿忒纳乌斯,《欢宴的智者》8.347e。

缘的崎岖山地，活跃于公元前700年左右。他的两首诗被基本完整地保留下来，即《神谱》(*Theogony*)和《工作与时日》(*Works and Days*)。从荷马到《工作与时日》意味着从过去走向现在，从英雄主义走向艰难求生。这是一首教诲诗，是对生存的指导。诗歌最后的"时日"是一连串吉利和不吉的日子：每月的第十三日不适合播种，但适合移栽植物；第八日适合阉割公猪和公羊；第十二日适合阉割骡子。[1]这些都是有用的信息。"工作"与许多近东文化中的"智慧文学"有不少相似之处，我们最熟悉的是《旧约》中的《箴言》。其中既有传递格言智慧的谚语（常常采用尖刻的表达方式），也有箴言教诲的金块。诗人建议，在酒瓮满时或接近用完时要往里添加，但中途要节省。[2]这种建议同样有用，它告诉听众如何在艰苦条件下最好地忍受生活。

《工作与时日》还包含了原因论，也就是解释事物起源的"原来如此"的故事。比如，普罗米修斯的故事[3]（完整版本仅见于《神谱》）揭示了火的由来，以及在祭祀后诸神为何几乎分不到什么肉。时代的故事[4]（诸神先后创造和摧毁了黄金、白银和青铜时代的人，我们现在处于黑铁时代）则是一个"软

---

[1] 《工作与时日》780–81和790–91。
[2] 《工作与时日》368–9。
[3] 《工作与时日》42–59，《神谱507–72》。
[4] 《工作与时日》109–201。

性原始主义"神话,设想人类失去了最初的乐园(就像伊甸园的故事)。赫西俄德还加入了另一个元素:他本人。他告诉我们关于自己家庭的细节,以及他的经历和生活方式,由此成为欧洲最早的个人。他透露父亲从小亚细亚移民到波俄提亚,他自己生活在阿斯克拉(Ascra),形容那里是"一个糟糕的村子,冬天严寒,夏天酷热,从不风和日丽"。[1] 他还表示自己只有一次出海经历,当时他从波俄提亚的奥利斯(Aulis)渡海来到优卑亚岛(Euboea)的卡尔喀斯(Chalcis),在那里赢得了诗歌竞赛的优胜。[2] 这段话带有嘲讽式的幽默,因为卡尔喀斯距离大陆不到两百码。他的一些道德训诫针对广大当权者,另一些则针对兄弟佩尔塞斯(Perses)——两人因为遗产问题而发生争执。这种构思奇特而生动,为诗歌增添了个性色彩。

作品中无趣的农民气质并不意味着他缺乏史诗诗人的崇高使命感。他在《神谱》中描绘了他在赫利孔山(Helicon)上放羊时,缪斯们如何出现在他面前,赠与他权杖并将神圣的声音注入他体内。[3] 这首诗讲述了大地怎样孕育天空,夜怎样孕育空气和白昼,天空如何与大地交合后生下俄刻阿诺斯和其他提坦,天空又如何被儿子克罗诺斯阉割。我们自然会把《神谱》归入诗歌与神话,但还可以用另一种方式看待它。这首诗试图

---

[1] 《工作与时日》633-40。
[2] 《工作与时日》650-53。
[3] 《神谱》22-34。

解释世界如何诞生,受到何种法则支配,以及为何人类处于当下的境地。我们从中看到了希腊科学和思想的雏形。

后人把早期希腊思想家称为"Presocratics",即苏格拉底(公元前469年—前399年)之前的哲学家。作为他们中最早的一位,泰勒斯(Thales,公元前6世纪初)表示万物中充满了神明。这是神学吗?他还认为水是万物的本原。这是物理学吗?到了公元前5世纪,恩培多克勒(Empedocles)表示世界是爱欲和斗争间的平衡或冲突(他将这两种力量变成了神话中的阿芙洛狄忒和阿瑞斯)。这同样很不符合我们的现代分类。荷马既是诗人又是历史学家:在枯燥地描绘驶往特洛伊的亚该亚人船队名录前,他首先向缪斯求助,因为她们知晓一切,而我们一无所知。[①]但公元前6世纪和5世纪希腊思想的成就在于发现不同。他们认识到现实不同于虚构,历史不同于神话,自然科学不同于哲学。这些事实并不像我们看上去那么显而易见。他们还认识到诗歌和散文的不同功能。一些前苏格拉底哲学家用散文写作,另一些则用诗歌,恩培多克勒属于后者。留存下来的残篇显示了他的力度和能量。

《伊利亚特》和《奥德赛》在规模和质量上都出类拔萃,但在公元前7世纪和6世纪也出现了其他关于英雄和英勇事件

---

① 《伊利亚特》2.484-92。

的史诗。其中一些有两部荷马史诗的一半长。我们手头只有它们非常少量的残篇。不过，一些"荷马颂诗"留存下来，之所以如此称呼，是因为它们被归入《伊利亚特》和《奥德赛》的所谓作者名下。它们不是现代意义上的颂诗，而是向男女神明致敬的诗歌，通常叙述与神明相关的某个事件，在规模上从几行到五百多行不等。我们所知的大多数古风时代（公元前8世纪到5世纪初）希腊作者只有寥寥无几的残篇留存至今，这种状况迫使我们思考古典文本是如何留存的。

直到古代晚期，书籍的常见形式仍是莎草纸卷。若不想让纸卷变得无法使用，能写在一卷书上的内容是有限的：两千行诗歌似乎已经是绝对的极限，大多数诗集的篇幅只有一半或更少。因此，较长的作品被分成若干"卷"，后者比我们印象中的"书"要短得多。我们今天想到的书是一叠装订起来的纸，技术上叫"册子本"（codex）。它们最早出现在公元1世纪左右，并逐渐成为主流形式。在没有印刷术的时代，文本的留存只能依靠不断抄写。大部分古典文学以抄本传统流传到我们手中，也就是说，中世纪的某个时候有人抄写了某个更早抄本的一份或多份复本。这些抄本都经过辗转抄写，我们没有任何古典作家的亲笔文本。一些文本的现存最古老抄本来自9世纪，但许多抄本的时间要晚上几个世纪。更古老抄本的例子凤毛麟角。比如，我们拥有几份5世纪或6世纪的维吉尔抄本（他一直是读者最多和最受推崇的拉丁语诗人），但都不完整。一些抄工会作出修改，而且所有的抄工都会犯错。因此，所有古典作家的文本都遭受了一定程度的歪曲。所以，说某个现存文本是完整的只是近似表述，并不意味着我们掌握了每一个词。不仅抄工可能会抄错词，还可能出现整句衍文或脱文。在某些例子中，脱文多达五十行或更多。

作品只在人们想要继续阅读它们时才会存世。一些非常枯燥的历史作品留存下来，因为它们对教学有用。希腊抒情诗失传了，因为人们失去了兴趣。即使这样，失传和留存仍然可能只是意外。荷马和维吉尔几乎肯定会得到流传，因为它们是每个学生的教育内容。但除此之外，哪怕最好的作家也无法确保无虞。在公元前1世纪的拉丁语诗人中，卢克莱修（Lucretius）和卡图卢斯（Catullus）的作品得以保留，伽卢斯（Gallus）和瓦里乌斯（Varius）则湮没无闻。但情况本来可能不是这样，这些失传的作家在当时大受推崇。除了一首诗作外，我们对卡图卢斯的全部了解都来自14世纪发现的一份9世纪抄本（后者再次遗失前已被抄录）。我们对卢克莱修的全部了解则来自两份9世纪的抄本，它们转抄了一份早已失传的更古老抄本。公元8世纪的一位抄工曾着手抄录瓦里乌斯的《堤厄斯忒斯》（*Thyestes*），但随后改变了主意，从而毁掉了我们读到奥古斯都时代最重要戏剧的机会。

没有通过抄本传统流传下来的文字也能通过多种方式留存，特别是下面三种：它们可能被其他作者引用，可能被铭刻在青铜或石头上,或者可能被写在莎草纸上。莎草纸(大多数从19世纪末开始在上埃及被发掘)改变了我们对希腊文学某些领域的理解,包括抒情诗和喜剧。莎草纸偶尔会带给我们完整的文本,但绝大多数时候只是真正的零落残篇,是些边缘破损或有破洞的纸片。这些意外对古典文学的解读有重要影响,因为它限制了我们均衡描绘各阶段历史的能力。公元1世纪的罗马历史学家维勒尤斯·帕特库鲁斯(Velleius Paterculus)认为,拉比利乌斯(Rabirius,今天已失传)是奥古斯都时代继维吉尔之后最好的诗人。[1] 我们会同意吗?如果卢克莱修失传了,我们将无法想象他的伟大或影响。对伽卢斯和瓦里乌斯,我们就只能臆测了。我们应该遵循苏格拉底的精神,他认为说到底自己可能是最聪明的人,因为至少他知道自己一无所知,而其他人甚至不知道这一点。[2]

除了六音步,另一种诗歌形式也在整个古典时期被广泛使用,那就是哀歌(elegy)。对希腊人来说,界定哀歌体裁的仅仅是其格律:这种诗歌采用哀歌双行体,交替使用六音步和五音步。六音步与荷马的相同,五音步则是对称的,它使用了六音步的前两个半音步,然后重复一遍,但后半句中的两个音步总是扬抑抑格。丁尼生(Tennyson)提供了一个双行体在英语中的例子,而且按照希腊人的方式,用音长而非重音来表现:

---

[1] 《罗马史》2.36.3。
[2] 柏拉图,《申辩篇》21d。

These lame hexameters the strong-winged music
of Homer!
No—but a most burlesque barbarous experiment.

这些瘸腿的六音步是羽翼矫健的
荷马音乐!
不,它们只是最滑稽粗俗的实验。

双行体结构鼓励诗人以双行诗句为单位思考和创作,特别适合警句和以干练简洁为目标的诗句,但考虑到其相对稍欠灵活,它在整个古代的大为流行似乎令人吃惊。

在西方传统中,"哀歌"一词往往与爱情和哀悼两大主题相联系,但事实上,这种格律形式从一开始就被用于多种目的。公元前7世纪中期的堤耳泰俄斯(Tyrtaeus)和卡里诺斯(Callinus)采用军事题材,鼓励年轻人英勇作战;雅典人梭伦(Solon,约前560年卒)则用它表达自己的政治主张。留存至今篇幅最大的早期哀歌集被归于忒奥格尼斯(Theognis,公元前6世纪中期)名下,但其中大部分并非出自他之手。因此,这位不幸的诗人还给我们带来了难题。另一位公元前6世纪的哀歌诗人是以讽刺闻名的色诺芬尼(Xenophanes)。他注意到日耳曼人的神和他们一样长着金发,并指出马的神明(如果有的话）也会像马。这并非怀疑论，而是生动而严肃地试图证明神的本质，说明人神同形理念只是更深刻现实的局部表现。他还被归入前苏格拉底哲学家行列，显示了诗歌与哲学在那个时代可能多么密不可分。

早期哀歌中最吸引人的残篇来自公元前7世纪的弥涅摩斯（Mimnermus）。在他身上，我们第一次看到了后世欧洲文学中不时出现的享乐式悲观主义论调。他还在树叶的比喻中加入了对我们来说如此自然的凄切意味：我们就像在春日阳光下萌发的树叶，也和它们一样生命短暂。死亡或衰老将很快到来，一旦盛年过去，我们最好死去而非苟活。[①]他在另一首诗中问道：如果没有金发的阿芙洛狄忒，生命将是何物？快乐将是何物？一旦失去了隐秘的爱情、甜蜜的礼物和床笫之欢这些青春的花朵，愿他就此死去，因为老年令人厌烦和遭人鄙夷。[②]甚至自然在他眼中也显得毫无乐趣：太阳的宿命是每天劳碌，永无休息。如果撇开时代问题，我们甚至可以想象在上述诗句中读到了《传道书》和奥斯卡·王尔德的味道。他的一些诗句似乎与我们仍能读到的大不相同，但公元前3世纪的亚历山大学者诗人卡利马科斯（Callimachus）认为，他更成功的是小规模而非长篇作品。

阿尔喀洛科斯（Archilochus，约公元前652年卒）以哀歌

---

① 弥涅摩斯，残篇2（Diehl）。——译注
② 弥涅摩斯，残篇1（Diehl）。——译注

体创作了一首警铭诗,宣称自己在战场上丢掉了盾牌,但没关系,他很快会再买一面同样好的。[1]这首诗故意嘲弄了荣誉法则。阿尔喀洛科斯是欧洲最早的惹事包。也许他在这里的观点是原创的,也可能他的作品是某种更古老偏执传统的最早留存。不过,他主要使用以扬抑格和抑扬格为基础的格律,短长体(iambi)将成为谴责诗的代名词。最粗俗的谴责诗人是希波那科斯(Hipponax,公元前6世纪后期),这个下流的小偷和争吵者偏爱"瘸腿短长体",即用扬扬格代替最后一个音步中的抑扬格。当后世诗人想要爆粗口时,他的名字是被提到最多的。

阿尔喀洛科斯有时也是格言智慧的提供者——"狐狸知道许多事,但刺猬只知道一件重要的事"。[2]他还拥有犀利的眼光:他对塔索斯岛(Thasos)的描绘——"像覆盖着野生林地的驴背"[3]——是我们所知对现实世界中具名地貌特点的最早描绘。阿尔喀洛科斯对吕坎贝斯(Lycambes)的侮辱广为人知,据说是因为后者曾把女儿尼俄布勒(Neobule)许配给他,但后来又悔婚。他的诗句露骨地描绘了尼俄布勒与自己和别人的性活动。[4]在一首诗中,他鄙夷地拒绝了尼俄布勒,转而引

---

[1] 阿尔喀洛科斯,残篇6 (Diehl)。——译注
[2] 阿尔喀洛科斯,残篇103 (Diehl)。——译注
[3] 阿尔喀洛科斯,残篇18 (Diehl)。——译注
[4] 阿尔喀洛科斯,残篇30–87, 172–81, 196a, 295 (West)。——译注

诱她的妹妹。①古风时期短长体诗歌留存下来的最长残篇是阿莫尔戈斯人西蒙尼德斯（Semonides of Amorgos）写于公元前7世纪中期的厌女题材习作，诗中将不同类型的女子比作不同的动物（除了将女子比作蜜蜂，其他都颇为不堪）。②这并不十分有趣。

希腊人对"抒情诗"（lyric）一词的定义比我们更加精确：抒情诗是为歌唱而写的诗。抒情诗人分为两类：写诗供自己或其他个人演唱的独唱诗人，供合唱表演的合唱诗人。两类作品的区别体现在格律形式上。独唱诗人从已知的诗体形式中做出选择，选择虽多但不是无限的。其中一些形式根据使用它们的主要诗人（可能是其发明者）命名，如萨福诗体和阿尔凯奥斯诗体。另一方面，合唱诗人为每部作品设计新的诗体。一般情况下，他会先写一个"诗节"（strophe，字面意思是"旋转"），然后是采用同样格律的"对节"（antistrophe），可能也使用相同配乐，随后通常还会有与前文格律不同的"尾节"（epode）。这种模式可以被重复一次或数次。希腊剧作家们将用同样的原理创作合唱抒情诗。

亚历山大的学者们——公元前3世纪这里成为学术和研究中心——收集了他们认为最好的九位抒情诗人的作品，从

---

① 阿尔喀洛科斯，残篇196a（West）。——译注
② 西蒙尼德斯，残篇7（Diehl）。——译注

而形成了"正典"。他们中最早的是阿尔克曼（Alcman），此人生活和工作于公元前7世纪中期的斯巴达，那里当时还没有完全发展出后来闻名于世的军事主义。阿尔克曼尤以供年轻女子合唱表演的"少女歌"闻名。这些作品通常似乎是让少女们相互说笑，并包含了大量同性欲望的情感。其中一首唱道："……欲望让四肢松弛，她的目光比睡眠和死亡更加使人无力。"[1]这是欧洲文学中第一次把性和死亡联系起来，古风时期的土地上意外地奏响了特里斯坦式的音符。在另一段上下文未知的诗歌中，他第一个不仅用某个词或短语来表达"万物有情谬想"[2]——"山峦的群峰和低谷现已安睡，还有深壑与溪流"，他还加上了野兽和蜜蜂，以及"绛紫色海底的怪兽"和"宽羽的飞禽"。[3]在一个由四行六音步诗句组成的残篇中，他谈到了自己，哀叹自己年华老去，告诉声音甜美的少女们，肢体无法再支撑自己跳舞。他希望自己像深蓝色的海鸟[4]那样和翠鸟们一起在浪花上飞翔，拥有一颗坚定的心。[5]另一首少女歌有五十多行保存下来，其表达看似简单，然而很难解读。[6]不过，我们可以从中听到虽然难以捉摸但与众不同的声音。

---

[1] 阿尔克曼，残篇26（Calame）。——译注
[2] 指将人类的感情赋予动植物或物体。——译注
[3] 阿尔克曼，残篇58（Diehl）。——译注
[4] 原文作"海紫色的"，这里指的是雄性翠鸟。按照公元前3世纪下半叶的卡鲁斯托斯人安提戈诺斯的说法，雄性翠鸟老了以后会趴在雌鸟身上飞行。——译注
[5] 阿尔克曼，残篇94（Diehl）。——译注
[6] 阿尔克曼，残篇3（Calame）。——译注

我们已知的最早的独唱抒情诗人是萨福（Sappho）和阿尔凯奥斯（Alcaeus），两人都来自累斯博斯岛（Lesbos）。萨福生于公元前630年左右，阿尔凯奥斯可能稍晚些。大多数独唱诗人在"会饮"（sumposion，英语拼作symposium，表示"饮酒会"）上表演自己的作品。这种只有男性参加的聚会是一项重要的社交制度。萨福无法参加，不过她似乎成了一个不断更迭的年轻女性圈子的核心，同性欲望可以在那里公开表达。弱点是情诗的催化剂；只有当意中人可以说不时，诗人才有东西可写。希腊男性通常与两类女子发生性关系：顺从他们的妻子、他们付钱的妓女。这就难怪最好的希腊情诗描绘的是同性爱情，因为男孩必须要被追求，而且他们可以拒绝。这位最好的情诗诗人带有双重弱点：她既是同性恋又是女性。女孩们不仅可以说不，还能在时机成熟时离开去结婚。事实上，萨福的多首诗歌都涉及离别或缺席。

幸运的是，萨福的一首篇幅较长的诗歌被完整留存了下来，就连这也被视作幸运，可见留存下来的抒情诗多么罕见。那是一首写给阿芙洛狄忒的颂诗或祷歌，但不同于任何其他祈祷。阿芙洛狄忒被称为多彩宝座上不朽的诡计编织者，她是令人着迷的混合体，遥不可及、熠熠生辉而又淘气。[1]萨福用简单的话语向她求助，忆及她的上次来访。当时，女神坐着金车

---

[1] 萨福，残篇1（Diehl）。——译注

离开父亲家,由雀鸟拉着驶过黑色的大地。诗人回忆了那次显圣:女神"不朽的面庞上挂着微笑"(这是希腊语中特别优美的一个句子),她对诗人开玩笑说:"这次你怎么了,萨福?"然后,她用摇篮曲般节奏轻柔的话语安慰许愿者:"即使现在逃走,很快她将追逐;即使现在拒绝,很快她将施予;即使现在不爱,很快她会爱上你,无论多么违心。"诗歌的结尾,诗人再次直率而迫切地求助,请求将自己从烦恼中解脱出来,实现内心的欲望。

这首颂诗让阿芙洛狄忒成为萨福故事中的角色,既遥远又亲密。通过阿芙洛狄忒,萨福可以借由他人的眼睛,带着某种超脱把自己看作一个频繁坠入爱河的人。不过,这种客观性中也包含了激情。诗歌核心处的温柔和含蓄的幽默没有减轻它的力度。通过朴素、透明和充满力量的语言,爱情的痛苦得到了生动的展现和细致的表达。我们能够领略该诗的全貌要归功于公元前1世纪的批评家——哈里卡那苏人狄俄尼修斯(Dionysiusof Halicarnassus)对它的引用,他特别推崇这首作品的音韵之美和遣词造句之妙。

在另一首诗歌中,萨福召唤阿芙洛狄忒前往圣林,那里的祭坛上散发着焚烧乳香的氤氲。她用优美的词句描绘了凛冽的流水在苹果树的枝头淌过,四下里玫瑰覆盖,闪闪发光的树叶洒落酣眠。[①]她邀请女神来到这里，慷慨地在金杯中倒入琼浆和节庆的欢乐。这不仅是对自然景象的精致描写，也包含了神秘元素。她的召唤既生动又模糊。现实、情绪和抽象混在一起：树间流淌的水，来自枝叶闪光里的睡眠，似乎让环境变得更加阴沉而非明亮的花朵，既神圣又像同伴的女神（看上去甚至像女仆）。视觉、听觉、嗅觉、圣洁、美酒和晕眩融为一体，而这一切都是用淳朴而经济的方式实现的。

为了展现萨福捕捉动人细节和将其编织成整体的能力，朗吉努斯引用了一首诗中的四节（全诗很可能有五节）。她对一位无名女子说："坐在你对面，倾听你甜美讲话和可爱笑声的那个男子，我觉得他就像是神。"然后她描绘了自己的症状：她芳心乱颤，无法言语，纤细的火苗在她皮肤下燃烧，浑身栗抖，比小草更苍白。[②]诗歌采用了克制的语言，但表达了直接的肉体体验。诗中没有分析——没有自问这是爱情抑或嫉妒，还是两者兼而有之——而是纯粹的直接感受。

萨福珍视特别和私人的体验。她表示，有人说一队骑兵、步兵或舰船是黑色土地上最美好的东西，"但我说个人所爱才是最美好的"。她的榜样是海伦，为了帕里斯，后者不顾孩子或父母，并抛弃了身为人中之杰的丈夫。类似的，她还想到了不在身边的阿娜克托利亚（Anactoria）。比起吕底亚人的全副

---

① 萨福，残篇 5 和 6（Diehl）。——译注
② 萨福，残篇 2（Diehl）。——译注

甲胄，她更愿意看到那位姑娘可爱的步态和一颦一笑。[①] 但萨福也有众所周知的一面，因为她同样以采用抒情诗和六音步形式的婚歌闻名。前者中的一些带有粗犷的民间风味。她的六音步婚歌中有两个比喻传世。"就像山坡上被牧人践踏的风信子花，紫色的花朵零落于地……"[②]——这很可能是对新娘失去处女身份的比喻。在另一份残篇中，新娘"就像甜甜的苹果泛着红光挂在枝头，在树梢的顶端，被采果人遗忘。不，他们哪里是忘了，分明是够不着"。[③] 这个比喻特别形象：少女高不可及，但当苹果成熟时会发生什么？它会落下。上述两个比喻都暗示了婚姻的快乐与失贞的伤感间的矛盾，但不知是戏谑还是认真的呢？

萨福身上有种难以定义的特质。也许有人会说，她的诗歌的纯粹程度高得不同寻常。真正崇高的诗歌常常包含其他元素，诗歌和戏剧，或者诗歌和哲学，或者诗歌和神学，或者倡导某种道德、社会和人类命运的理念。但萨福的诗句似乎仅仅就是它们本身。文学就其本质而言不可能是抽象艺术，但如果所有的艺术都向往达到音乐的境界，那么萨福的艺术对此表现出的热情是不同寻常的。

---

① 萨福，残篇 27a 和 b（Diehl）。——译注
② 萨福，残篇 117（Diehl）。——译注
③ 萨福，残篇 116（Diehl）。——译注

萨福和阿尔凯奥斯生活在同一座岛上，用同一种方言写作，而且似乎相互钦佩。因此，他们常常被相提并论。但从我们现有的证据来看，两人似乎并不般配。他留存下来的残篇展现出了活力和能量，但鲜有伟大的迹象。也许我们没能在埃及沙漠中发现他真正的杰作。当贺拉斯在公元前1世纪创作拉丁语抒情诗时，他使用阿尔凯奥斯体的次数要超过其他任何抒情诗格律。他还借鉴了阿尔凯奥斯的各种主题和动机，并向其表达了应有的敬意。不过，他对这类格律和主题的喜爱也许更多是因为他可以将其用于新目的，而非它们的原创价值。除非找到更多的莎草纸，阿尔凯奥斯的水准仍然难有定论。

所有抒情诗人中规模最大的是斯特西克洛斯（Stesichorus，公元前6世纪上半叶），他的作品将史诗叙事引入了合唱诗格律，他的《革律翁故事》（*Tale of Geryon*）长约一千三百行，《俄瑞斯忒亚》（*Oresteia*）分为两卷。"斯特西克洛斯"（意为"合唱编排者"）可能只是头衔，而非他的本名，但有人怀疑，歌队能否用歌舞演绎如此长的作品。也许他使用了某种独唱与合唱的组合。《革律翁故事》留存下来的部分要超过斯特西克洛斯的其他任何诗作，作品标题中的角色是一只被赫拉克勒斯杀死的怪物，现存残篇显示的对其不幸命运的同情令人吃惊。革律翁的母亲也说了一番哀婉动人的话。朗吉努斯称斯特西克洛斯有"荷马之风",[1]罗马修辞学家昆体良也认同那种论断,尽管觉得他太啰嗦。[2]

阿那克瑞翁（Anacreon,生于约公元前570年）后来以宣扬惬意的享乐闻名,并带有几许幽默和忧郁。在一次会饮上,他要求仆人在五份酒中调入十份水,"好让我发狂但不失态"。[3]还有一次,他让仆人拿来酒、水和花环,"好让我与爱神展开拳赛"。[4]他在情事上似乎遭受过许多挫折。他问一位"色雷斯小母马",为何她斜眼看自己,然后又跑开了。[5]他告诉一名"拥有少女般目光的男孩",自己在追求他,"你却无动于衷,不知道你掌握着我灵魂的缰绳"。[6]当一位少年剪去了覆盖自己娇嫩脖颈的秀发时,他深感悲痛。[7]他也可以花哨而华丽:金发的爱神把一只紫色的球丢给他,招呼他和一个穿着绣鞋的女孩玩耍。但女孩（尽管她来自累斯博斯岛）鄙夷他的白发,而是把目光投向了另一个人。[8]"头发"在希腊语中是阴性名词,表面意义是她喜欢更加年轻乌亮的秀发,但我们也能听到第二种意思:她的意中人是另一个女孩。阿那克瑞翁知道

---

[1] 《论崇高》13.3。
[2] 《演说术原理》10.1.62。
[3] 阿那克瑞翁,残篇356（PMG）。——译注
[4] 阿那克瑞翁,残篇396（PMG）。——译注
[5] 阿那克瑞翁,残篇417（PMG）。——译注
[6] 阿那克瑞翁,残篇360（PMG）。——译注
[7] 阿那克瑞翁,残篇414（PMG）。——译注
[8] 阿那克瑞翁,残篇358（PMG）。——译注

如何把绝望变成温柔:"我爱克莱奥布洛斯,我为克莱奥布洛斯发狂,我满世界寻找克莱奥布洛斯。"①

在另一首作品中,他用自己喜爱的轻快节奏描绘了衰老和死亡:他头发花白,牙齿老朽,甜蜜的生活快要走到尽头。他害怕死亡,因为哈迪斯的府邸非常狭小,下到冥府的道路很不好走,"已经下去的人很难重新上来"。②在这里,他使用了的轻描淡写的手法。直等到五百年后,我们才会在卡图卢斯的作品中重新看到这种无情而轻佻的基调。他展现了希腊情感中所谓的弥涅摩斯流派,即意识到生命的光辉和短暂,并优雅地对待它。几个世纪后,他将会被其他诗人模仿,他们的作品被称为"阿那克瑞翁派"(Anacreontea)。其中一些相当出色,但它们不过是词句优美,而它们的范本所展现的总是更多。

阿那克瑞翁曾写道:"爱情就像铁匠那样用巨斧击打我,让我坠入了寒冬的湍流。"③这种比喻方式在伊布科斯(Ibycus,同样生活在公元前6世纪)的作品中似乎更加典型。在一首诗歌中,爱神从黑色眼睑的背后向他投来令人无力的目光,把他赶入了阿芙洛狄忒的陷网,但他就像再次被套上马车的年老赛马那样颤抖不已。④在现存他最优美的残篇中,伊布科斯

---

① 阿那克瑞翁,残篇 359(PMG)。——译注
② 阿那克瑞翁,残篇 395(PMG)。——译注
③ 阿那克瑞翁,残篇 413(PMG)。——译注
④ 伊布科斯,残篇 287(PMG)。——译注

使用了精巧的比喻。首先，他描绘了"不可侵犯的少女花园"，那里的春天有榅桲花盛开，葡萄花在浓密的枝叶下开放；"但对我来说，爱情在任何时节都不会睡着"。相反，夹杂着闪电的猛烈北风让他伤痕累累和干枯委顿。[1]"未被染指的花园"将作为贞操的意象再次出现在欧里庇得斯的《希波吕托斯》（Hippolytus）中。[2]

九大抒情诗人中的三位合唱诗人活跃于公元前5世纪上半叶。他们中最早的是西蒙尼德斯（Simonides），活跃于公元前6世纪末到5世纪初。他是另一位享有盛名但今天难以评判的诗人。他也以哀歌体警句铭诗闻名，不过尽管有一些他那个时代的此类体裁作品留存至今，几乎没有什么能可靠地归于他的名下。在他最令人难忘的抒情诗残篇中，达娜厄与刚出生的珀尔修斯（Perseus）被装进箱子里在海上漂流，她用半是哀叹半是摇篮曲的口吻对儿子说："美丽的脸庞，躺在你的紫袍里"，"睡吧，孩子，大海也睡了，无边的苦难也睡了"。[3]西蒙尼德斯的外甥巴库里德斯（Bacchylides，约公元前520年—前450年）的诗歌流畅而悦耳。他在一首诗中对树叶的比喻做了创新：冥府的赫拉克勒斯看到"可悲凡人的亡灵在科库托斯（Cocytus）

---

① 伊布科斯，残篇286（PMG）。——译注
② 《希波吕托斯》，170–222, 525–64。——译注
③ 西蒙尼德斯，残篇13（Diehl）。——译注

河边，就像在放牧羊群的白光闪闪的艾达山岬上，树叶在风中瑟瑟发抖。"① 在莎草纸上发现巴库里德斯的作品之前，人们以为用树叶比喻亡灵的想法来自维吉尔。但这位希腊诗人才是首创者，那种闪亮背景下的战栗带来了新的生动视觉形象。

品达（Pinda，约公元前518年—约前445年）与赫西俄德一样来自波俄提亚，但两人再无别的共同点，因为他赞颂的是洋溢在荷马史诗中的贵族价值，也就是说，他赞美在身体、思想和勇气上出类拔萃的人。他创作了多种诗歌，但对我们来说，他的声名来自唯一通过抄本传统流传下来的抒情诗作品，即他的凯歌，这些作品用于歌队表演，向希腊主要运动会的优胜者表达敬意。品达凯歌共有45首，被编成四卷：描绘奥林匹亚运动会的奥林匹亚凯歌，描绘德尔斐运动会的皮同凯歌（当地的阿波罗女祭司被称为皮提亚），描绘尼米亚运动会的尼米亚凯歌，描绘柯林斯地峡运动会的地峡凯歌。其中第四首皮同凯歌的篇幅要远远超过其他作品，内容主要是伊阿宋（Jason）和阿尔戈号英雄（Argonauts）的旅行。当杰拉德·曼利·霍普金斯（Gerard Manley Hopkins）创作《"德国号"的沉没》（*The Wreck of the Deutschland*）时，他无疑想到了这首作品，后者同样以叙述海上航行为中心。霍普金斯的诗作采用了大胆的语言和独特的诗体结构，在严格的形式中蕴藏了狂热的

---

① 《诗集》5.63–7。

能量，也许是英语中最接近品达精神的作品（17世纪和18世纪的"品达体颂诗"与之差别很大）。

品达凯歌是为特定事件而写的诗歌，受优胜者或他们的城邦委托，必须加入对优胜者的赞美。品达还在其中加入了神话叙事和道德反思。他可以突然很出人意料地在上述主题间切换。之前的抒情诗语言往往简单明了，但品达的风格却繁复而晦涩，他的作品内容包含了多得多的比喻元素。后世的希腊人和罗马人形容他声音低沉、有力而宏大；贺拉斯把品达比作雨后汹涌的山涧。[1] 朗吉努斯把品达和索福克勒斯并称为有力量点燃一切的人，尽管他又表示，他们也会毫无理由地熄灭。[2] 品达还被视作"朴素"或"严苛"风格的代表，这种评价似乎并不表示外表上的朴素（因为他喜欢华丽的东西），而是大胆、粗犷和崇高基调的混合体。

品达有能力做到优雅：在第九首皮同凯歌中，年轻的阿波罗和假小子库勒内（Cyrene）的传奇充满魅力。但他的想象通常显得宏大和壮观。第七首奥林匹亚凯歌是为一位罗德岛（Rhodes，在希腊语中意为"玫瑰"）的拳击手而作。它讲述了这座注定将变得物产丰富和牛羊成群的岛屿曾经如何沉没在海底，然后从水中升起，被拥有锐利光芒的日神占有。日神与玫瑰（现在是仙女）生下许多孩子，把这座海岛分给了他们。

---

[1] 《歌集》4.2.5–8。
[2] 《论崇高》33.5。

神话、土地、性和繁殖力在诗中融为一体。第一首皮同凯歌是为西西里岛叙拉古的统治者希隆（Hieron）所写，诗歌开头首先向金色的里拉琴祈祷，在阿波罗的演奏下，它甚至能让宙斯的老鹰入眠，因为它的音乐在老鹰弯曲的头部上方投下黑云并封住了它的眼皮，但它潮湿的羽毛会在睡眠中起伏荡漾（真是点睛之笔）。奥林波斯诸神被陶醉了，但他们的敌人却感到恐惧，比如怪物提丰（Typhos），它被囚禁在西西里岛的埃特纳火山下，那里不仅"常年风雪刺骨"，还喷射出来自地底那头怪兽的火和烟。神话和自然在诗中结合在一起，还能看到对这位正义统治者镇压暴力的含蓄隐喻。在宙斯的帮助下，统治者能引导民众走向"和谐的安宁"（品达的原话是 sumphonos，我们的"交响乐"一词就来源于此），这让人想起了诗歌开头描绘的音乐的力量。品达就是通过这些方式将不同的材料编织在一起。

虽然常常显得雄浑或华丽，但他的语言也可以是朴素的。在第三首皮同凯歌中，他用传神但淳朴的语言描绘了一位神话中的女子"渴望不在身边的东西，许多人也遭遇过同样的痛苦"。通过少女的感受，我们看到了对浪漫渴望的永恒表达。在第八首皮同凯歌中（很可能是他最后的作品），他一度变得消沉和悲观。"朝生暮死的生物。人是什么？他又不是什么？人是幻影之梦。"这两个问句的希腊语原文是"ti de tis? tid'ou tis?" Tis 可以表示"谁"（比如"这是谁干的？"），也能表示

"某人"或"任何人"。Ti 是中性形式，表示"什么"、"某物"或"任何东西"。De 是希腊人用于调整句意的小品词，有时表示"而且"，有时表示"但是"，有时意思比上述两者都要弱，几乎无法翻译，仅仅表示思路的小小变化。Ou 表示"非"。品达用这些材料编织了蛛丝般纤薄的表达，就像幻影之梦。他无需动词，英语译文中用了三次"是"，但在希腊语中可以省略，让表达的质地更加纤薄。"朝生暮死的生物"（epameroi）这个孤零零的单词似乎全无句法可言。这是虚无主义思想吗？诗中继续说道："但当宙斯赐予的光芒降临，人们将获得光辉和平静的生活。"在这里和其他地方，他把对人生短暂和脆弱的感受同荣耀的可能性结合起来。这种关于人之伟大和渺小的思想也许会让人想起《伊利亚特》，但品达还提出了平静生活的希望，后者在史诗中只属于神明。

公元前 7 世纪和 6 世纪被称为希腊的抒情诗时代，我们自然会认为那个时代将随着品达走向巅峰和终结。但事实上，我们今天能读到的大部分希腊抒情诗在公元前 5 世纪中期还未被写出，而是被嵌入悲剧和喜剧中。在品达同时代的人中有一位最伟大的抒情诗人，他的城邦此前没有多少可以让文学史学家感兴趣的东西。他名叫埃斯库罗斯，他的城邦是雅典。

第三章
CHAPTER 3

悲剧与史学的兴起

我们本以为在大多数时代的大多数社会中都能找到戏剧，所以当看到最好的希腊戏剧在地域和时间上如此有限时，我们会感到意外。不过，人们似乎一直认同，最好的悲剧（到目前为止）来自雅典，而且集中在不到一个世纪的时间里。人们还公认埃斯库罗斯、索福克勒斯和欧里庇得斯超过了所有其他悲剧诗人：早在阿里斯托芬的《蛙》（*Frogs*，公元前405年）中——描绘了酒神狄俄尼索斯前往冥府，想要让一位死去的诗人复生——人们就把他们看作三巨头，也许还要早上许多。埃斯库罗斯（约公元前525年—约前455年）属于打败波斯人入侵的那代人，他参加了公元前490年的马拉松战役。索福克勒斯（约公元前495年—约前406年）和欧里庇得斯（公元前5世纪80年代—约前406年）则为同时代人。

希腊戏剧的起源不明，似乎是从合唱表演发展而来。我们只有合唱抒情诗的文字，但希腊语的"合唱"一词（khoros）本身表示舞蹈，最初的表演结合了动作、文字和音乐。后世的希腊人相信，戏剧源于单个演员与歌队的对话。传说是埃斯库罗斯引入了第二个演员，而索福克勒斯最早引入了第三个。[1] 据说，有台词的演员从不超过三人（歌队及其领唱者除外），由他们分饰所有角色，尽管埃斯库罗斯有一部剧需要四人（可能是特例）。[2]

这些戏剧混合了念白形式的对话（通常采用抑扬格）和演唱形式的抒情诗。通常只有歌队领唱者会代表整个歌队加入念白。歌队演唱在戏剧间歇演唱固定套路的抒情诗（stasimon），但也有更加不规则的抒情诗，这时念白部分的角色可以加入。埃斯库罗斯的《乞援人》（*Suppliants*）尽管是他的最后几部作品之一，但可能复制了最早形式的悲剧。该剧大半为抒情诗（在现存剧作中绝无仅有），饰演达纳俄斯（Danaus）女儿们的歌队是事实上的主角，戏剧的主题是她们寻求庇护。大部分时候，她们每次只与一个角色互动，即她们的父亲或阿耳戈斯国王。

在雅典，戏剧被用来在节日上表演。在其中最盛大的酒神节上，表演将持续五天，最后两天上演的是喜剧。在节日的前一部分，三位被选出的剧作家每人亲自排演四部戏剧——三部悲剧和一部较短的"萨提尔"（satyr）剧。埃斯库罗斯特别喜

---

[1] 亚里士多德，《诗学》4。——译注
[2] 《奠酒人》889行起，可能同时出现了仆人、克吕泰涅斯特拉、俄瑞斯忒斯和普拉德斯（Pylades，俄瑞斯忒斯的表兄弟）四个角色。但也有注疏者认为，饰演仆人的演员在第886行离场，更换服装后在第900行作为普拉德斯登场。见 Hogan. *A Commentary on The Complete Greek Tragedies*. Aeschylus, Chicago, 2014, p138。——译注

欢将他的悲剧主题串连起来成为三联剧，但这种做法并不普遍。每人的第四部戏剧以萨梯为特色，那是神话中一种半人半羊的贪淫形象，它们比人矮小，而且性格轻浮。剧作家们会接受评判，分别被授予一、二和三等奖。我们不知道由谁做出评判，但表演、音乐和舞蹈应该都会被考虑在内。因此，某组剧是否赢得一等奖的信息可能无法告诉我们许多。这些剧作都很紧凑，那是它们的力量来源之一，即使最长的也不到两千行，埃斯库罗斯的《俄瑞斯忒斯》三联剧长度还不及《哈姆雷特》。

悲剧作家都很多产：埃斯库罗斯据说写过 70 到 90 部，索福克勒斯写了超过 120 部，欧里庇得斯写了 90 部。现存悲剧中有 7 部在传统上被归于埃斯库罗斯，7 部被归于索福克勒斯，19 部被归于欧里庇得斯。因此，他们的作品只有一小部分流传至今，而且似乎没有他们早期写的。前两人的所有现存剧作和欧里庇得斯 10 部剧作的流传都要归功于许多个世纪后拜占庭时代编选的他们的作品，而欧里庇得斯的其他 9 部作品则是通过他已经失传的全集中的一卷流传下来，可以说是他全部作品中的随机取样。

我们自然会把希腊悲剧视作一类正式体裁，受到一系列惯例约束，有点类似传统日本戏剧。但对它最早的观众来说，这类作品几乎是全新的形式，而且发展迅速。它的习惯做法可能在公元前 4 世纪成为惯例，但当时悲剧的伟大创造性时代已经结束。一些我们眼中的正式手法只是剧作家使用的技巧，并非出于传统的要求,而是为了营造特殊效果。"轮流对白"(Stichomythia)——两个角色快速交替,每人每次只说一行台词——就是一例。用得好的话,这种技巧能够将激烈的争执或意志的斗争生动地戏剧化。另一个例子是在拉丁语中被称为"机械降神"(deus ex machina)的手法,字面意思是"从机械中跑出的神"。这是欧里庇得斯最喜爱的手法,可能也是他的发明。无论如何,这种创新源于公元前5世纪的某个时候,而非由来已久的惯例。它用的"设备"或"机械"似乎是某种靠起重机支撑的平台,可以被甩到观众面前。男神或女神通常会在剧末现身于高高的机械上,他们将解决事端,赐予角色们不幸或幸福。也许欧里庇得斯对它的使用过于频繁,但我们将看到他如何从中营造出不同的意义,在运用得当的情况下它将多么有力。

当亚里士多德在《诗学》中提出最早的文学理论时,他把悲剧的性质作为自己研究的核心。这部作品对理解悲剧影响深远,在我们分析剧作本身之前,有必要对其加以了解。在试图解释为何描绘痛苦也能带来快感时,亚里士多德指出:在悲剧中遭受灾难的既非完全的好人(那会让人反感)亦非坏人(那会让人满足),而大多是因为某种错误而败亡的好人。[1] 和英语中的 error 类似,亚里士多德的 hamartia 一词可以表示"坏

---

[1] 《诗学》13。

事"或简单的"错误"。显而易见,他指的是"错误",因为他举了俄狄浦斯的例子。俄狄浦斯弑父娶母,因为他不知道自己在干什么。如果知道的话,他本不会这样做。很久以后,人们又从亚里士多德那里归纳出一种不同的理论,认为悲剧英雄的败亡有道德原因。他或者有某种性格缺陷(比如嫉妒、骄傲或优柔寡断),或者犯了某种道德错误。这种观点被成功地用于莎士比亚,也许还适用于某些希腊悲剧。但在其他例子中,我们也许会觉得,把剧作强行塞入这种准亚里士多德的模具将歪曲它们。

埃斯库罗斯的《波斯人》(*Persians*,公元前 472 年)是现存最早的欧洲戏剧。这也是他留存下来的剧目中唯一不属于三联剧的,还是现存希腊悲剧中唯一采用历史而非神话题材的。所有的角色都是波斯人,该剧主题是被希腊人打败的消息传来和战败的国王薛西斯(Xerxes)回国。在某种意义上,这是一部爱国剧——信使绘声绘色地描述了希腊人在萨拉米斯战役中的胜利——但它对波斯人来说是悲剧,而且它的广泛同情让人想到了希罗多德的《历史》(我们将在本章稍后说起)。《七雄攻忒拜》(*Seven against Thebes*,公元前 467 年)是三联剧的最后一部。海船成了贯穿全局的最重要意象。被包围的忒拜城就是那艘船,国王厄忒俄克勒斯(Eteocles)是舵手,他试图控制和安抚歌队所代表的受惊妇女。意象和剧情传递了强烈的紧张和压迫感。通过一系列讲话,信使描绘了地方的六位主将如何依次向忒拜进发。第七位主将是厄忒俄克勒斯的兄弟波吕尼刻斯(Polynices),他会与国王交战吗?这取决于情感的力量平衡:激情让厄忒俄克勒斯疯狂,女性现在成了安抚的力量,她们试图说服他不要做出如此可怕的举动。她们失败了,两兄弟在战斗中双双死于对方之手。该剧的结构具有宏大和块状的简朴。

在这方面,《俄瑞斯忒亚》(公元前458年)截然不同。它是唯一完整保留下来的三联剧。在第一部《阿伽门农》(*Agamemnon*)中,从特洛伊凯旋的阿伽门农国王和他的特洛伊俘虏卡桑德拉(Cassandra)被王后克吕泰涅斯特拉(Clytemnestra)谋害。在《奠酒人》(*Libation Bearers*)中,王子俄瑞斯忒斯秘密地从流亡中归来,与姐姐厄勒克特拉(Electra)团聚,并杀死了克吕泰涅斯特拉和她的情夫埃癸斯托斯(Aegisthus)。在《慈悲女神》(*Eumenides*)中,俄瑞斯忒斯被母亲鬼魂唤来的复仇女神(有时也像该剧标题中那样被称为慈悲女神)追杀。剧情从德尔斐开始,俄瑞斯忒斯在当地的阿波罗神庙寻求涤罪。然后,场景转向雅典,他在那里的法庭受审,控辩双方分别是复仇女神和阿波罗。陪审团僵持不下,最终女神雅典娜投下了支持他的关键一票。复仇女神威胁报复该城,但雅典娜说服她们变成丰饶女神,造福雅典的土地。

克吕泰涅斯特拉在第一部中的戏份比其他人多得多,而活着的阿伽门农只在一场中出现过。但最初的场景中充满了对他归来的预感,他的被害(在舞台之外,可听到但不可见)是剧情的高潮,在后续场景中可以清楚地看到他的尸体。在歌队的进场歌中,城邦的长者回顾了十年前的事件。女神阿耳忒密斯送来的逆风阻止船队驶往特洛伊;军队饥肠辘辘而且士气低落,平息女神愤怒的唯一方法是阿伽门农献祭他的女儿伊菲格尼亚(Iphigenia)。在这个神话的其他版本中,阿伽门农个人触怒过阿耳忒密斯。但在该剧中,她的愤怒应该源于特洛伊战争本身,一场宙斯批准的正义征讨。相反,叙事重点是真实的决定。歌队复述了国王的原话[①]:他毫不自怜地直面困境。杀了自己的女儿,让父亲的双手沾上心肝宝贝的鲜血的确很难,但他又怎能抛弃舰队和辜负联军呢?"这些事中哪一件不是痛苦的呢?"最终,他"受了强迫戴上轭",就像歌队唱到的那样,做了不虔诚、不洁净和不敬神明的事。我们可以想见,这也是女神希望的。

如果将上述段落同欧里庇得斯作品中两处对献祭处女的描绘加以比较,我们将看到值得玩味的地方。[②] 在《赫卡柏》(Hecuba,约公元前5世纪20年代)中,波吕克赛娜(Polyxena)平静地死去,并确保倒下时的姿势让她的伤口不会被看见。在

[①] 《阿伽门农》206-17。
[②] 《赫卡柏》546-70,《伊菲格尼亚在奥利斯》1551-83(这部分并非出自欧里庇得斯之手)。

欧里庇得斯笔下，伊菲格尼亚为顾全大义而从容赴死，但动手的并非阿伽门农，而将是一名祭司（最终被奇迹般地制止了）。相比之下，埃斯库罗斯的作品需要面对全部恐惧：伊菲格尼亚的祈祷和哭泣无济于事，歌队用美得惊人的语言描绘了侍从如何把她按到祭坛上，堵住她的嘴，不让她说出不吉的话，她的橘黄色袍子滑到了地上，仿佛一幅优美的画。[1] 我们毫不怀疑阿伽门农不得不忍受的痛苦。

想要理解这个段落，我们必须意识到：在现实生活中（特别在战争期间），人们的确会面对这种困境，尽管情况并不完全相同。抵抗运动的战士应该背叛自己的同志，还是忍受家人被折磨呢？决定让人无法忍受，但必须做出；无论作何选择，他都将产生负罪感。这既是道德选择，又没有明确的答案。阿伽门农在疯狂状态下杀死了女儿，这种安排反映了对心理的犀利洞察，因为人无疑只有在那种状态下才会做出如此可怕的举动。埃斯库罗斯比他的评论者更加深刻。有人认为阿伽门农完全是被必要情势所迫，事实上别无选择。也有人指责阿伽门农做出了错误的决定——仿佛如果不是在极端的压力面前，任何人都可以杀掉自己的孩子。在此类情况下，让局外人来告诉当事人他的选择正确与否显得无礼，甚至可能残酷。当我们看待这类情形时，同情无疑是道德上成熟的回应。埃斯库罗斯在这

---

[1] 《阿伽门农》228–47。

里深入了人类经验的深渊。有时他被指责道德观原始。恰恰相反，这是文学中最深刻的东西之一。

阿伽门农在剧情中途登场，陪伴他的是一个沉默的人物，即成为他俘虏的特洛伊公主和女先知卡桑德拉。我们该如何评价他？人们的判断大相径庭：有学者认为他是一位伟大的绅士，对卡桑德拉体贴，对王后彬彬有礼；另一位学者则认为，我们看到了一个堕落的暴君和夸夸其谈的人，在妻子面前炫耀自己的宠妾。显然，这两种观点不可能同时正确（却可能同时错误），但出现此类截然不同的观点本身也许暗示了些什么。因为这是一幕外部场景，我们无法进入角色的内心：国王和王后是公开舞台上的大人物，我们从外部观察他们。

在这一场的后半部分，埃斯库罗斯创造了一幅壮观的场景：克吕泰涅斯特拉命人在地上铺满紫色的布料，要求阿伽门农穿过它们走进宫殿。[①] 他拒绝了：在这些珍贵纤薄的织物上踏过会毁了它们，只有神明才应该享受用布料铺路的待遇。像普利阿莫斯这样的东方君主可能会么做，但他不会。克吕泰涅斯特拉坚持己见，两人开始顶牛，展开了一小段密集的对白。他们的语言中充斥着战斗、胜利和失败："但是一个幸运的胜利者也应当让一手"，"你是这样重视这场争吵的胜利吗？"他做了让步，脱掉靴子以表谦恭，然后踏上了那些布

---

① 《阿伽门农》907–57。

料。显然,这个举动让他很不舒服。那么,他为何还是这样做了呢?原因并非傲慢——这种想法完全是漫不经心。那么,其中包含了什么样的厌倦、骑士风度和意志薄弱呢?我们在现实生活中对此类问题没有答案,在这方面,剧中情形与生活类似。该剧诱使我们思考该问题,但没有给出答案。有一点是肯定的:国王和王后在精神上交了手,胜利属于后者。

克吕泰涅斯特拉这样安排有其自然的理由:为了让诸神讨厌她的受害者(但并未成功)。或者,她也许只是喜欢发挥自己的个性力量。不过,全剧很少对她的动机感兴趣,我们只是目瞪口呆地看着这个了不起的角色(我们可以对比索福克勒斯和欧里庇得斯的《厄勒克特拉》中的克吕泰涅斯特拉,与埃斯库罗斯笔下的王后不同,她为自己开脱和辩护)。完成谋杀后,她发表了一段激昂的胜利讲话,[1]讲话包含了丰美的意象,并突然转入现在时态和莎士比亚式的简洁表述:"我砍了他两下。"随着她在溅到自己身上的血雨中陷入狂喜,她的语言变得甚至更加华丽,表示自己的畅快不亚于正当出穗时节的麦苗承受天降的甘霖。按照夺目而反常的方式,比喻中嵌套了比喻:阿伽门农死亡时喷溅的鲜血被比作给予生命的甘霖,她自己成了麦穗,生孩子被比作出穗。这些字眼虽然恶毒,却带有某种奇妙的味道。之前,当国王同意从紫布上走过时,她宣

---

[1] 《阿伽门农》1072-3。

称:"海水就在那里,谁能把它汲干? ——那里面产生许多紫色颜料,价钱不过和银子相当,而且永远有新鲜的……"对这个浩瀚而丰饶的世界的欲望令人着迷,你会身不由己地以某种方式爱上这个女人。

当阿伽门农走进屋子时,我们预料他会很快被杀,但埃斯库罗斯安排了一个意外。卡桑德拉。看似希腊悲剧中常见的沉默角色之一的卡桑德拉开始说话——最初是没有句法和几乎没有意义的呢喃:"嗷嗷嗷,啊呀呀,阿波罗呀阿波罗。"一幕宏大的心理剧就此展开,卡桑德拉与歌队的对话从歌曲转向念白,从支离破碎转向完整表述。这是一幕内心剧,不同于我们从外部观赏的国王与王后共同登场的场景。在癫狂的先知预言状态下,她不仅预见了即将到来的杀戮,而且带我们回到此前从未企及的过去——阿伽门农的父亲阿特柔斯(Atreus)杀死了兄弟堤厄斯忒斯的孩子们,并诱使他吃下了孩子们的肉。她说,这间屋子散发着血腥味,仿佛有来自坟墓的臭气。歌队领唱者半开玩笑半认真地表示,她闻到的是牺牲和节日焚香的气味。她从最初的无助变得不屑,预言了将为她和阿伽门农复仇的人。但她最后的话并非"为自己哀悼",就像她说的那样,而是因为现在她看到了更宏大的景象:"凡人的命运啊!在顺利的时候,一点阴影就会引起变化,一旦时运不佳,只需用润湿的海绵一抹,就可以把图画抹掉。"

一切荣华都弱不禁风——区区阴影就能打破它堪称绝妙

的想象——但还有人遭遇的只是不幸和遗忘。她最后的话表达了对这些人的更大同情："我对后者的怜悯要强烈得多。"①几乎没有什么例子比这更能展现上下文如何改变诗歌了。如果不是放在此处，这句话简直不能再乏味了，除了"怜悯"，每个词都平凡乏味。但在此处，它让人击节叫好。这幕场景开始时，她语无伦次，完全封闭了自己。然后，她从抒情诗中的恐惧之美过渡到对话中的更平静基调。最终，就像《伊利亚特》结尾处的阿喀琉斯，她看到的景象包含了全人类：尽管自己正处于痛苦中，但道德的博大让她认识到有些人的生活比她还要糟糕。在她漫长情感旅程的最后，卡桑德拉只剩下最平凡的话语。现在，心明眼亮的她走进屋子接受死亡。

《阿伽门农》是一部如此伟大的作品，我们也许会疑惑剧作家将如何继续下去，但埃斯库罗斯给出了答案。我们可以将其与交响乐进行比较：前两个乐章的伟大似乎让乐曲难以为继，但谐谑曲和尾曲可能以各自的方式让人完全满意。《阿伽门农》是高贵和公开的，而《奠酒人》则发生在家庭内部。俄瑞斯忒斯和厄勒克特拉非常年轻，他们是"雄鹰"阿伽门农的"雏鸟"，②仰赖歌队（代表家中的女奴）的支持。该剧的第一部分有一长段为死去国王的祈祷（剧名来自歌队带来祭奠他亡灵的酒），但后半部分的进展非常迅速，该剧在剧情上也许是希腊悲剧中最

---

① 《阿伽门农》1322-30。
② 《奠酒人》247 和 256。

具活力的。一位仆人登场并退下。埃癸斯托斯独占一场，但长度还不到二十行。在另一个动人和略带幽默的场景中，俄瑞斯忒斯的老保姆基里萨（Cilissa）唯一一次露面，她对王子去世的假消息感到真心悲痛，而王子的母亲只是假装哀伤。这是对后来变得司空见惯的人物类型的最早描摹：滑稽的仆人。此类形象很容易被描绘成多愁善感或颐指气使，但在剧中不是这样。克吕泰涅斯特拉本人这时看上去像是个更加普通的角色，但并未乱了方寸：得知俄瑞斯忒斯仍然活着而且就在眼前时，她首先命人取来斧子，失败后又求诸话语。[1]她拼命说服儿子不要杀死自己时的轮流对白非常精彩。这是一部生动而微妙的作品，就其对《阿伽门农》中意象的延续和发展而言，它也是深刻的。

杀死了母亲和她的情夫后，俄瑞斯忒斯最终还需要去德尔斐接受仪式的涤净，但剧情看上去几乎完结了。如果《慈悲女神》失传，我们将永远无法猜到它的内容。尽管俄瑞斯忒斯在雅典接受的审判是该剧的中心，但发挥主导作用的角色都是神明：为他辩护的阿波罗，主持审判的雅典娜，组成歌队的复仇女神。在该剧开头，我们听说了原始的女神们：大地女神是司法女神之母，司法女神是福柏之母（后者又是阿波罗之母）。[2]

---

[1] 《奠酒人》889。
[2] 这里表述可能有误，司法女神忒弥斯和月神福柏都是大地女神盖亚的女儿，福柏和兄弟科俄斯生下勒托，后者生下阿波罗姐弟。埃斯库罗斯在剧中的表述大意是：首先，我向第一位先知盖亚致以最高的敬意，然后是她的女儿，接替她位置的忒弥斯。忒弥斯自愿而非被迫将位置交给了另一位提坦，盖亚的孩子福柏。福柏又将其作为生日礼物给了福波斯（阿波罗）。(《慈悲女神》1–8行）——译注

复仇女神则是夜神的孩子。这些生活在大地上的女性力量比奥林波斯的神祇更加古老。尽管在时间观上如此浩大，但该剧也具有独特的地方色彩，包含了对雅典时事毋庸置疑的指涉。在其他任何悲剧中找不到类似情况。

此外，剧中的雅典是准民主政体。那里没有国王——这在悲剧中同样绝无仅有——而是由雅典娜代理。随着剧情的发展，舞台和观众的现实生活的界线开始变得模糊。俄瑞斯忒斯在战神山法庭前受审，距离公元前458年那个春日观众所在的狄俄尼索斯剧场不远。当雅典娜要求"雅典人民"评判这个案件时，她似乎不仅在对台上的陪审团说话，也在对我们说话。[1] 她本人似乎一半是女神，一半是这座城邦的象征。当复仇女神同意平息对雅典的怒火时，她们降临凡间成为丰饶女神，让我们所在的阿提卡土地变得富饶。在最后时刻，当侍从点着火把列队引领她们时，故事内的庆祝和故事外酒神节上的庆祝看上去几乎融为一体。

我们应该如何看待这种不寻常的构思？人类学家对自然与文化的区分在这里能派上用场。该剧隐约展现了宇宙秩序的错乱：一边是奥林波斯诸神，一边是更加古老和黑暗的力量。复仇女神在某种程度上是文化女神，专注于惩罚谋杀行为。她们被克吕泰涅斯特拉的鬼魂从地底唤醒，[2] 后者甚至有能力重

---

[1]《慈悲女神》681。
[2]《慈悲女神》94–116。

新出现在第三部剧中,即使在她死后(该剧带给我们的又一次意外)。但在雅典娜的劝导下,复仇女神也将成为自然神明,让城邦稳固和土壤肥沃。该剧结尾显示了灿烂的大统一:自然与文化交融,奥林波斯诸神与大地的原始力量握手言和,过去与现在走到一起。教区是宇宙的一部分,我们同时住在局部和整体中。因此,当时雅典政治中上演的短暂争执也在宏大的宇宙图景中占有一席之地。

《俄瑞斯忒亚》的戏剧力量离不开大胆、有力和美。埃斯库罗斯的风格以华丽为主,但也能营造出从平淡到极端怪异的各种效果。在他为数不少的较复杂段落中,其风格可能是所有文学作品中最繁复和大胆的。他的意象同样独一无二,表现为整部作品中的比喻相互交织,形成新的组合并催生新的洞察。和英语一样,希腊人的"家"一词可以表示屋子或家庭,这种双重性被不断加以利用。"内部"是另一个关键词:内室是女性的居所,但也是谋杀和流血发生的地方。作品中有束缚的意象:网、镣铐和裹紧的布。也有脆弱生物的意象:俄瑞斯忒斯是畏缩的野兔,[①]卡桑德拉像只夜莺,[②]或者就像我们已经看到的,阿伽门农的孩子们是雏鹰。剧中还有美丽和不祥的歌:"夜莺"卡桑德拉的歌和复仇女神得意洋洋的歌,后者是她的内心在疯狂的先知状态下听到的。财富是危险的,当阿伽门农

---

① 《慈悲女神》326。
② 《阿伽门农》1140–49。

走上紫布时,他在现实和象征意义上践踏了家中的财富。克吕泰涅斯特拉用布把他裹紧,以便杀死他。她拿一张没有漏洞的网,"像网鱼一样把他罩住,这原是一件致命的宝贵长袍"。[1] 几乎可以说,是阿伽门农的财富杀死了他。她的形象几乎与屋子一样生动。为死去的阿伽门农准备的奠酒被浇在地上。土中浸满了鲜血,再也喝不下更多。鲜血留在屋内腐败变臭。克吕泰涅斯特拉被比作蛇和其他怪物——它们同样会在屋中腐败——由于害怕俄瑞斯忒斯的报复,她梦见自己在给一条蛇喂奶。[2] 不过,无论是从语言或剧情上,对《俄瑞斯忒亚》的简单描绘似乎都只能流于表面。没有哪部文学作品承载了更丰富的内容,就像出产紫色染料的大海,它也是取之不尽的。

对浪漫主义派来说,《被缚的普罗米修斯》(*Prometheus Bound*)是埃斯库罗斯的代表作,这个在宏大尺度上描绘一位藐视神明之英雄的故事吸引了偏爱自我崇高的他们。但现在我们明白,这不可能出自埃斯库罗斯之手,因为从语言和格律等细节到风格和观点等较宏观的地方,它在许多方面与这位诗人的真正作品截然不同。该剧可能创作于公元前5世纪40年代。普罗米修斯是从诸神那里盗取火种并将其交给人类的提坦。在该剧中,他是一位更加全方面的施惠者,还教给人们数学、书

---

[1] 《阿伽门农》1382–3。
[2] 《奠酒人》527–34。

写、造船和驯养动物。作为惩罚，宙斯下令用锁链把他绑到岩石上永远受苦，因为身为神明的他不会死。《被缚的普罗米修斯》是三联剧的一部分，可能是其中第二部。在第一部中，他盗走了火种；在最后一部《被解救的普罗米修斯》中，他获得解放，条件是说出他保守的秘密。[①]

在现存的那部剧的第一个场景中，"威力"和"暴力"将普罗米修斯带到荒野，把他的锁链钉到岩石上。等他们离开后，一直默不作声的普罗米修斯向天空、风、水和大地等自然元素发出哀嚎，他描绘海洋时用的"万顷海波的欢笑"是埃斯库罗斯最为著名的表述（如果真是他写的话）。[②] 歌队随后进场，这些大洋神的美丽女儿们与动弹不得的提坦形成了反差。首先前来探视普罗米修斯的是大洋神本人，一位谨慎的妥协者。然后是剧中唯一的凡人角色伊娥（Io），她也是宙斯的受害者，曾被其强奸，后来又被宙斯嫉妒的妻子赫拉派来的牛虻赶得满世界乱跑。她狂乱的举止同样与无法动弹的英雄形成了反差。信使神赫尔墨斯（Hermes）前来命令普罗米修斯说出宙斯需要的秘密，当后者拒绝时，赫尔墨斯宣布了更多的惩罚：普罗米修斯将被压在沉重的岩石下，老鹰将每天吞噬他的肝脏。大地颤抖，雷电交鸣，但普罗米修斯的喊声盖过了

---

① 宙斯与某位女神的婚姻将让他失去王位，只有普罗米修斯知道那是谁。《被缚的普罗米修斯》907—927。——译注
② 《被缚的普罗米修斯》88—100。

这一切。在该剧最后,他呼唤母亲大地女神见证自己遭受的不公。[1]

这代表了某种发现。在该剧前半部分,他说:"我自愿犯错,我不否认。"[2]他说,他知道宙斯严厉而罔顾正义。强权就是公理,仿佛正义掌握在有足够力量去攫取它的人手中。但在该剧结尾,普罗米修斯出于简明的真理而否定了上述想法:对他的惩罚是错的。将宙斯描绘成纯粹的坏人无疑是该剧的不同寻常之处。宙斯刚刚掌权,普罗米修斯称之为"有福者的新王",[3]也许他在未来会改变,但现在他是人类的敌人。这远远超越了那些将诸神描绘成严厉或神秘莫测的其他作者。

这位剧作家还喜欢营造壮观的效果。比如,大洋神坐着鸟拉的车登场,他的女儿们同样坐着"飞车"。[4]许多"壮景"必须完全通过文字表现:大洋女儿们的仙馥、闪电和被震碎的岩石(只有闪电可能通过机械制造)。相比之下,该剧的语言风格比埃斯库罗斯的更加简朴,意象也少得多。剧情在中间部分有点拖沓,仿佛作者不太清楚在开头和结尾的激烈冲突之间该做点什么。它的主题直白、突兀和略显粗糙,但构思上显示出无法否定的华丽,全能者本身也能被藐视乃至战胜的想法为人

---

[1] 普罗米修斯的母亲是忒弥斯。在该剧中,埃斯库罗斯将其与盖亚合而为一:我母亲忒弥斯,又叫盖亚,一身兼有许多名称(211行起)。——译注
[2] 《被缚的普罗米修斯》266。
[3] 《被缚的普罗米修斯》96。
[4] 《被缚的普罗米修斯》129和288。

类想象力的宝库加入了新理念。

埃斯库罗斯的《波斯人》是将近期事件搬上舞台的罕见实验。我们也许会对很少有人效仿他感到吃惊,但无论出于什么原因,神话仍然是悲剧的主角,描绘和分析真实之人的言行被留给了一群截然不同的作者。史学写作已经在西方开展了两千五百多年,希罗多德(Herodotus)和修昔底德(Thucydides)两人以了不起的速度发明了它。我们对希罗多德的生平所知寥寥。他来自爱琴海东岸的哈利卡那苏(今天的波德鲁姆[Bodrum]),处于波斯帝国治下。他很可能出生在公元前5世纪80年代或稍晚些,卒于公元前5世纪20年代。他的《历史》的后半部分回顾了波斯国王大流士(Darius)和薛西斯在公元前5世纪初对希腊人发动的战争,其间夹杂了对已知世界大部分民族的描绘,包括专门讲述埃及的一卷。

在希罗多德之前有两种写作方式可供其借鉴。首先是城邦历史。这些似乎是未加甄别的汇编,通常从神话中的奠基人开始,按照时间顺序写到创作者的时代。第二类是民族志。民族志似乎收集了关于某个异族能够找到的各式材料——这些材料中可能包括了某些真正罕见而有趣的知识,对奇闻异事的兴趣,对奇风异俗的嗜好,还有对神迹的好奇。也许我们可以想象一下《国家地理杂志》文章里的那种糅杂。希罗多德的第一个洞见在于,他认识到这两种研究可以被融为一体,并进而改变了它们。

另一个洞见是,他意识到史学可以是艺术。这是欧洲最早用散文写成的艺术作品,也是到那时为止出现的任何种类作品中最长的。后来,他被称为"最有荷马风格"的作家。我们可以从多个方面理解这种评价。与创作《伊利亚特》的诗人一样,他把一堆松散的材料塑造成整体,尽管他的民族志性质不一,但他并未忘记自己故事的发展目标。和《伊利亚特》类似,他的作品具有史诗般的宏大:薛西斯的大军跨越赫勒斯滂(希罗多德笔下的人数一定大大夸张了)可能让人想起《伊利亚特》第二卷中亚该亚人统帅壮观的大点兵。和《伊利亚特》类似,他讲述了一个悲剧故事,就像在埃斯库罗斯的戏剧中,这个悲剧属于波斯人。广泛的同情是希罗多德作为历史学家的优点之一。

从某一点上来说,希罗多德比他在古代的任何继承者更接近现代的历史学家。希腊语的"历史"(historia)一词最初只是表示"研究",这也是希罗多德的本意。现代理论区分了"历时性"和"共时性"历史。历时性历史叙述事件随着时间的发展。共时性历史则研究变化缓慢或完全不变的事物,如社会和经济结构,信仰和行为模式等。自从修昔底德以来,"历史"一词开始表示历时性叙述,至少在相当晚近时仍然如此。当现代史学家探究集体心理和"大历史"(longue durée)时,他们其实是回到了自己学科的源头。希罗多德是第一个这样做的人。

在开场白中,他宣称自己的目的不止一个:为了保存人类的功业,使之不致由于年深日久而被人们遗忘;为了使希腊人和异邦人那些值得赞叹的丰功伟绩不致失去光彩;为了把他们发生纷争的原因记载下来。第一个目的是保存真实记录,第二个是像诗人那样赞美伟大而神奇的事,最后是寻找解释。这里可以看到又一种重要创新,即历史应该把描绘和分析结合起来的理念。"原因"一词将成为修昔底德接手和调查的对象。

与此同时,希罗多德开始发现史学方法。他因此区分了三类证据:你看见的、你读到的和你听说的。比起后世的希腊和罗马历史学家们,他还更乐于承认不确定之处。也许他并未严格区分神话(比如关于欧罗巴和海伦的故事①)与历史,但已经接近这样做了。他写道:"我的职责是说出别人说过的东西,而不是相信一切。让这个原则适用于整部作品。"② 他发挥了判断力,但也给了我们证据。

此外,希罗多德既善于讲宏大的故事,也会说生动的小八卦。不过,尽管具有这些优点,他在古代和后来依然经常受到质疑,最糟糕时被指为撒谎者,最好的情况下也只是亲切的嚼舌人。特别是在《历史》的前半部分,我们觉得他的许多故事带有明显的民间故事特征。在第一卷中,他叙述了克洛伊索斯(Croesus)的吕底亚帝国的兴亡。故事的讲述相当精彩,开头

---

① 《历史》1.2–4。

② 《历史》7.152。

部分安排的小细节在后半部分将被证明非常重要。其中的一个转折尤为巧妙。① 在故事开头，贤人梭伦建议克洛伊索斯不要在某人去世前就认定他是幸福的。很久之后，当克洛伊索斯被波斯国王居鲁士（Cyrus）以火刑处死时，他感叹梭伦是对的。居鲁士对此感到好奇，在听了克洛伊索斯的解释后，饶了他一命。就这样，看似预示着克洛伊索斯覆亡的话救了他的命。

克洛伊索斯的故事具有艺术目的，在较小的规模上预演了将成为全书主体的兴亡故事。它还具有历史目的，展现了帝国如何过度扩张。但这个故事几乎完全是虚构的，也许这无关紧要：在整个古代，除了关于接近自己时代的作品，很难写出严肃的历史，更古老的故事总是带有传奇色彩，但希罗多德关于波斯战争本身的许多逸闻还带有民间故事的味道。这是他特有风格的重要组成部分，如果失去了它们将会令人遗憾，但他无疑过于轻信。

梭伦告诉克洛伊索斯："神明都喜欢嫉妒和制造麻烦。"② 神明就在身边的预感笼罩着整部作品。这本身无损于史学作品的特点——持怀疑论的拉丁语历史学家塔西佗（Tacitus）首先提到"诸神对罗马人国家的愤怒"——因为神明佑护或嫉妒的思想可以与对事件的纯粹自然解释结合起来。当薛西斯考虑是否入侵希腊时，希罗多德描绘了他的两位谋士的发言：马尔

---

① 《历史》1.32 和 1.86。
② 《历史》1.32。

多尼乌斯（Mardonius）赞成，阿尔塔巴努斯（Artabanus）反对。① 这些发言当然都是杜撰的，但此类杜撰是阐述政治问题的有效途径——整个古代的历史学家都将效仿。薛西斯决定侵略，后来改变了主意，但两天后又改了回来。这一切都符合现实情况和人之常情。但促使薛西斯做出最终决定的是这位年轻国王在梦中见到的两幕景象，② 他随即来到阿尔塔巴努斯面前，要求后者改变主意。事实上，希罗多德没有说这些景象是否来自神明，同样可以从自然角度把它们理解成举棋不定者的无意识体验。不过，这些故事在思想上似乎更接近荷马，而非后来的修昔底德。尽管如此，希罗多德的成就仍然巨大：只要与《旧约》的历史各书加以比较，就会看到他才是我们今天所知的历史学的鼻祖。用现代历史学家的标准来评判他并非犯了时代错误，或者仅仅是事后聪明，因为那基本上正是他努力的目标，尽管他本人显然不会这样看待自己。他实现了巨大的飞跃，其他人将很快追随他的脚步。

希罗多德本人似乎没有参与他生活时代的重大事件；与之相反，雅典人修昔底德（约公元前460年—约前400年）是个实干家。在为争夺希腊世界的统治权而展开的伯罗奔尼撒战争（公元前431年—前404年）中——交战双方是雅典与斯巴

---

① 《历史》7.9–10。
② 《历史》7.12–16。

达及其各自盟友——他是一名将军。公元424年,在被斯巴达统帅布拉西达斯(Brasidas)打败后——叙述这段经历时他显然无精打采[1]——他在流亡中度过了随后的二十年。根据修昔底德自己的说法,他在伯罗奔尼撒战争爆发时就开始撰写其历史。他可能活到了战争结束后,但他的史书并不完整,不仅在公元前409年时戛然而止,而且总体内容的完善程度也有所不同。

修昔底德大胆地将诸神完全排除在他的历史之外。诚然,他承认人们可能受到超自然信仰的影响——比如由于迷信占卜者和月食,雅典将军尼喀亚斯(Nicias)拒绝让自己的军队放弃包围叙拉古和驶离西西里岛,造成了灾难性的后果[2]——但即使这类动机他也很少提到,而且从不用神明本身解释任何事件。他甚至不像希罗多德那样,承认事情背后隐藏着神明的嫉妒。这本该让我们比实际上更加吃惊,因为如果神明存在而且会采取行动,他们应该是影响人类事务的因果力量之一。修昔底德的举动如此坚决,效果如此恒久,以至于我们很容易忽视它多么激进。不能据此认定他是个无神论者(对此我们只能推测)。相反,他的理念是历史学家有其特别的工作要做,关于神明的内容不在其中。

历史学家的工作是分析性的。他表示这场战争是希腊人和其他民族最大的"动荡"(kinesis)——这个冷静的字眼产生

---

[1] 《伯罗奔尼撒战争史》4.104–7。
[2] 《伯罗奔尼撒战争史》7.50。

了强烈效果。[①]他极其关注进程和变化,这就是为何他放弃了希罗多德喜欢的共时性研究。他的目的是科学性的,试图发现模式。他宣称如果想要对已发生和可能发生的事情具有清楚认识的读者认为他的著作有用,他就心满意足了。[②]他还郁闷地表示,自己的作品没有奇闻异事,因此恐怕难以引人入胜——这显然是对希罗多德的嘲讽。和前辈一样,他也关心原因,但他更进一步地提出:因果关系存在于两种层次上。[③]他不仅给出了冲突产生的直接原因,而且提出了更加深刻的潜在原因:恐惧。建立帝国后,雅典人只有通过加强和扩张它才能感到安全,任何虚弱的迹象都是致命的。但雅典人越是强大,斯巴达人和其他希腊人就越感觉受到威胁。这是一个长期问题,战争是不可避免的结果。

作为科学的历史学家,修昔底德详细描绘了公元前430年肆虐雅典的那场瘟疫。[④]毕竟疾病是人类的灾祸之一,修昔底德还试图说明瘟疫引发的恐惧和绝望如何败坏了人的行为。战争对道德的影响是他始终关心的主题之一。修昔底德对其最直接的分析来自他对科基拉(Corcyra,今科孚岛[Corfu])革命引发的恐慌的叙述。[⑤]这场革命改变了话语和现实的关系,他

---

① 《伯罗奔尼撒战争史》1.1。
② 《伯罗奔尼撒战争史》1.22。
③ 《伯罗奔尼撒战争史》1.22–3。
④ 《伯罗奔尼撒战争史》2.47–53。
⑤ 《伯罗奔尼撒战争史》3.82–4。

表示：鲁莽之举被视作对同盟者的忠诚，谨慎被看作懦弱，理智成了缺乏男子气概的表现。民主派支持平等，寡头派支持贵族智慧。但修昔底德认为，双方的真正动机是贪婪和野心。

作者在这里亲自表态，但大部分分析都被放到了他为这部伟大历史剧的演员记录的演讲中。在一个没有速记或录音设备的世界里，他的读者很清楚这些话不可能是逐字记录，但他还是特地解释了自己的方法。修昔底德告诉我们，他试图尽可能地忠于每位说话人的原话主旨，但也承认自己让说话人说了"需要的东西"或"必要的内容"。[1] 他的言下之意引发过许多讨论。也许他自相矛盾了。书中的演讲既是历史事件，又是对当下问题的理想解释，我们的确可以看到两者间的矛盾。

另一个值得注意的地方是，修昔底德用相当清晰和直白的散文叙述事件（事实上，他的叙事有时略显乏味，而希罗多德则很少如此），但演讲部分的语言则极其晦涩。此外，我们也很难理解为何要让演讲如此复杂，以及最早的读者会对此产生何种感受。事实上，很难相信有人会像这样在公众大会上讲话或为自己的生命辩护。演讲内容指向了类似的结论：它们普遍缺乏煽情，不像我们认为演讲者应该做的那样。

这个问题在"米提列涅辩论"（Mytilenean debate）中变得突出。[2] 当累斯博斯岛上的米提列涅人起义失败后，雅典人决

---

[1] 《伯罗奔尼撒战争史》1.22。
[2] 《伯罗奔尼撒战争史》3.36-49。

定杀死所有成年男性，把其他人变成奴隶。但他们很快发生动摇，于是再次讨论此事。修昔底德给出了第二次讨论中的两场演讲。民主派领袖克里翁（Cleon）坚持用惩罚以儆效尤，任何心慈手软都是危险的。他的观点完全从权宜考虑出发，他的对手狄奥多图斯（Diodotus，我们对其一无所知）同样如此：该问题无关正义，而是事关雅典人的自身利益，大屠杀只会让未来的敌人更加孤注一掷。但修昔底德在之前就告诉我们，雅典人举行第二次辩论会因为他们觉得自己的决定"可怕而残酷"。为了宣布取消屠杀的消息，他们向米提列涅派出了第二艘船。在第二艘船开足马力的同时，第一艘船因为可怕的任务而磨磨蹭蹭，最终前者堪堪及时赶到。就这样，修昔底德保留了雅典人行动中的良心元素，却把它从两场演讲中去除。在真实历史中，演讲者的确可能只做了权宜考虑，但更可能是修昔底德去掉了其中的情感方面，以便专注于战略问题。

书中的演讲大多是倡议或辩论，但其中最著名的例子并非如此，那就是雅典的伟大政治家伯利克里（Pericles）在战争第一年为雅典战没者举行的集体葬礼上的演讲。[①] 作为挽歌、对牺牲者的纪念和对爱国主义的表达，这篇演讲无与伦比。不过，它也给了修昔底德展示雅典民主理念的机会。伯利克里清楚情感的角色，考虑到雅典的伟大，雅典公民应该成为她的

---

① 《伯罗奔尼撒战争史》2.35–46。

"恋人",沉浸在对城邦的浪漫激情中。他也承认竞技和节日等放松活动的重要性。但修昔底德把自己的坚强意志赋予了伯利克里。雅典的文化荣耀仅仅被简短地概括为:"我们爱美,却不奢侈;我们爱智,却不软弱。"对满足国内和家庭的需要更是几乎不着一字。

伯利克里理想的集体主义色彩可能让现代读者惊讶,后者习惯于将民主与个人自由和有权不受干涉联系起来。他表示,只有雅典人把不参与公共事务的人看作无能之辈,而非贪图安逸。因为伯利克里(或者修昔底德)关心权力的主体,他解释说:我们称雅典为民主城邦,因为统治那里的并非几个人,而是多数人(雅典人会把今天的自由民主制视为寡头统治,只是通过偶尔的选举更换人选)。这种思想既是平等主义又是精英主义的:法律面前人人平等,但卓越者受到尊敬;贫穷在政治中不是障碍,德性是唯一的标准。这篇葬礼演讲本身的独特优点是结合了冷静与激昂。

读者们一直对修昔底德看上去如此现代、对他和希罗多德的差异如此之大感到吃惊。不过,他的方法在某个方面与现代学者不那么相似,他只给出了自己版本的故事,排除了其他人的观点。他的一些省略别有深意。当他借伯利克里之口表示,最好完全不要谈论女人,无论是她们的优点还是缺点时,[1] 他

---

[1] 《伯罗奔尼撒战争史》2.45。

知道自己的读者将会想起伯利克里对阿斯帕西娅（Aspasia）的爱慕，后者的智慧和美丽让她成为希腊最知名的女人。当修昔底德唯一一次提到民众领袖许佩波洛斯（Hyperbolus），表示萨摩斯人杀死了这个"无用之人"时，[①] 他也许觉得我们会意识到许佩波洛斯在雅典政治中扮演过可观的角色，有人认为他曾经很重要。认为许佩波洛斯无用只是修昔底德个人的判断。不过，省略不同观点的确意味着我们不得不信任他。他的公正程度是个饱受争议的问题。他显然推崇伯利克里并对克里翁评价不高（后者是他个人的对头），但这些评判足够公开。他相信雅典帝国遭到臣民的憎恶，无论他在这点上正确与否——仍然存有很大争议——那都是现实主义者的判断。最伟大的罗马历史学家塔西佗相信，历史应该从某个角度来写，并带着受到控制的激情。这并非修昔底德的方式。没有哪个历史学家如此不抱幻想，如此彻底地摆脱了情感的诱惑，或者拥有如此清晰和犀利的目光。

这是一双理智而坚定的眼睛，但并非完全不带感情。哈利卡那苏人狄俄尼修斯——活跃于公元前1世纪末的批评家，我们已经见过他对萨福的赞美——把品达和修昔底德作为朴素风格的代表，允许出现"突兀而不和谐的组合……好像用挑选好的石头建造屋子，屋边却没有修葺平整或打磨光滑，而是保

[①]《伯罗奔尼撒战争史》8.73。

留了粗糙的斧凿痕迹"。①粗犷而不加雕饰,这种风格的美在于其"古色古香"。诗人被和一位放弃了魅力的历史学家联系起来,这也许会让我们感到奇怪,但修昔底德的专注本身也带有某种诗性,严谨也有自己的浪漫格调。

---

① 《论遣词造句》22。

第四章
CHAPTER 4

公元前 5 世纪末

至少在过去的两百年间，西方一直将公元前5世纪的雅典视作文明的巅峰之一。对某些浪漫主义者来说，它更是所有时代中最伟大的。也有人称赞这段文化实现了无与伦比的统一、稳重和完整性，心灵与身体的美被同样珍视，艺术达到了经典的完美，伟大的头脑们在某种意义上致力于共同的目标，比如雕塑家菲迪亚斯（Phidias）、伯利克里、索福克勒斯、修昔底德和苏格拉底。上述观点不无道理，但也掩盖了某些重要的事实，比如当时希腊人在视觉和文字艺术上的巨大差异。在视觉上，他们致力于完善少数几种形式：雕塑中的裸体男性和穿衣女性形体，建筑中的多利斯和伊奥尼亚形制，以及抬梁式建造法。不过，他们的文字作品——无论是诗歌、史学或抽象思想——却显得大胆而创新，有时甚至是疯狂或实验性的，并总是在搜寻新的领域。

这也是一个不确定的时代，充斥着思想和价值的变迁，还酝酿着与一群被称为智术师的人密切相关的骚动。智术师是四处游走的老师，他们中的许多人来到了雅典。他们是一个大杂烩群体，有人教修辞学，也有人教哲学、地理学或数学。其中少数是思想上的显赫人物，吸引了众多门徒，其他人则相当低调。但作为整体，他们拉开了更高水平教育的序幕，他们活动的喧嚣声成了伟大声音诞生的背景。

那个环境中看上去最独立的作家是索福克勒斯。此人以脾气随和闻名，他广受欢迎，还担任重要公职。他是三大悲剧作家中的第二位（尽管并不比欧里庇得斯年长多少，而且去世时间比后者稍晚），亚里士多德把他的《俄狄浦斯王》（*Oedipus the King*）作为悲剧的典范。[①] 出于上述某些或全部理由，他常常被描绘成最经典的悲剧作家，被视作公元前5世纪雅典标志的平静与平衡在他身上得到了最完美的体现。用马修·阿诺德的话来说，他"从容而完整地看待生活"。但我们却可能觉得他怪异、野蛮和极端。

在伟大诗人中，也许只有但丁更加突出地表现了纯粹的肉体痛苦。菲罗克忒忒斯（Philoctetes）因为伤口腐烂的痛苦而哀嚎；《特拉基斯妇女》（*Women of Trachis*）中的赫拉克勒斯因为穿上染毒的长袍而在折磨中死去；俄狄浦斯用妻子的胸针挖出了自己的双眼；为了避免被饿死，安提戈涅上吊自杀；试图折磨战友的埃阿斯虐杀了牲畜。索福克勒斯还是三人中最神秘

---

① 《诗学》11–14。

的一个。许多人希望在悲剧最后得到些什么，比如慰藉、道德或更好地理解剧情，但索福克勒斯比其他任何伟大悲剧作家更可能让这种希望落空。

他的《埃阿斯》（和他的大多数作品一样，甚至连该剧的大致创作时间也无法确定）就是一例。作品的背景被放在特洛伊战争最后。剧情开始前，埃阿斯被激怒了，因为希腊人没有把死去的阿喀琉斯的铠甲留给他，而是给了奥德修斯。作为报复，他试图绑架、折磨和谋杀希腊人的首领们。但女神雅典娜救了他们，她让埃阿斯发疯，使其转而在牛羊身上发泄自己的怨毒。该剧开始不久，埃阿斯恢复了理智，意识到自己颜面扫地。尽管爱妾忒克梅萨（Tecmessa）和侍从们（组成了歌队）苦苦相劝，他还是选择了自杀。不过，虽然主角已死，但剧情还有超过三分之一的内容。埃阿斯的兄弟透克洛斯（Teucer）为了他的尸体的命运与希腊首领阿伽门农和墨涅拉俄斯发生争执，后者禁止尸体落葬，直到理智而大度的奥德修斯介入（此前我们只看见他在作品开头与雅典娜对话），他坚称埃阿斯是高贵的，在希腊武士中仅次于阿喀琉斯。就这样，该剧分成两个不相称的部分：前半部分聚焦一个疯狂、高贵和可怕的人，后半部分描绘了较为平凡之人的琐碎龃龉。作为剧中唯一的神明，雅典娜出现在开头，而非像我们想象的那样出现在结尾，于是神明似乎从场景中撤出，而不是参与其中并做出权威的决定。

该剧的核心和最深刻之处是一幕完全由埃阿斯讲话组成

的短小场景。他是在自言自语,但忒克梅萨和歌队能听见他的话。[①] 他看到了新的宏大景象,宣称无限的时间将改变一切。即使像他那么铁石心肠的人也会被自己的女人软化。现在,他对让妻儿成为孤儿寡母感到于心不忍。他会洗净自己的罪责,逃过女神的愤怒。他会在没人看得见的地方挖一个洞,把自己的剑埋在那里。忒克梅萨和歌队以为他放弃了自杀的计划,但他们被骗了。不久,索福克勒斯让歌队离开舞台——这在希腊悲剧中非常罕见——又一幕短小的场景呈现了埃阿斯庄严而孤独的形象,[②] 他还使用了戏剧传统中很少允许的纯粹独白。他确认自己决心去死,然后倒在了自己的剑上——在舞台上表现杀戮同样严重背离了传统。

埃阿斯的伟大讲话如此慷慨激昂,他的形象如此引人瞩目,以至于悲剧的后半部分似乎让人扫兴,即使最出色的表演好像也很难克服这个问题。但我们还是应该探究一下索福克勒斯的意图。埃阿斯的洞见看上去如此深刻,在某种意义上我们注定会对他感同身受。我们可能会不由自主地想到,伟大的精神随着他的死亡离开了这个世界,渺小之人却被留了下来。不过,我们很难满足于这种哀伤情感。埃阿斯是个魔鬼,他计划中的复仇行动无法言表,他真正的行动令人作呕;让他凌驾于正派而畏神的奥德修斯之上似乎让我们难以忍受。该剧审视了

---

① 《埃阿斯》646–92。
② 《埃阿斯》815–865。

上述问题，但没有给出答案。我们没有获得道德教益，而是陷入了惊惧交加的状态。

另一部分成两部分的悲剧是《安提戈涅》（*Antigone*）。俄狄浦斯之子厄忒俄克勒斯和波吕尼刻斯为争夺忒拜王位而双双死于对方之手。新国王克瑞翁（Creon）宣布波吕尼刻斯是攻打城邦的叛徒，不允许将其埋葬。波吕尼刻斯的妹妹安提戈涅违抗克里翁的命令，为哥哥举行了象征性的葬礼。克瑞翁之子海蒙（Haemon）已与安提戈涅订婚，他试图说服父亲不要判处安提戈涅死刑，但两人见面后爆发了激烈争执。安提戈涅被带往石洞，准备让她在那里饿死。这时，先知忒瑞西阿斯（Tiresias）登场，警告克瑞翁不要这样做。经过一番抗拒，国王做了让步，但安提戈涅和海蒙已经双双自杀身亡。克瑞翁的王后短暂登场，我们很快获悉她是第三个自杀者。孑然一身的克瑞翁现在一心求死。

按照对该剧的一种著名解读（与黑格尔联系在一起，但并非由他首创），这部悲剧的本质是必然性。克瑞翁作为国王的职责是维护城邦的秩序，因此他必须禁止掩埋波吕尼刻斯；安提戈涅则对家族和神圣法律负有道德职责，后者要求她埋葬亲人。私人和公共道德都具有强制力，两者在这里直接对立。灾难性的冲突势在必然，那正是悲剧的本质：无法逃避的力量带来的无法避免的毁灭。

上述观点虽然有说服力，但描绘的并非索福克勒斯的悲剧。该剧开头处可能短暂地符合这种模式,但我们很快就会发现,克瑞翁是个敏感而戒备心强的平庸之辈,为此表现得色厉内荏。安提戈涅有力地为自己的道德立场做了辩护:神明不成文的永恒法律凌驾于人类的成文法之上。① 克瑞翁无法做出针锋相对的回应。在与儿子海蒙的争辩中,他一败涂地。② 一边是烦躁不安的父亲,一边是忍不住显示出自己更胜一筹的儿子,两者的反差被微妙地呈现在我们眼前(轮流对白发挥出色效果的又一例证)。诸神的不祥征兆表明他们认为错在国王。由于狂妄和一叶障目,他最初拒不接受忒瑞西阿斯报告的征兆。③ 残酷而反讽的是,作为他最明智的举动,收回成命的决定恰恰也反映了他的软弱。他陷入崩溃,寻求并听从了歌队的建议。④

克瑞翁的戏份最多,但安提戈涅才是该剧的主角。她固执、顽强和不妥协的性格符合索福克勒斯男性角色的典型特点。与她更加谨慎(我们不清楚出于何种动机)的妹妹伊斯墨涅(Ismene)相比,她更加严厉。她只在一行台词中表达过对海蒙的爱(有人把这句话归于伊斯墨涅名下,那显然是错的)。⑤ 她完全孤立无援,不像欧里庇得斯的美狄亚和费德拉那样获

---

① 《安提戈涅》450–70。
② 《安提戈涅》631–780。
③ 《安提戈涅》1033–47。
④ 《安提戈涅》1095–1114。
⑤ 《安提戈涅》572。

得同情的支持。在以女性名字为题的作品中安排男性歌队,这在希腊戏剧中非常少见。她是第一个具有英雄德性的女子,是贞德的祖先。克吕墨涅斯特拉大胆而有权势,但安提戈涅拥有善良。尽管意志如此坚定,她仍然展现出了人性。在最后的悲叹中,她流露出了孤独和绝望,"没有哀悼、没有朋友、没有婚歌"地死去。[①] 她的苦难在各个方面都是悲剧:它是强烈的、自我选择的和有目标的。当焦点转向克瑞翁时,我们看到的不是苦难的性质,而是苦难的程度,结尾处的混乱场景几乎像伊丽莎白时代的戏剧一样血腥。该剧的后半部分比《埃阿斯》的更有整体感,因为克瑞翁始终是全局的中心,但同样从庄严沦为更加普通和丑陋的场景。观众没有终结感,而是陷入不安。

《俄狄浦斯王》在结构上非常巧妙,它的情节一直被称赞为有史以来最好的构建之一。剧中交代了俄狄浦斯之前的经历。他被柯林斯国王夫妇抚养长大,相信自己是他们的儿子。从神谕中得知自己将弑父娶母并与其养育孩子后,他从柯林斯逃到忒拜。途中他遇到一位陌生人,两人发生争执,俄狄浦斯在冲突中杀死了对方及其大部分随从。他解开斯芬克斯的谜语从而拯救了忒拜,然后与王后约卡斯塔(Jocasta)成婚并继承王位,后者的丈夫拉伊俄斯(Laius)不久前原因不明地死去。随着剧情的发展,他获悉拉伊俄斯和约卡斯塔才是自己的亲生

---

① 《安提戈涅》876。

父母。约卡斯塔自杀身亡,俄狄浦斯也刺瞎了自己的双眼。

该剧作为最纯粹悲剧的传统地位可能掩盖了这样的事实:俄狄浦斯故事的两个元素更接近民间故事,而非悲剧的英雄自然主义。首先是斯芬克斯的谜语,只有俄狄浦斯的智慧能解开它。更重要的第二点是,他注定将弑父娶母和乱伦,无论他怎么做。几乎无法想象,一个人在这种信念下会有什么行为。我们也许会觉得,他在娶比自己年长得多的女性前至少可能会考虑一下。索福克勒斯的成就在于把某种非常怪异的故事改编成了英雄悲剧。俄狄浦斯的故事还与"萨马拉(Samarra)之约"有相似之处(一个巴格达人看见死神用威胁的眼神瞅了自己,于是尽其所能逃到了萨马拉。但死神后来解释说,自己的眼神并非威胁,而是吃惊:"我没想到会在巴格达见到他,因为今晚我在萨马拉和他有约。")。反讽之处在于,躲避厄运的行为本身恰恰实现了厄运。不过,这同样更多是民间故事式的反讽,而非通常的悲剧式反讽。

与《阿伽门农》一样,这也是一部公共剧。在作品开头,一群求助者集结在王宫前。俄狄浦斯说的第一句话是:"孩子们,老卡德摩斯的新后裔",仿佛他是臣民的父亲。稍后出现的歌队由忒拜长者组成,代表了全体公民。与此同时,这个故事讲述的是降临到某一个人头上的独特灾难。亚里士多德有时被指过多分析悲剧的情节,但至少在这部作品上他是对的,因为情节是该剧的精髓。索福克勒斯的特别独创之处在于将俄狄浦斯发现真相的过程分为两个阶段：他首先获悉自己是杀死拉伊俄斯的凶手，后来才意识到拉伊俄斯是自己的父亲，而他的母亲现在成了自己的妻子。作者还巧妙地安排约卡斯塔比俄狄浦斯先知道真相。他杀死了前任国王，而且按照他自己的命令，他将被诅咒和驱逐——虽然这些已经足够糟糕，但当信使前来报告柯林斯国王的死讯，并表示后者并非俄狄浦斯的父亲时，他再次鼓起了勇气。[①]信使透露，俄狄浦斯实际上出生在忒拜。俄狄浦斯下定决心找到真相，无论自己的出身多么卑微。他的人格力量也把勇气传递给了歌队，后者抛弃通常的严厉，唱起了一支欢乐的短歌。这个高潮让灾难的降临变得更加突然。

该剧的结构让具有巨大感染力的三角场景成为可能：三个角色意见不一。俄狄浦斯与小舅子克瑞翁发生争执，约卡斯塔试图调停。当来自柯林斯的信使讲述自己的故事时，她静静地听着。在某个时刻，她意识到了全部真相，于是请求俄狄浦斯不要再问。一边是她的绝望，一边是信使的殷勤，一边是俄狄浦斯的决心和他的轻微鄙夷（他以为妻子的行为是因为势利），三者间的张力得到了生动的戏剧表现。在下一幕场景中，俄狄浦斯开始讯问牧羊人。只知道一半真相的柯林斯信使敦促牧羊人说实话；但知晓一切的牧羊人痛苦地试图保持沉默；俄狄浦

---

① 《俄狄浦斯王》955-6。

斯从愤怒转而变得可悲。

索福克勒斯没有特意把俄狄浦斯塑造成很容易让人喜爱的形象。在该剧开始不久,他与克瑞翁和先知忒瑞西阿斯发生了激烈争执,不公正地指责他们叛国。他威胁对牧羊人施以酷刑,如果后者不说实话。尽管被激怒,但脾气好些的人也许不会在前往忒拜的路上杀死那个陌生人。他的根本"错误"与其性格无关,而是在于"身不由己"。我们看到了他的骄傲和力量,可以自行考虑我们会怎么做。他选择了自毁双目。他是个极端的人:他希望也能毁掉自己的其他感觉,包括听觉。无论是出于骄傲(真的吗?)或者对事实的纯粹肯定,他宣称:"除了我,没有凡人能忍受这样的痛苦。"[①]

亚里士多德有句名言说,悲剧的效果来自怜悯和恐惧。[②]其中第二个词可能让我们吃惊:我怜悯阿伽门农之死,但它为何应该让我恐惧?不过,《俄狄浦斯王》的确让人害怕,它凝望着恐惧的深渊,没有看见底部。索福克勒斯和修昔底德是雅典城邦的同一代政治领袖。他们经常被拿来做对比:修昔底德是现代理想主义者,索福克勒斯则代表了更古老的秩序,代表了充斥着神明、神谕和返祖恐惧的想象力。但从另一个角度来看,两人又殊途同归,他们都不抱希望,认识到既没有我们无法逃避的恐怖,也没有我们可以依赖的终极保障。凝视虚无是

---

① 《俄狄浦斯王》1414–15。
② 《诗学》6。

希腊人想象力的一个方面。

两部索福克勒斯垂暮之年的作品留存了下来,两者截然不同。《菲罗克忒忒斯》生动刻画和鲜明展现了典型的欧里庇得斯式道德冲突。这部作品严酷而有力,是现存唯一没有女性角色的希腊悲剧。特洛伊战争开始时,因为他化脓的伤口无法痊愈,希腊人把菲罗克忒忒斯留在一个岛上。不过,当阿喀琉斯死后,如果希腊人想要攻占特洛伊,他们需要菲罗克忒忒斯的魔弓。奥德修斯和阿喀琉斯之子涅俄托勒摩斯(Neoptolemus)前去取弓,前者是一个满足于用欺骗把弓弄到手的阴谋家,后者则是有所顾忌的年轻人。故事以皆大欢喜收场:赫拉克勒斯"从天而降",带来了菲罗克忒忒斯将痊愈并在特洛伊赢得荣耀的消息。

如果说这部作品显示索福克勒斯从比他年轻的对手那里学到了一两手技巧,那么《俄狄浦斯在科洛诺斯》(*Oedipus at Colonus*)则带有晚期作品的特色。在现存的希腊戏剧中,这是唯一一部具有续集特点的作品:索福克勒斯似乎回想起了自己早年关于这位国王的作品,并完成了故事。成为流亡者的老年俄狄浦斯来到了阿提卡的科洛诺斯,那里的雅典国王忒修斯为其提供了庇护所。最终,这位盲人将会在内心看到自己注定的死亡地点。信使说,他的死亡本身是"神奇的,如果真有凡人的死亡是这样",[①] 神的雷声催促俄狄浦斯:"我们为何要拖延?你耽搁得太久了",老人就这样消失了。该剧充满了地域精神:俄狄浦斯长眠地下的身体将在未来给阿提卡的土地带来力量,歌队赞颂了科洛诺斯的美,那里有成荫的绿树和动听的鸟鸣,还有地下世界的女神们出没。[②] 但作品本身并不平静:俄狄浦斯仍然愤怒而倔强,就在去世前不久,他还诅咒了自己的儿子波吕尼刻斯。[③] 美丽、神秘而又令人不安,该剧是怨愤和恬静的奇特结合。在现存的古代作品中,可能只有它读来像是对一生工作的总结与了结。

作为三大悲剧作家中的最后一位,欧里庇得斯在生活的时代就备受争议。有人认为他具有颠覆色彩,或者过于激进,或者与那些可疑的智术师走得太近。不过,这并不意味着他的重要性受到怀疑,或者他不受欢迎。他的作品在其生前只获得四次第一,死后又获得一次,但更重要的是,他一次次被选择参加比赛。阿里斯托芬在两部喜剧中提到过他,但幽默效果取决于观众对他作品的了解。在他死后的几个世纪里,他成了最受欢迎的悲剧作家。

同时代的人批评他把一位衣衫褴褛的主角带上了舞台。的

---

① 《俄狄浦斯在科洛诺斯》1621–66。
② 《俄狄浦斯在科洛诺斯》668–719。
③ 《俄狄浦斯在科洛诺斯》1354–96。

确可以说，他让悲剧变得更加写实。尽管他的主人公仍然是国王和公主，但他的作品情节显示出更多私密和家庭特点（尽管这在埃斯库罗斯的《奠酒人》中已经初见端倪），有时歌队并非城邦的代表，而是主角的亲信。更奇怪的是，据说他是个厌女者。他无疑描绘过女性谋划和做出罪恶举动，但对她们因为这些举动而陷入的绝境报以同情。他允许她们为自己做解释，表露内心的想法。我们可以看清她们的思想和动机，就像埃斯库罗斯的克吕墨涅斯特拉那样。《美狄亚》（*Medea*，公元前431年）堪称女性主义戏剧：她动人而准确地列举了对女性的不利之处，并得到了女性歌队的支持。

一些现代批评者同样把欧里庇得斯视作反战作家，特别是在《特洛伊妇女》（*Trojan Women*，公元前415年）中，但这种观点不太准确。诚然，他证明失败和奴役对战败者是悲惨的，但荷马和埃斯库罗斯也很清楚这点。他还把胜利者描绘成愚蠢和残忍的，但那是战争不可避免的后果。在《乞援人》和《赫拉克勒斯之子》（*Children of Heracles*）中，雅典发动了侵略战争，但我们被鼓励对此表示认可。《特洛伊妇女》的独特之处在于其人物的消极，她们是一群无助的受害者。该剧具有某种纪录片的特点。在现存的悲剧中，它还是唯一有角色（被俘的特洛伊王后赫卡柏）自始至终出现在舞台上的作品。

悲剧的结局不必是悲惨的。没人会怀疑《俄瑞斯忒亚》是悲剧作品，尽管它以皆大欢喜收场。无论如何，按照某种定义,任何在雅典最盛大戏剧节前三天上演的作品(除了萨提尔剧)都是悲剧,完全由这个事实决定,欧里庇得斯的一些作品并非我们理解的悲剧。《海伦》(参照了一个离奇的故事,即海伦从未到过特洛伊,而是在埃及平静地过了那些年)可能具有我们所说的阴谋或历险喜剧的特点。《伊翁》(Ion)的男主角是一个品行端正的年轻人,在德尔斐圣所的神圣氛围中长大;女主角克洛伊萨(Creusa)是个感人的形象,多年前被阿波罗强奸。剧中不乏惊险和插曲,伊翁险些被毒死,克洛伊萨也因谋杀指控被判处死刑,但发现伊翁是她和阿波罗的孩子让该剧有了圆满的结尾。在晚期希腊和罗马喜剧中,与失散的孩子团聚是最受欢迎的主题。此类作品在精神似乎更加接近《皆大欢喜》或《冬天的故事》,而非《哈姆雷特》。

不过,认为最好的悲剧应该以痛苦结尾的亚里士多德却把欧里庇得斯称为最具悲剧格调的诗人,此人最有感染力的作品的确风格黑暗。《美狄亚》的背景被放在阿尔戈号英雄寻找金羊毛归来若干年后。伊阿宋在历险中成功俘获了美狄亚的芳心,但回到希腊后,他试图抛弃后者,以便迎娶当地国王的女儿。他准备放逐美狄亚,但留下自己的孩子们。懂得魔法的美狄亚让无辜的情敌痛苦地死去(发生在舞台之外,但做了令人毛骨悚然的描绘),经过一番思想斗争,她还杀死了自己的孩子们。最终,她带着婴孩们的尸体,坐着从日神那里借来的马车升到空中。伊阿宋请求她让自己掩埋尸体,但她拒绝了,作品在激烈的争吵中告终。

《美狄亚》是一部悲观、明晰和充满愤恨的作品。两位主角都是坏人,而且剧中几乎没有出现神明。诚然,剧末出现了"从天而降"的人物,但欧里庇得斯的巧妙手法在于,那并非神明,而是美狄亚本人。这是一个算不上结局的结局:两个家庭被摧毁,杀人者没有被惩罚。作者对伊阿宋的描绘相当尖刻:一个卑鄙的小人,自命不凡、盲目自大、喜欢说教和为人虚伪。美狄亚的罪行是自残式的,但在某种意义上并非没有理性。她不仅想伤害伊阿宋,还希望把孩子们留在自己身边,但留下他们的唯一方法是杀了他们。这就是为什么她把尸体拥入自己怀中的动作如此意味深长。该剧的核心是美狄亚的一段独白,① 她对将要失去孩子们感到悲哀,叹息任性给自己带来的痛苦。她一度改变主意,决定放过孩子们,但后来又改了回去。这是对分裂心灵的研究,开创了一个将对后世作家产生巨大影响的主题。

通过引入我们所谓的"缺乏自制的女主角"(acratic heroine),它还让戏剧走近了在市场上争辩的智术师。让我解释一下:苏格拉底哲学关心的主要是伦理方面。一个困扰他的问题是道德的失败之谜。如果我知道某条行动路线是正确的,为何我却仍然可能选择相反的路线呢?理性难道不应该是强

---

① 《美狄亚》1021–80。

迫性的吗？它是如何被压倒的？"苏格拉底悖论"概括了他的答案："没有人自愿做错事。"用现代的术语来说，这是"知性论者"对道德失败的描绘：所有自愿行为都受到理性过程主导，因此所有的道德错误必然是错误推理的产物。柏拉图对上述答案不满，他在《理想国》中自认为解决了这个问题：他把心灵分成理性、欲望和意志三个部分（这种观点可能影响了弗洛伊德）。[1] 以恋尸癖为例，他们在沉浸于这种令人作呕行为的同时也对此表示强烈反对。心灵的欲望部分喜欢凝视尸体，而理性部分则禁止这样做。[2] 后来，柏拉图在《巴门尼德篇》(*Parmenides*)想到了一个对自己理论的反驳，我们不清楚他是否相信可以推翻这个反驳。亚里士多德同样不满意，他在《尼各马可伦理学》(*Nicomachean Ethics*)最深刻的一些章节中分析了这个问题，称之为"缺乏自制"(akrasia)。形容词acratic就源出于此。[3]

"缺乏自制的女主角"——这种分裂的形象几乎都是女性——有多种理由吸引作家。文学作品对创造复杂人物感兴趣，哲学作品则对精神冲突的本性感兴趣。对亲和与家庭主题兴趣的提升让作者们把注意力转向女性，她们在各种情况下都可能被认为比男性更加优柔寡断。后来还出现了禁忌的刺激，

---

[1] 《理想国篇》4.435。
[2] 《理想国篇》4.439–40。
[3] 《尼各马可伦理学》卷7。

特别是在拉丁语诗人中——我们见到了爱上敌人、另一个女子或自己父亲的女主角——有时我们还会觉察到男性淫荡的目光在楚楚可怜的不幸姑娘身上转来转去。但说这些为时尚早,眼下,欧里庇得斯将在他的《希波吕托斯》(Hippolytus,公元前428年)中创造出最微妙和最深刻的此类女主角形象。

该剧的男主角是希腊神话中罕见的处男,一心崇拜贞洁女神阿耳忒密斯。被他轻视的爱神阿芙洛狄忒决心毁了希波吕托斯,于是让继母淮德拉爱上了他——这种激情既是通奸又是乱伦性质的。淮德拉克制感情,隐藏了她的秘密,但她的亲信乳母套出了真相,并表示自己有"药"能解决这个问题。经过一番抵制,淮德拉同意了。事实上,乳母的"药"只是把秘密告诉希波吕托斯,后者在惊愕之下威胁将真相告诉父亲忒修斯。为了保住尊严,淮德拉自杀身亡,留下假消息说希波吕托斯强奸了她。由于受骗而发誓保持沉默,希波吕托斯无法在父亲面前为自己辩护。忒修斯诅咒了他,并要求自己的父亲——海神波塞冬毁了他。"海中的公牛"逼迫希波吕托斯的马车撞上岩石,他受了致命创伤。这时,阿耳忒密斯现身说出了实情,希波吕托斯被抬了进来,在原谅了痛苦的父亲之后死去。

在描绘复杂人物的互动时,该剧也许更接近现代戏剧和小说关心的某些问题,而非古代文学中的其他任何作品。剧中共有四个主要角色,对忒修斯的描绘动人且直接,其他三人则不同寻常。希波吕托斯是宗教禁欲的最早代表。他投身狩猎和户外活动,他对与阿耳忒密斯交谈的那片不可侵犯的草地的描绘如此美好。① 但我们也注意到这位迷人青年身上的其他方面,他有些狭隘、内向和固执。乳母与女主人的关系既忠诚又专横,她无所顾忌而且为人狡诈,虽然是出于误入歧途的忠诚。当淮德拉最终恨恨地拒绝她时,她变得非常凄惨。淮德拉本人是最值得深刻研究的一个。她对荣辱本性的反思在人性和哲学上同样令人着迷。② 在身不由己的激情控制下,她仍然坚守德性。最令人怜悯的反讽之处是,正是对体面和尊严的关心最终驱使她犯下了可怕的罪行:事实上,她谋杀了自己所爱的人。那么"药"又如何呢?乳母真的欺骗了她吗?剧中没有给出直接答案,但最可能的情况似乎是,她猜到了乳母的真正意图,她自己话中的模棱两可让她有了托词。这在心理上非常微妙。

这是一部具有强烈人性的家庭剧,但头尾出现了两位女神。无情的阿芙洛狄忒在序曲中发言后就消失了:她将在当天惩罚希波吕托斯,作为连带牺牲品的淮德拉也将死去。在该剧结尾,希波吕托斯在我们眼前死去,这是希腊戏剧中很少出现的有人在舞台上死去的场景。阿耳忒密斯"从天而降",希波吕托斯第一次看见了她。就像他在该剧前面所说,他此前曾与女神在一起并和她说过话,但"只听见你的声音,看不见你的

---

① 《希波吕托斯》73-81。
② 《希波吕托斯》373-87。

脸"。[1]这在某种程度上是"显圣",但与那个词暗示的辉煌相去甚远。希腊语的"告别"(khaire)一词意为"祝你快乐",希波吕托斯用这个词的某种形式向女神告别:"告别了,幸福的处女,你去吧!你倒很容易地撇下我们的友谊而去了。"[2]这是戏剧中最高潮、也是宗教情感最强烈的时刻之一。事实上,希波吕托斯为阿耳忒密斯献出了生命,但现在他意识到女神并不在乎自己:她的确是幸福的,可以快乐地离开,他们的分别对她很容易。她甚至不愿等他到最后一刻,因为看见死人会玷污她的眼睛,不符合女神的身份。

不过,这并非浪漫主义者钟爱的向神明挥拳抗议,就像"地狱中的唐璜"或者普罗米修斯那样。不那么伟大的艺术家可能会在此处这样做,但欧里庇得斯更加巧妙:他的希波吕托斯选择了默默接受。我们在这里看到了对荷马思想的神圣化,即神之所以成为神是因为他们不需要我们。与临死前的赫克托耳类似,希波吕托斯在最后时刻获得了启示,但赫克托耳看到的是人间的未来事件,而他看到的是神明的本性。这种神明的无情之美让人悲观、落寞和完全不抱幻想。对希波吕托斯或我们来说,其中也许还有某种朴素的慰藉:借用一位后世无神论诗人的话,他死去时"既无希望也无恐惧"。[3]后来的希腊和

---

[1] 《希波吕托斯》86。
[2] 《希波吕托斯》1440–41。
[3] 斯温伯恩,《普洛塞庇涅的花园》("The Garden of Proserpine")。——译注

罗马思想家坚称神明不会作恶，神话中的残酷神明不可能存在。早期希腊人则不这样认为。神明的确存在，人类的任务是和他们达成妥协。

一种残酷而优美的崇拜形式是欧里庇得斯最后作品之一的《酒神女》（Bacchae，约公元前406年）的主题。故事中的忒拜国王彭透斯（Pentheus）抵制新近从东方传入希腊的酒神崇拜，此人年轻正直，但缺乏自信而且观念狭隘。作为对不相信其力量的忒拜妇女的惩罚，狄俄尼索斯使她们发疯，让这些处于酒神式疯狂状态下的妇女们跑到了山上。彭透斯正确地感觉到有什么不对劲，但他错误地认为这些妇女行为放荡。从歌队（酒神的女性信徒，跟随他从亚洲来到希腊）的抒情诗中，我们可以了解到酒神崇拜是一种关于本能和陶醉的宗教。两位忒拜长者误解了这点，他们是彭透斯的外祖父卡德摩斯（Cadmus）和先知忒瑞西阿斯。卡德摩斯很高兴家族中诞生了神（狄俄尼索斯的母亲塞墨勒 [Semele] 是卡德摩斯的女儿），忒瑞西阿斯则从知性角度解释酒神崇拜的隐喻意义。在一幕滑稽的场景中，他们像酒神女那样穿上兽皮，手舞酒神杖，试图跳起古老的舞步。[①]当彭透斯目睹这些时，他震惊了——这是文学史上第一个年轻人觉得长辈让人尴尬的例子。

伪装成"异乡人"的酒神在连续三幕场景中与彭透斯相遇。[②]

---

① 《酒神女》248-54。

② 《酒神女》434-976。

第一次，异乡人是彭透斯的囚徒，显然完全处于后者的掌握之中。第二次，彭透斯拒绝了异乡人和平解决麻烦的提议，但接收了前往侦查酒神女的建议，从而落入酒神的圈套。第三次，异乡人给彭透斯穿上女人的衣服，还让他陷入幻听状态。不过，比这种羞辱可怕得多的东西还在后面：我们获悉彭透斯被母亲阿加维（Agave）和其他酒神女撕碎，疯狂状态下的她们把他当成了一头狮子。

酒神在全剧中无处不在。他在序曲中发了言，我们本以为他会就此退场，就像《希波吕托斯》中的阿芙洛狄忒那样。但他不仅参与了剧情，而且最后作为神明"从天而降"。歌队描绘了酒神的矛盾之处，他既是最暴烈的神，也是最温和的神。与彭透斯的激动相反，异乡人总是保持平静。酒神是解脱之神，不仅排解焦虑，也排除禁忌。他还是带走担忧的平抚之神，但也和葡萄酒、欲望和将野兽活生生撕裂的仪式联系在一起。这一切的意义何在？卡德摩斯告诉阿加维，酒神摧毁我们的举动"有理，但过分了"。[①] 这似乎是事实，也许我们能说的只有那么多：过于认真地追寻意义会犯忒瑞西阿斯那样的错误。该剧提出了理性的极限，欧里庇得斯深入到心灵的黑暗根源，探索了宗教体验中更加狂野的领域，将人和神融合成可怕而迷人的画面。

---

① 《酒神女》1249。

和悲剧一样，主导希腊喜剧的也是雅典。古代批评家将喜剧历史分成三段：旧喜剧、中喜剧和新喜剧。唯一完整存世的旧喜剧代表是阿里斯托芬（公元前5世纪50年代—约前386年）的11部作品。在随后的几个世纪里，喜剧可能变得优雅和结构精致，但旧喜剧的精神则与此背道而驰。有人把喜剧冲动的本质视作狂欢式的，代表了释放压抑，是粗野而无序的本我从心灵泥沼深处的升腾，他们会觉得阿里斯托芬在上述标准面前不逊于任何人。旧喜剧中扮演男性角色的演员会带上大号的皮制阳具。阿里斯托芬在《云》中描绘了这种道具，"下垂着、头上发红、粗大，让孩子们发笑"。① 他的歌队常常荒诞不经，代表了动物或东西：云、鸟和打扮成马蜂的陪审团。他的某些笑话极其廉价（《蛙》的开头是一系列关于不讲廉价笑话的廉价笑话）。看上去任何提到放屁、某个克莱斯特涅斯（Cleisthenes）的娘娘腔或欧里庇得斯母亲卖草药的段子（最后一个段子的笑点已经失传）都足以让人发笑。至少，这让我们免以为雅典人成天都在讨论理想美和道德真理。

上述作品大多创作于雅典遭遇战火，土地被斯巴达人蹂躏期间。这本来很容易令雅典人显得沮丧，但阿里斯托芬常常能够把对战争的厌倦转化成勃勃生机。他的核心角色多为一个

---

① 《云》538–9。

男性雅典公民，可能是中年人或者更老，尽管现存作品中有三部的主角是活泼的女性。在《和平》(Peace，公元前421年)中，农民忒吕加伊俄斯(Trygaeus，意为"收葡萄的人")坐着屎壳郎飞上奥林波斯山，请求宙斯结束战争。在《阿卡奈人》(Acharnians，公元前425年)中，为了安定地生活在偏远的阿卡奈人村子里，狄卡伊奥波利斯(Dicaeopolis，意为"城邦的正义")私下达成了停火。该剧最后，酒足饭饱的他回到舞台上，怀抱着一对舞女，实现了粗俗的福斯塔夫式(Falstaffian)人类理想。① 其中一些喜剧描绘了对世界的颠覆。《吕西斯特拉塔》(Lysistrata)的女主角试图通过希腊妇女的性罢工来结束战争。不过，尽管女主角拥有强势领导权，但这并非一部女性主义戏剧，因为该剧表现的是不可能的幻想画面。后期的《公民大会妇女》(Assemblywomen，约公元前392年)以雅典妇女接管政府开头，但该主题在剧情进行到一半时被抛弃，转而成为闹剧：妇女们立法规定所有人的性机会平等，于是我们看到了一个可怜的家伙试图摆脱几名老女人示爱的滑稽场景。阿里斯托芬对女性最具新意和同情心的描绘出自《地母节妇女》(Thesmophoria Ladies)——地母节是只有女性能参与的节日。

阿里斯托芬嘲讽雅典的领导人们，特别是民众领袖克里

---

① 约翰·福斯塔夫是莎士比亚的《亨利四世》和《温莎的风流娘儿们》中的人物，喜欢吹牛而且嗜酒如命。——译注

翁，于是这些喜剧带有多少真正的政治色彩成了疑问。《马蜂》(Wasps)中主要角色是菲洛克里翁(Philocleon)和布德利克里翁(Bdelycleon)，即"爱克里翁"和"恨克里翁"。在《骑士》(Knights)中，核心角色是德墨斯(Demos，意为"民众")，为了讨好他，奴隶帕弗拉贡(Paphlagon，代表克里翁)和一个香肠贩子展开了竞争。舞台为讽刺隐喻而搭建，但我们看到的东西不太一样。剧中大部分内容是德墨斯两位讨好者的相互谩骂，交锋中用到了大量语词创新(尽管可能太多了)，但我们没有看到真正讽刺意图的犀利。铺张而非精准才是作品的目标。

《云》对苏格拉底的嘲讽与此非常相似。我们从了解苏格拉底的人那里获得了对他的三种描绘，另两种来自色诺芬和柏拉图。色诺芬的苏格拉底是个理智而高尚的道德家，这种描绘难以令人信服，因为他并未有趣到让任何人想置其于死地。所有人都希望相信，柏拉图早期对话中的苏格拉底才是最接近历史现实的。幸运的是，这很可能是对的。无论如何，阿里斯托芬的苏格拉底——智术师式修辞学的教授者和疯狂科学家的混合体——必然与真实人物相去甚远。剧作家的目标仅仅是制造欢乐，并很好地完成了。如果其中有讽刺的话，更多针对的也不是苏格拉底，而是整个智术师运动。

阿里斯托芬最欢乐的喜剧是《鸟》(Birds，公元前414年)。剧中，佩塞塔伊罗斯(Peisetaerus，意为"说服友人者")和同伴欧埃尔庇德斯（Euelpides，意为"大有希望的"）一起离开雅典，他们加入鸟儿的行列，前者还成为它们的国王，在空中建起一座名为"云中鹁鸪国"的城邦。打着伞（为避免让宙斯看见）前来的普罗米修斯表示，这座城挡住了祭祀的香味，让诸神陷入绝望。随后，波塞冬和赫拉克勒斯赶来谈判，佩塞塔伊罗斯娶了宙斯赐予他的"王权"，成为万物之王。喜剧的逃避功能在这里得到了最大程度和最异想天开的发挥，但它要逃避什么呢？作品的魅力在于它从未明言："莫谈国是"也许可以被用作座右铭。

《蛙》的主角是酒神狄俄尼索斯，他被塑造成不时显得荒唐的形象。也许我们会对如此不敬地对待神明感到吃惊，或者我们本该更加吃惊。通过奥维德和文艺复兴，我们对古典神话中的诙谐或幽默处理并不陌生。但那些是失去了神性的神，已经成为装饰性和文学性的。然而，我们在这里看到的是对拥有可怕力量的真神的嘲讽。当时距《酒神女》上演刚刚过去了一两年，观众在那部作品中看到，狄俄尼索斯让不尊敬他的人在忒拜山间被撕成碎片。

《蛙》中的狄俄尼索斯下到地府，准备带回一位对城邦有用的诗人。这在某种程度上是为了引出埃斯库罗斯和欧里庇得斯竞争剧情的手法，但作品中似乎还有更严肃的元素。旧喜剧的传统允许剧作家在剧中某个时刻通过歌队直接对观众说话，在这里，阿里斯托芬借机发出了具体的提议：最近一次寡头政变的参与者应该被恢复公民权。此外，该剧的歌队表现了厄琉西斯（Eleusis）秘仪的入教仪式（标题中出现的"蛙"只是在狄俄尼索斯渡过冥河时用呱呱的合唱为他伴奏[①]）。而占据了该剧几乎一半篇幅的竞赛主要是娱乐。

这场竞赛意外地成了现存最早的文学批判作品，但我们不必认为阿里斯托芬本人也这么看。无论如何，他注定不会公平地对待两位悲剧诗人：观众们熟悉欧里庇得斯作品的演出，而埃斯库罗斯年代久远，很少有人对他有很多了解。因此，对埃斯库罗斯的描绘以滑稽为主，基本思想是此人华而不实而且沉闷乏味。对欧里庇得斯的处理则要微妙得多，在描绘一位女商贩因为被偷走了小公鸡而悲痛不已时，作者特别欢乐地戏仿了他的抒情诗风格。[②] 阿里斯托芬还戏仿了他的音乐风格，尽管我们已经无缘体会这种乐趣。《地母节妇女》里也幽默地戏谑了欧里庇得斯。在《蛙》中，狄俄尼索斯最终判定埃斯库罗斯获胜的理由荒唐可笑。无论阿里斯托芬本人对诗歌的道德功能持何种态度，滑稽愚蠢的精神必将占得上风。

比起他别的作品，阿里斯托芬现存的最后一部喜剧《财神》（Wealth，公元前388年）没有那么张扬，而且在某种程度上是隐喻式的。歌队不再是剧作的一部分，剧本仅仅标明了歌队应该插入的位置，但没有给出歌词。这种新形式似乎标志着我

[①] 《蛙》209–67。
[②] 《蛙》1331–63。

们几乎一无所知的中喜剧的开始。新喜剧将长期流行，其最受推崇的作者是另一位雅典人米南德（Menander，约公元前342年—约前292年）。一个世纪前，我们对新喜剧的了解完全依赖于公元前2世纪时普劳图斯（Plautus）和泰伦斯（Terence）用拉丁语改写的作品。但始终存在的问题是，其中有多少归功于原作，有多少归功于改编者。后来，人们在莎草纸上发现了米南德的一部完整作品《守财奴》（Curmudgeon，公元前316年），以及其他几部作品的大段残篇。总体来说，新喜剧采用写实风格（除了在序曲中发言，没有神明出现，也没有神迹），尽管情节发展常常依赖难以置信的巧合（比如失散多年的女儿被重新找到）。剧情经常涉及年轻男子无法迎娶所爱的姑娘。剧中会出现狡猾的奴隶、卑鄙的老鸨、滑稽的厨师、吹牛的士兵、坏脾气或可爱的老绅士等固定角色。原作失传，通过罗马改编者流传下来的新喜剧将对文艺复兴及以后的时代产生巨大影响。比起古代世界的任何其他遗存，它们与后世的欧洲戏剧关系更加密切。

第五章

CHAPTER 5

公元前 4 世纪

到了公元前5世纪末，抒情诗和悲剧的伟大时代已经结束，伯利克里已经去世，帕台农神庙和伊瑞克提翁神庙已经矗立在雅典卫城之上，菲迪亚斯的雕塑已经开始风化。有观点认为，这一时期（特别是在雅典）是希腊文明的顶峰，从此一切开始衰退。我们应该接受这种说法吗？有两个领域显然是例外：演讲术和哲学在公元前4世纪达到了最高峰。另一方面，甚至在当时已经可以感受到诗歌的活力在衰退。在公元前5世纪末写了关于波斯战争史诗的萨摩斯人科伊里洛斯（Choerilus of Samos）在作品开头解释说，他选择这个近代主题是因为其他所有主题都已被耗尽了。现在，往昔的负担也许第一次成了诗歌主题。在罗马和后来的欧洲，我们将经常重新见到此类主题。这种贴有"影响的焦虑"标签的主题被称赞为代表了技艺成熟的顶峰，但它同样奏响了不祥的音符。作为马其顿的国王，亚历山大大帝（公元前336年—前323年在位）是第一个想让自己的功业和自己的人格都流传后世的君主。和其他统治者一样,他也希望受到优秀诗人的赞美,但不得不满足于随从队伍中的历史学家们。据说,在公元前334年渡过赫勒斯滂海峡向亚洲进军时,他特地前往拜谒了阿喀琉斯墓。[1] 但他哀悼的不是阿喀琉斯,而是他自己,因为那位古代英雄得到了最伟大诗人为其创作赞歌,而他只有亚索斯人科伊里洛斯(Choerilus of Iasus),后者成了雇佣文人的代名词。[2] 因此,对诗歌来说,公元前4世纪的确是低谷期,公元前3世纪则是其复兴的时代。

修昔底德也影响了希腊文明衰退的想法。当表示伯罗奔尼撒战争是最大的"动荡"时,他指的并非是转折点,或者历史运动的支点——毕竟他无法看到未来——但很容易这样解读他。事实上,这场战争的长期影响非常有限。雅典被打败了,但斯巴达人没有选择摧毁它。城邦获得了复兴,在公元前4世纪,民主在希腊各城邦中实际上变得比过去更加普遍。直到马其顿的崛起以及腓力二世和亚历山大父子终结了希腊城邦的独立,这一切才发生了改变。亚历山大死后,他征服的土地分裂成若干继承者王国。我们可能偏爱民主而非王权,但这些王国将希腊的力量扩展到了空前绝后的程度。公元前3世纪和2世纪还将成为希腊科学、数学和学术最具活力和创造力的时期。

---

[1] 西塞罗,《为阿尔喀亚斯辩护》24。
[2] 亚历山大大帝表示,他宁愿做荷马笔下的忒耳西特斯(《伊利亚特》中的丑角),也不愿做科伊里洛斯笔下的阿喀琉斯。——译注

历史写作同样似乎经历了繁荣,但除了唯一的例外,公元前4世纪和3世纪的所有历史学家都湮没无闻了。色诺芬(约公元前428年—前354年)是散文作家中第一个万事通,愿意着手几乎任何主题。在《希腊志》(*Hellenica*)中,他成了历史学家,从修昔底德中断的地方开始续写了伯罗奔尼撒战争的故事,并一直讲到公元前4世纪中期,但只是匠人之作。作为一个立场保守、有绅士风度的军人,他实现了若干了不起的第一:他的《经济论》(*Resources*)是最早的经济学作品;讲述了波斯最伟大国王故事的《居鲁士的教育》(*Education of Cyrus*)是最早的历史小说,甚至是任何类型的小说中最早的;他的《阿格西劳斯传》(*Agesilaus*)是第一部传记;他关于庄园管理、养马和狩猎的作品是最早的自助手册;他的《万人远征记》(*Anabasis*)是第一部回忆录。和柏拉图一样,他也写了以苏格拉底为中心形象的对话。在这点上,柏拉图最有可能是首创者,但我们不能确定。

《居鲁士的教育》的标题并不准确,作品涵盖了英雄的一生,只有前八章是关于其童年的。不过,它们的确代表了如实描绘童年状况的最早尝试,显示出我们在真实儿童身上看到的天真与洞察力的结合。事实上,童年居鲁士的品德过于高尚,没有多少可描绘的地方,而成年居鲁士又是如此完美的君主典范,让我们提不起兴趣。同样的问题也出现在阿格西劳斯的传记中,几乎看不出多少人物的性格。色诺芬最著名的作品《万人远征记》也有个奇怪的标题,字面意思是"向高处行进",尽管大部分内容是关于向低处行进的。作品生动地讲述了一支深入波斯帝国的阿纳托利亚腹地受困的希腊雇佣军如何脱险回国的故事。当士兵们第一眼看到大海时,他们发出了"大海,大海!"的呼喊,这至今仍是古典文学中最著名的段落之一。[1]色诺芬用第三人称指代自己,但发表了大量讲话,并担当领导角色。据我们所知,这部作品确立的军事或政治回忆录模式将在整个古代得以延续。

修辞术是劝说的艺术。作为罗马最伟大演说家的权威,西塞罗和其他一些人认为,修辞术有三个目的:告知、感动和取悦。它应该同时诉诸理性和情感。在这个基础上可以确立两种截然不同的修辞术概念。首先,这是一种让人高尚的艺术。最好的演说家是能够向他的国家提供最佳建议的人。罗马政治家、"监察官"加图(Cato the Censor,公元前234年—前149年)将演说家定义为"善于言辞的好人"。[2]与之类似,在公元1世纪下半叶写过关于演说家教育论著的昆体良(Quintilian)也宣称演说家必须首先为人正直。[3]因此,完美的演说家必须兼有最崇高的性格和最完善的教育;完美演说家的特质是智慧。这

---

[1] 《万人远征记》4.7.24。
[2] 昆体良,《演说术原理》12.1.1。
[3] 《演说术原理》12.1.1–13。

种崇高理想不得不与一种更加现实的观点展开竞争。有抱负的演说家要学会在接手的任何案子中争辩（罗马教育尤其以这种学习方法为基础），因此修辞艺术可以简单地被描绘成让不利的一方占得上风的能力。还有第三种关于修辞术的观点，即强调美学元素：修辞术研究的是如何尽可能有效地遣词造句。按照这种观点，可以用修辞术的术语来分析整个文学。事实上，如果能够看到其中的辩护书元素，我们可以更好地欣赏许多古典诗歌。

这三种观点并非在所有人的思想中泾渭分明。事实上，无论古人多么重视该问题，可以说他们从未解决作为智慧和作为欺骗的修辞术的矛盾。柏拉图在《高尔吉亚篇》（*Gorgias*）中巧妙地呈现了这个矛盾——反讽的是，我们不得不钦佩他用来让苏格拉底戳穿修辞术之虚夸的辩论能力。今天我们做的可能也并不更好。至少，现代律师似乎一边相信自己在履行正义，一边确信自己值得收更多钱，因为他们有能力改变结果。西塞罗对自己的使命怀有崇高理念，但他同样乐意吹嘘自己蒙蔽了陪审团的眼睛。

古典演说词可以被分成两类：一类是为法庭或政治集会而写，另一类是"炫耀式"（epideictic）演说，即并非为赢得现实世界中的案子或辩论所写，而是为了展现演说家的技艺。作为柏拉图对话篇名的那位高尔吉亚就是炫耀式演说家，此人是一名来自西西里的智术师，于公元前 5 世纪晚期来到雅典，成为一名修辞术老师。有两小段其技艺的样本存世,其中之一是悖论练习,赞扬了海伦的通奸行为。至于公元前5世纪晚期和公元前4世纪的雅典法庭或集会演说词,有十多人的作品留存至今。其中十位演说家留下了名字,其他作品的流传则是因为被错误地归入他们中某人的名下。早期演说家中最吸引人的是吕西阿斯(Lysias,公元前5世纪50年代—约前380年),此人并非雅典公民(他的父亲是西西里的移民)。他为原告和被告撰写法庭发言,目标是听上去老实而真诚,因此他需要掩饰自己使用了技巧的艺术,以及模仿各种口吻的才能。今天最让我们感兴趣的是他为一个杀死了妻子情夫的男人写的讲话,因为它生动描绘了雅典家庭和妇女在家中的地位(尽管令人沮丧)。[1] 不过,他最出色的演说词是为自己写的(对他来说并不常见)。这篇演说词朴素动人而又富于感染力,抨击了杀死他兄弟的寡头。结尾部分非常简洁,用了连续五个动词:"指控就是这些。你们听见了,你们看见了,你们感受了,你们收到了。做出判决吧。"[2]

伊索克拉底(Isocrates,公元前436年—前338年)原为一名法庭辩护律师,后来成为修辞术老师。他最重要的作品是政治主题的论文,但采用演说词形式。公元前4世纪的核心政治问题是如何应对马其顿的崛起和腓力二世国王的野心。有人

---

[1] 演说词1。
[2] 演说词12。

试图保全希腊城邦的自由和独立，但伊索克拉底倡导在腓力的领导下组成泛希腊联盟，向波斯人发动进攻。他的风格极具自我意识。他避免出现元音分立（hiatus，发生在前一个单词以元音结尾，后一个单词以元音开头时），喜欢使用结构繁复的复杂句子。由此产生了精巧而冷淡的效果，犹如新古典主义的大理石像。雅典政治家埃斯基涅斯（Aeschines，约公元前397年—约前322年）和德摩斯梯尼（Demosthenes，公元前384年—前322年）是公元前4世纪最好的演说家，两人最初是盟友，但后来成为死敌。埃斯基涅斯认为希腊必须与腓力达成和解，德摩斯梯尼则仍然拒不妥协，相信埃斯基涅斯收受了贿赂（很可能冤枉了他）。埃斯基涅斯有三篇较长的演说词存世，尽管它们颇具感染力，但在他的对手面前不可避免地相形见绌。

德摩斯梯尼的部分演讲是为私人客户所写，其中一些争端只是鸡毛蒜皮，但修辞术的特点之一在于将个人的全部技艺用于哪怕是无聊的问题上。不过，他最令人难忘的作品是政治主题的。他和伊索克拉底一样注重音韵和谐（同样避免出现元音分立），但同时不失热情和自然。他的三篇《奥林托斯词》（*Olynthiacs*）以因为奥林托斯城（Olynthus）违抗腓力并遭其毁灭而引发的危机为题。他的三篇《反腓力词》（*Philippics*）则为欧洲语言加入了一个新词汇。作为他最伟大的作品，《论金冠》（*On the Crown*）名义上是为盟友做的法庭辩护（埃斯基涅斯的指控也留存了下来），实际上却是政治辩解和信条（篇名中的"金冠"是那位盟友在公共节日上提议奖赏给德摩斯梯尼的荣誉)。

可能会让这篇演说词的现代读者感到吃惊的是，德摩斯梯尼用大量篇幅对埃斯基涅斯发动个人攻击，并使用了许多不光彩的伎俩，比如他的对手出身低微，早年作为演员时有过拙劣的表演。对此的部分解释是，演说听众是修辞术的鉴赏家，而且即使在涉及严肃问题时，他们仍会寻求某种消遣，或者至少是某种刺激。但德摩斯梯尼的憎恶同样出自真心。除此之外，崇高和激情主导了这篇演说词。作品内容丰富，包括叙事（腓力占领埃拉泰亚[Elatea]的消息传到雅典的当晚）和历史回顾，特别是热情地结合了爱国主义和骄傲的自我价值感。德摩斯梯尼不屑于让自己讨人喜欢，因为他有一个更大胆的目标，即迫使我们赞美他的不妥协。

苏格拉底将哲学彻底从自然科学分开，在这点上他的继承者是柏拉图（约公元前429年—前347年）。亚里士多德（公元前384年—前320年）虽然是个科学家，但同样区分了自己的科学和抽象思维。柏拉图出身雅典贵族，亚里士多德则来自不知名的马其顿小城斯塔吉拉（Stagira），前往雅典求学后成为柏拉图的弟子。这两人是我们所知的西方哲学的鼻祖，但对其中某人的盛赞有时会伴随着对另一人的贬低。下面是两种极端的看法：

西方哲学史可以被描绘成对柏拉图的一系列注脚（怀特海）。他是议程的制定者。他的"所有观点都博大精深"，就像太阳系之于地球那样容纳了亚里士多德的渺小体系（罗斯金）。他的形式理论是为创造统一理论而做的极其大胆和有创造力的尝试，从中可以衍生出心灵、知识和伦理理论。此外，柏拉图超越了理性：他提供激情和灵感，抵达人类体验的最深处。相比之下，亚里士多德显得缺乏想象力，只是个合格的归纳者。

亚里士多德是古代世界，或许也是所有时代最伟大的智者。他无尽的兴趣涵盖了哲学和自然科学的所有领域，对知识、形而上学、逻辑、政治、美学和其他许多学科所做的贡献至今仍然重要。他把最强大的心灵力量同出色的判断和最深刻的理解结合起来。他是"知者中的大师"（但丁），在许多方面，"正确地思考就是像亚里士多德那样思考"（纽曼）。如果柏拉图是天才，那也只是疯狂的天才。他没有哪个主要理念甚至是略微合理的，如果认真看待的话，他的政治理论令人反感（特别是但不限于他最后和最长的作品《法律篇》），而且似乎完全背离了任何对真实人性的理解。

上述断言都来自聪明和渊博的人。但今天的大多数哲学家会把柏拉图和亚里士多德放在西方历史上最伟大的同行中间,有的还会认为他们是其中最伟大的两位。比起史学在公元前5世纪的诞生,我们所知的哲学在公元前4世纪开始发展的速度和力度甚至更为惊人。我们也许可以反思一下这样的事实:哲学家们至今仍然没有对希腊思想家们提出的任何问题达成一致。哲学拥有炫目的开端,似乎只有过去的两千三百年看上去略微让人失望。

有观点把世界分成柏拉图主义的和亚里士多德主义的。用柯勒律治的话来说,"除了这两类人,几乎想不出第三类"。[①]这种观点让柏拉图主义和亚里士多德主义传统对立起来,前者是崇高、先验和理想的,后者则是实践和经验主义的。但我们不应受其误导。无论有多少分歧,亚里士多德毕竟是柏拉图的弟子,就像柏拉图是苏格拉底的弟子,他们在哲学的范围和研究方法上观点相同。比亚里士多德晚一代的伊壁鸠鲁(Epicurus,公元前341年—前270年)则尝试了另一条道路。他首先从物理学开始。他声称,我们可以证明除了数量无限的原子和范围无限的真空,什么都不存在。这些科学事实随后引

---

① 《桌边谈话》,1830年7月2日。——译注

出了哲学结论：没有超自然的秩序，没有形而上学；人唯一能够理性追求的是他自己的快乐；死亡是完全无关痛痒的事等等。在某种意义上，伊壁鸠鲁延续了前苏格拉底传统，将自然科学和哲学融为一体。他的强大影响持续了几个世纪，但从长期来看，由两位公元前4世纪的伟人发展起来的苏格拉底理念终将胜出。如果没有他们，故事可能截然不同。

尽管现存的亚里士多德卷帙浩繁，但他的作品曾经更加庞大。按照西塞罗的说法，他的对话（现已失传）像流淌的金河——那是这位不寻常之人的另一面。[1]对于我们知道的亚里士多德，没有人会这样说：现存作品的风格既乏味又像电报般简略。我们不应完全从美学角度否定它们。它们的简略本身也有自己的力量。比如，在读《尼各马可伦理学》时，我们很难不对其密度印象深刻：没有哪个词是多余的，几乎每句话都带来某些重要的新东西。

柏拉图则是一位高水平的文学艺术家。我们会不由自主地把柏拉图看成那些把哲学视作艺术之人的守护圣徒，把亚里士多德看成把哲学视作科学之人的守护圣徒。诚然，柏拉图的想法是理智应该来自心灵和人格的互动，他的作品是对话，而且从未以自己的身份发表过任何观点。在大部分对话中，苏格拉底是最主要的发言者。但在少数几篇中（可能是后期作品），

---

[1] 《卢库鲁斯》119（参见普鲁塔克，《西塞罗》24）。

他的角色不那么重要，在《法律篇》中更是完全没有出现，担任主角的是一位"雅典异乡人"。《申辩篇》（Apologia）据说是公元前399年时苏格拉底在自己的生死审判上做的自辩。这只是特例，而在可能是柏拉图最早的那些对话中，苏格拉底的个人形象是全篇的重要组成部分。每篇对话通常会提出一个道德问题，但唯一的结论是否定的。比如，《拉凯斯篇》（Laches）提出"什么是勇气"，《游叙弗伦篇》（Euthyphro）提出"什么是虔诚"。与苏格拉底对话的人会给出自己的观点，但在前者的追问下被否定，导致对话者陷入彷徨。在可能属于柏拉图"中期"的作品中，对话形式变得更加漫衍：苏格拉底发表了长篇大论，其他人只是不时插入几句表示赞同的话。一些对话包含了"神话"，即隐喻或超自然故事，它们有的欢快而奇妙，有的近乎神秘。

早期作品大多活泼，有时带有明显的幽默，柏拉图驾驭对话形式的能力让他可以极为清晰地呈现非常复杂的思想。在《美诺篇》（Meno）中，他提出了奇特的"回忆"（anamnesis）学说：我们在出生前就已存在，保留着来自之前存在的知识。为了证明这点，他让苏格拉底询问美诺的奴隶。苏格拉底证明奴隶掌握了数学知识，由于后者这辈子没有学过数学，他必定是在出生之前掌握的。我们不应把这篇对话称为喜剧的，甚至可能也不应称之为幽默的，但它的确显得活泼，仿佛眼中光芒一闪。它做到了所有老师都应该努力去做的：在主题性质允许的情况下，尽可能清晰和动人地提出主张。一些对话中的非哲学材料特别丰富：《普洛塔戈拉篇》(Protagoras)描绘了知识分子及其圈子的滑稽形象，《斐德若篇》(Phaedrus)被安排在伊利索斯河畔具有田园风光的场景中。在这点上，所有作品中最奢华的是《会饮篇》。在该篇结尾，著名的阿尔喀比亚德（Alcibiades）喝得酩酊大醉，称赞苏格拉底是自己的善良天使。后来，回忆这些事件的叙述者想起自己睡着了，直到破晓时才醒来；他发现苏格拉底还在说话，后者告诉阿里斯托芬，好的喜剧作家也能写悲剧，反之亦然。

《会饮篇》与其说是对话，不如说是关于爱情本质的一系列发言，发言者中既有乏味的医生，也有感伤的诗人。其中最有趣的发言来自阿里斯托芬。他讲了一个寓言。[①]人类原本是球形生物，每人长着两副生殖器，有的是一男一女，其他的则是同一性别。后来，神明把这些生物一分为二，从此人开始四处寻找自己的另一半。因此，爱情是"对完整的欲望和追求"。让一位拥有夸张而奇异精神的喜剧作家来讲这个故事非常合适，尽管我们在现存的阿里斯托芬作品中找不到类似的内容，我们不得不假设它完全来自柏拉图本人的想象。

这个喜剧故事中包含了严肃和原创的思想。其中之一是人类生来就是同性或异性恋。这种观点对我们来说司空见惯，但

---

① 《会饮篇》189c-193d。

在古代是罕见的。柏拉图的阿里斯托芬呈现的另一个概念是浪漫爱情的理想:对每个男女都存在一位理想伴侣("完美的搭配"),性爱为人的完整提供了唯一可能。这让我们清楚地看到了柏拉图思想的广度和深度。上述观点直到许多个世纪后才被发展和接受。虽然他本人反对这些观点,但是他发现和呈现了它们,一切都被置于非常荒谬的背景中。事实上,当我们以为自己正在享受消遣时,他已经诱导我们进行了深刻的思考。

在这篇作品中,柏拉图不满足于否定意义的结果,他希望从正面提出爱情是什么。对话形式无法提供这样做的途径,无论如何,他也许试图超越理性论据,诉诸本能和直觉。于是,柏拉图采用了一种新的手法。当轮到苏格拉底发言时,他没有提出自己的观点,而是宣称一位名叫第俄提玛(Diotima)的女祭司已经向他透露关于爱情的真理。[1] 第俄提玛借助了柏拉图的一个神话:爱神是"丰盈"和"贫乏"在阿芙洛狄忒生日那天生下的孩子,他不漂亮,而是邋遢和机智。随后,她提出爱情应有的发展过程:人应该从爱美好的个体进而爱上所有美好的人,然后爱上美好的活动和制度,最终领悟抽象和绝对的最崇高之美。很难把这和真实的人类体验联系起来,但其中仍然包含了不寻常的洞见。通过第俄提玛,柏拉图将爱情描绘成"美的繁衍",[2] 他认识到人类心灵中的创造与性冲动之间存在

---

[1] 《会饮篇》201d–212c。

[2] 《会饮篇》206c–e。

密切联系。

《理想国》结合了"早期"和"中期"的柏拉图。该书十卷中的前两卷可以被单独视作早期类型的对话。它提出的问题是:"什么是正义?"苏格拉底驳斥了对话者的各种说法,其中最主要的是一位名叫忒拉叙马科斯(Thrasymachus)的智术师,此人倡导强权即是公理的观点。他被驳倒了,但尽管我们在此时明白正义不是某些东西,我们对正义是什么仍然一无所知。作品的剩余部分以柏拉图的中期风格探究了这个问题,苏格拉底做了基本上连续的阐述。《理想国》涵盖了大量话题,但综合性的要素是柏拉图的形式理论,从中产生了他的道德、政治和知识理论。

历史学家被分成"合并派"和"分割派"。合并派相信可用一种原则(比如阶级斗争历史)解释全部历史,分割派则坚持历史的多元性和复杂性无法消除。如果按照同样的标准区分哲学家,那么柏拉图和与他截然相反的伊壁鸠鲁都属于合并派:至少在其生涯的最后阶段,他提出了统一哲学研究所有方面的单一理论。与我们在本书后文将要提到的两部作品类似——维吉尔的《农事诗》和阿普列乌斯的《金驴记》——《理想国》的结尾不同于作品的其他部分,但非常令人满意。那里的主题是灵魂不朽,苏格拉底抛弃对话中的所有托词,讲述了厄尔（Er）的神话。[①]厄尔死后复活，带来了他看到的宇宙本质和亡灵生活的景象。就这样，不同于其他哲学作品，这部长篇对话最后爆发出灿烂的光辉。

柏拉图和亚里士多德之后的那个世纪见证了相互竞争的哲学流派的兴起，其中最著名的是基提翁人芝诺（Zeno of Citium，公元前335年—前263年）创立的斯多葛主义和伊壁鸠鲁主义。伊壁鸠鲁的一些次要作品留存了下来，而通过后来卢克莱修（Lucretius）的拉丁语诗体改编，我们对他的物理理论有了大量了解。尽管斯多葛主义者追求德性，伊壁鸠鲁主义者追求快乐，但两个学派都致力于否定意义的理想，前者是"不动感情"（apatheia），后者是"不受打扰"（ataraxia）。它们都是救赎哲学，坚称在受其教诲启蒙的智者灵魂的城邦中可以找到无法破坏的安全与幸福。追随这些学派带有某种宗教承诺的特征。它们在文学史上的价值在于其描绘了知识分子的生活与思想，特别是在罗马。

[①] 《理想国篇》10.614–21。

第六章
CHAPTER 6

希腊化时期

"希腊化时期"是现代学者为从公元前323年亚历山大去世到前31年未来的皇帝奥古斯都在阿克提翁战役（Battle of Actium）中击败马克·安东尼这段时间贴上的便捷标签。亚历山大去世后，他的庞大帝国分裂成了若干"继承者王国"，从文学史角度来说，其中最重要的是埃及。统治埃及的马其顿王朝历代君主都叫托勒密，直到末代女王克娄佩特拉。随着克娄佩特拉在公元前30年死去，埃及成了罗马帝国的一部分，遭受了其他继承者王国和少数幸存下来的城邦同样的命运，希腊最后的独立力量消失了。

作为托勒密王朝的首都，亚历山大在公元前3世纪成了学术力量的中心。国王们建立了古代世界最著名的图书馆和"缪斯宫"（Museum），这并非现代意义上的博物馆，而是某种文学研究机构。埃拉托斯特尼（Eratosthenes）在公元前3世纪后半叶被任命为图书馆长，此人是那个时代最伟大的博学者，身兼文学学者、哲学家、地理学家、诗人和数学家多重身份。他曾极其精确地计算了地球的周长。他的职业生涯尽管不同寻常，但展现了亚历山大"学术"的范围——如果我们把这个稍显冷冰冰的字眼理解为广泛的求知欲。他的作品都失传了，我们只能间接地了解他。数十万字的希腊化时期散文作品留存至今，但大部分是希伯来经文的翻译。由于很少有其他早期希腊化时期的散文作品存世，我们对该时期文学的印象并不全面。不过，我们至少拥有三位活跃于公元前3世纪上半叶的亚历山大诗人的作品。他们是忒奥克里托斯（Theocritus）、卡利马科斯（Callimachus）和罗德岛的阿波罗尼乌斯（Apollonius of Rhodes），三人的生卒年份都不详。

卡利马科斯来自今天利比亚东部的昔兰尼（Cyrene）。他是一位学者和词典学家，他为亚历山大图书馆编撰过目录，写过关于地理学、民族志和其他许多方面的著作。学者诗人通常会把两个身份分开（比如霍金斯和豪斯曼），但卡利马科斯的创新之处在于将学术引入了他的诗歌。在语言和主题上，他追求怪异、奇诡和晦涩。通过抄本传统留存下来的共有他的约60首哀歌体警铭诗和6首颂诗（后者以新的方式复兴了"荷马颂诗"体裁），莎草纸中也发现了许多。他的13首短长体诗结合了希波纳科斯的抨击方式和其他材料。一首一千行左右的短篇史诗《赫卡勒》（*Hecale*）以忒修斯擒住马拉松公牛的英雄举动为主题，但作品的焦点却是一位与忒修斯同宿的卑微老妇人,并以她的名字为题。这反映了希腊化时期对普通和家庭主题的喜爱(带有一丝多愁善感),以及卡利马科斯追求不寻常的角度。

他规模最大的作品是《起源》(*Aitia*),最终版本分为四卷。这部作品是一系列"原来如此"形式的神话,解释了各种习俗和典礼的起源。其中还有两个著名段落赞美了托勒密三世的王后贝瑞尼克(Berenice),因为卡利马科斯的身份之一是宫廷诗人。该主题为他展现自己的古代文化知识提供了充足的机会,他热情而又可能令人不安地抓住了这个机会。于是,当阿孔蒂俄斯(Acontius)和库迪珀(Cydippe)爱情故事(《起源》中保存最完好的部分)的读者觉得自己会掉一两滴眼泪时,他们却可能吃惊地读到:

> 我们从色诺墨德斯(Xenomedes)那里听说你喜爱的故事,他把全岛置于神话记录中,从它如何成为科吕喀亚(Corycia)宁芙的居所开始……以及卡利亚人(Carians)和勒勒格斯人(Leleges)如何到那里定居,他们在为"呐喊者"(Alalaxios)宙斯举行的仪式上总是吹响号角,以及福波斯(Phoebus)和梅里亚(Melia)之子开俄斯(Ceos)如何让它获得了新名字……以及在岛上的四座城中,梅加克勒斯(Megacles)如何修建了卡塔伊亚(Carthaea),克吕

索（Chryso）之子欧弗洛斯（Euphylus）……[1]

荷马以"愤怒"开篇，卡利马科斯则以口角开头。这无疑是创新之举。他首先回击了自己的批评者，称他们为"忒尔喀涅斯"（Telchines），那是神话中一群邪恶的巫师（可能鲜为人知）。他首先表示："忒尔喀涅斯总是抱怨我的诗歌"——理由是他没有写过长达几千行的连贯诗歌。他回击说：弥涅摩斯更擅长规模较小的作品，评判诗歌的标准应该是技艺而非长度。阿波罗曾告诉他，他应该把牺牲喂得肥肥的，但要让缪斯保持苗条；他不应在许多人使用的大道上驾车，而是应该沿着无人走过的道路，哪怕后者非常狭窄。在《阿波罗颂》的最后，他表达了类似的观点：阿波罗一脚把"嫉妒"踢开，表示虽然幼发拉底河是条大河，但河里漂浮着许多泥沙和垃圾。相反，从圣泉涌出的细流则是纯净和未被玷污的。

那么，卡利马科斯代表了什么呢？人们曾经认为，此人的立场非常清楚，他明确反对长篇诗歌（尽管《起源》长达数千行），语气激烈地坚称艺术应该仅仅为了艺术本身。但现在看来，他的主张可能更加普遍，面向所有具备常识的人。用"无人走过的小径"做比喻表明他显然推崇原创。他讨厌浮夸，坚持质量才是关键，认定长度本身没有价值。他的语气可能显得

---

[1] 《起源》，残篇75。

气势汹汹，但传递的信息很有道理。

卡利马科斯也创作哀歌体警铭诗。这类题材可能是西方历史上持续活跃时间最长的文学形式，从公元前7世纪到拜占庭时代开始后很久，存在了超过一千五百年。很难确定某一首警铭诗来自公元前3世纪还是公元6世纪，但许多最好的警铭诗人生活在希腊化时期，阿斯克勒庇阿德斯（Asclepiades）、塔兰同人列奥尼达斯（Leonidas of Tarentum）和加达拉人墨勒阿格（Meleager of Gadara）是其中最出色的三位。这种体裁也适合卡利马科斯，展现了他更加追求朴素而非刺激效果的一面。好战基调并未消失（一首作品的开头写道："我讨厌系列诗歌"），但有的作品具有情色意味，他的墓志铭尤其著名。得益于19世纪时威廉·考利（William Cory）的翻译（被许多诗选收录），他为某个赫拉克莱托斯（Heracleitus）写的六行墓志铭是其在英语世界中最知名的作品（"他们告诉我，赫拉克莱托斯啊，他们告诉我你去世了"），看到过原文的读者会发现原作更加精炼。有一首墓志铭仅有两行："父亲菲利波斯（Philippus）在此埋葬他十二岁的儿子尼科特勒斯（Nicoteles），他的巨大希望。"按照希腊文次序做的逐字翻译是这样的：

十二岁－孩子－父亲－埋葬－菲利波斯
这里－巨大希望－尼科特勒斯。

这些词传递了普遍的真理,"孩子"和"父亲"被放在一起,另一个特别之处是每行最后分别放了一个名字。这句话给出了直白的事实,甚至"巨大希望"也是事实,尽管带有更多色彩,而且被默默地插入到句末夭折男孩名字之前。这种节制是高度成熟技巧的产物。

卡利马科斯获得过巨大赞誉:他被称为希腊化时期最伟大的诗人,甚至是世界上的伟大诗人之一。至少到现在为止,这些赞誉被认定没有争议,但也很难证实它们。对卡利马科斯的过誉很大程度上来自这样的想法,即他深刻影响了公元前1世纪的罗马诗人。但这种想法基于的假设是:因为他们借鉴或提到了他,他们必然大为推崇他。卡图卢斯翻译了卡利马科斯的一首宫廷诗,但按照其本人的说法,那是因为他希望不带个人感情地进行练习。[1] 维吉尔在《牧歌》(Bucolics)开头幽默地改编了卡利马科斯《起源》的开头,[2] 在《农事诗》(Georgics)中则完全没有提到他。[3] 普洛佩提乌斯(Propertius)宣称自己将抛弃爱情主题,追随卡利马科斯和另一位希腊化时期诗人菲利塔斯(Philitas)的脚步,但这只是玩笑或谦辞。[4] 在诗集的最后一卷中,他自称"罗马的卡利马科斯",[5] 但意思只是他现

---

[1] 《歌集》66。
[2] 《牧歌》6.3-8。
[3] 《农事诗》3.4-8。
[4] 《哀歌集》3.1.1。
[5] 《哀歌集》4.1.64。

在正像卡利马科斯那样创作起源主题的作品。

奥维德的评价特别有趣。[①]罗马人喜欢区分 ingenium 和 ars。Ingenium 有时被译作"天才"，但意思通常没有那么强烈，而是涵盖了英语中"才能"(talent)、"才华"(brilliance)和"天资"(flair)的意思。Ars 的含义不像由它衍生出的"艺术"一词那么广，而是表示"技艺"(technique)或"手艺"(craftsmanship)。奥维德表示，卡利马科斯将留存于世，因为"虽然他的 ingenium 平平，但 ars 出色。"这算不上多高的赞誉。罗马人觉得卡利马科斯很有趣，但没有充分证据表明他们崇拜他。

忒奥克里托斯出生在西西里，但在人生的某个阶段（不详）来到了亚历山大。他称自己的诗歌为 eidulia，这个词意为"描摹"，并无英语中 idyll（牧歌）的意思。其中一首作品主要是两位亚历山大中产阶级妇女间的对话，她们一起聊天，然后一路抱怨着和被推挤着穿过拥挤的街道，前去参加纪念阿多尼斯之死的神圣歌会。[②] 这是对希腊化时期偏爱表现普通人和普通生活的最迷人描绘，可能也是以大城市忙碌生活为主题的最早文学作品。尽管两名妇女抱怨人群和不适，但她们显然很高兴，诗人同样如此。另一首诗歌在隐含的城市场景中

---

① 《恋歌》1.15.14。
② 《牧歌》15。

开篇,[①] "我的月桂叶哪去了？忒斯图里斯（Thestylis），把它们拿给我。"整首诗都出自一位女子之口，她正在执行魔法仪式，想要赢回自己不忠的情人。戏剧独白是作品的新颖之处。

忒奥克里托斯的短篇作品也包括几首神话诗，但他最著名的是关于乡村生活的诗歌，大多采用牧人间对话的形式。这些作品并未摒弃粗俗的戏谑和对性的率直，但以优雅风格为主。诗中人物仿佛生活在自己的天地里，没有受到外部世界变化和机遇的干扰。忒奥克里托斯甚至为神话中的怪物加上了田园色彩：在第十一首《牧歌》——"圆目巨人之歌"中，他把《奥德赛》中的食人怪波吕斐摩斯（Polyphemus）变成了单相思的情郎，带着乡下人的笨拙追求海中仙女加拉提亚（Galatea）。圆目巨人的夜曲包含在诗人对友人——医生尼喀亚斯（Nicias）所说的话中：除了缪斯，什么药也治不好爱情。因此，波吕斐摩斯"放牧"着自己的爱情，那样至少好过付钱给江湖郎中。这种优雅的玩笑将独目巨人置于远处，它可爱的单纯让我们这些老于世故的人露出了微笑。这种手法很容易显得盛气凌人，但忒奥克里托斯拥有足够的老练和品位使其获得成功。

第一首《牧歌》是图尔西斯（Thyrsis）和一位无名牧羊人之间的对话。两人首先把自己置于声音的世界中：水边松树的悦耳低吟，牧羊人的短笛，图尔西斯的歌声，后者比溅落在岩

[①] 《牧歌》2。

石上的淙淙溪流更加甜美。诗句本身的音韵精致而优美,使用了象声词、重复和半重复,展现出完全供人享受的纯粹表面之美。诗歌的主题是两件艺术品,分别为视觉的和音乐的。牧羊人描绘了一只精雕细琢的木杯,他愿意把杯子送给图尔西斯,以换取后者吟唱达夫尼斯之歌。随后,那首歌占据了该诗的一大半篇幅。

忒奥克里托斯在这里探索了艺术的本质。杯子上的画面包括奋力收网的渔夫、偷葡萄的狐狸、用灯芯草编织蚱蜢笼的男孩,以及在两位情人间举棋不定的女子。这些图案有的描绘了快速动作中的一个瞬间,仿佛被快门捕捉和凝固,有的描绘了雕塑无法完全表现的持续动作(徘徊的女子)。这里有自然与技巧的互动:图案努力摆脱静止状态,"变得活起来"。与此同时,我们看到这种鲜活是艺术家技艺的产物。

图尔西斯的歌同样是音乐会和展示品。与音乐会上的咏叹调一样,它没有上下文或解释。达夫尼斯奄奄一息地躺着,一名少女在林间四处寻觅;野兽为他哀伤;牧人、神明和仙女前来看望他,提出神秘或悲痛的问题;最终,"达夫尼斯走进溪流,水流吞没了他"。歌曲处处凄婉动人,但即使在忒奥克里托斯诗歌的虚构中,它也是虚构而非真实的。作品风格发生了微妙的变化。图尔西斯本人的世界基本上是写实的,无论多么具有田园色彩;达夫尼斯的世界中也包括了图尔西斯遇到的牧羊人和牧牛人,但缺乏实在性,而是神秘和短暂的,而且有生命出没。后者被作为诗歌而非生活呈现，但具有奇异的美。忒奥克里托斯创造了新的美学，通过带有诗人自我意识的某种奇妙手法，诗歌的感染力不仅没有减弱，反而加强了。我们领悟了这种技巧，被其创造者的精湛技艺感动。我们会看到，这种美学将在罗马诗歌中被重塑。

忒奥克里托斯的第七首《牧歌》是他最难以捉摸的作品。诗歌的背景被放在科斯岛（Cos）上，叙述者描绘了当他与几位朋友走出城时，他们如何遇到了一位神秘的牧羊人吕喀达斯（Lycidas）。表面之下似乎存在某种隐藏含义。牧羊人离开后，一行人来到一处农场躺下喝酒。诗歌的结尾部分用前所未有的丰富效果描绘了这个地方，既有画面也有音乐。空气中弥漫着声音：榆树和杨树的呢喃、哗哗的水声、知了的啁啾、呱呱的蛙声、雀鸟的鸣叫、鸽子的咕咕声和蜜蜂的嗡嗡声。那里还有各种果实：梨和苹果滚到来客的脚边，挂满黑刺李的枝条不堪重负地垂下。也有各种香味：朋友们躺在芬芳的灯芯草和新剪下的葡萄叶上，"一切都带有夏日丰饶和丰收时节的味道"。该诗的描写妙趣横生、多愁善感、厚重而又带有愉悦的疲倦，各种感官在其中融为一体。既有的睡眼惺忪的模糊，又有对精准性的追求：夏日——不，更准确说是丰收时节。诗中只有一抹淡淡的神明色彩：附近宁芙生活的山洞、德墨忒耳的祭坛、宁芙为这群人调酒。这是一种非凡的融合，既通过精致优美的语言对风景做了描绘，又以令人晕眩的魅力探索了人的情感。

文学史上从未有过任何类似这样的作品。

忒奥克里托斯以田园诗歌的发明者身份闻名,但这样说犯了时代错误。因为从后来的发展来看,田园诗歌不仅是关于乡村生活的,而是以某种方式描绘乡村,有意识地紧扣传统,遵循某些形式和惯例。忒奥克里托斯不可能遵循田园诗传统或惯例,因为这些在他之前并不存在。他完全没有确立新体裁的模式,而是发现了自己的特殊情感。他的诗歌展现了自由翱翔的想象力,而非传统的束缚。他找到了特别的平衡点,将投入与超脱、距离与细节、表面魅力和热烈情感结合在一起。

尽管被称为罗德岛的阿波罗尼乌斯,但此人是亚历山大本地人,我们无法确定他的外号从何而来。他也是一位学者,撰写过对荷马和赫西俄德的研究,并成为亚力山大图书馆的馆长。他的诗作包括关于城邦奠基的一系列《建邦歌》(*Foundations*),想必反映了他和卡利马科斯一样对起源和崇拜习惯感兴趣。他的作品仅有《阿尔戈号英雄记》(*Argonautica*)存世,这是一部分为四卷的史诗。为了寻找金羊毛,伊阿宋带着一队英雄(阿尔戈号英雄)驾驶"阿尔戈号"前往黑海东岸的科尔喀斯(Colchis)。科尔喀斯国王的女儿美狄亚爱上了伊阿宋,并帮助后者赢得了金羊毛。她和阿尔戈号英雄们一起逃走,史诗最后一卷回顾了他们返回希腊的曲折旅程。

这部作品中也能看见最广义上的"学术"。阿波罗尼乌斯对忒耳墨冬河（Thermodon，今天土耳其北部的一条不知名小河）的独特性质做了大量描绘。[①]史诗最后一卷改编了奥德修斯的漂泊（节奏变得太快），但让阿尔戈号英雄们走得更远，让他们沿着多瑙河航行，从波河逆流而上，顺着罗讷河而下，还抵达了北非。这场不现实的旅行很大程度上与亚历山大人的探索精神以及对地理学和民族志学的兴趣有关。它还让阿波罗尼乌斯有机会发挥自己可观的描述能力。诗中特别令人难忘的是他对北非沿岸险恶的苏德拉湾（Syrtis）的描绘，[②]那里的鱼群和海草、浅色的沙滩、雾气（与如同雾气般的陆地融为一体）、凄凉（既无野兽也无鸟类）和一切都笼罩在"舒适的平静"中（这种描述显示出不祥的亲切感）。

但阿波罗尼乌斯是个谜。虽然诗中最好的部分如此精彩，但奇怪的是，还有许多地方如此乏味。占据第一卷中大量篇幅的故事展现了他的无动于衷，阿尔戈号英雄们抵达了楞木诺斯岛（Lemnos），那里的女人杀死了自己的丈夫，因为他们更爱女奴。她们的女王许普希普勒（Hypsipyle）欢迎伊阿宋，两人成为情侣。过了一段时间，赫拉克勒斯抱怨说船员们正在对历险失去兴趣。伊阿宋同意离开，许普希普勒为失去情郎而哭泣，但还是得体地催促他上路。伊阿宋回答说，如果她怀了自己的孩子，应该在孩子长大后将其送到希腊本土的祖父母家。

---

① 《阿尔戈号英雄记》2.972–84。
② 《阿尔戈号英雄记》4.1237–49。

值得注意的地方在于故事的离奇方面（你会和杀死许多人的女凶手同床吗？）和感染力的可能性。风格的平淡无疑是有意的选择——荷马的奥德修斯冷静地讲述了自己的许多故事，阿波罗尼乌斯可能试图效仿——但看起来仍有些让人失望。这个故事将产生深远的影响，因为他为维吉尔《埃涅阿斯纪》中的狄多悲剧提供了模板。

第一卷中最优美的时刻是当赫拉克勒斯心爱的少年许拉斯（Hylas）去取水时，池中的宁芙把他拖到了池底。[1]这是一个月圆之夜，美少年面现红晕，爱上他的宁芙心乱如麻，她把一只胳膊放在少年的脖子上，想要去吻他，却把他拖进了漩涡中。这幕苍白无力的场景中只有一个激烈的瞬间，那就是水灌入许拉斯的铜壶时发出的巨响。这个性感的故事预示了作品后半部分的情节。美狄亚登场了，诗歌一下子有了活力。它在很大程度上成了爱情故事（也许此前从未有过这样的史诗），把焦点放在了那个女子身上。阿波罗尼乌斯的美狄亚是又一位缺乏自制的女主角，在对父亲的职责和对伊阿宋的激情之间左右为难。但她同样是个动人的年轻姑娘，而非欧里庇得斯笔下的悍妇。她因为对伊阿宋的爱和焦虑而芳心乱跳，就像刚刚倒好的一桶水反射的阳光在屋中颤动不休[2]——这个比喻惟妙惟肖地表现出她的纯真与激动。在一段相当冗长得求爱言辞中，

---

[1] 《阿尔戈号英雄记》1.1222-39。
[2] 《阿尔戈号英雄记》3.755-9。

伊阿宋承诺将来让她获得名誉和荣耀,但足够狡猾地在最后提到了她多么美貌;[①]诗人指出,正是这句话发挥了作用。美狄亚的各种情感得到了细致的分析:害羞,骄傲,甚至暗示她对伊阿宋心存恨意,无私牺牲的愿望和绝望。她想要去死,但随后感受到对死亡的恐惧,于是放弃了那个念头。[②]她乐于沉浸在"对生活欢喜的焦虑"中(多么优美而矛盾的表述),觉得阳光也比以往更加甜美。我们还看见了年轻人的恢复能力:她忘记了自己的焦虑,把女仆们召到身边,几乎就像是瑙西卡娅。

也许我们应该把《阿尔戈号英雄记》看成实验性作品,它在某些方面刻意模仿荷马,在其他方面则是现代派的,主人公有时显得非常被动,在女主角登场后便屈服于对她的兴趣。故事没有大高潮,结尾随意得让人奇怪:旅程的最后阶段没有历险,而是轻松经过了阿提卡,穿过优卑亚岛和希腊本土之间的海峡回到故乡。这是现存唯一的希腊化时代史诗,曾经还有过其他许多,但阿波罗尼乌斯的作品似乎一直被认为远远优于它们。

莎草纸上的新发现让另一位活跃于公元前3世纪中期的亚历山大诗人希隆达斯(Herondas)重见天日,他写的诗体对话向忒奥克里托斯那样描绘普通城市生活,但故意选择粗俗主

---

① 《阿尔戈号英雄记》3.1006—12。
② 《阿尔戈号英雄记》3.806—16。

题：老鸨指控客人，母亲把儿子带到校长面前接受鞭笞，两位女士讨论优质假阳具的好处。阿拉托斯（Aratus，约公元前315年—约前245年）差不多与亚历山大诗人们同时，但活跃于希腊世界的其他地方，主要是马其顿。他留存下来的唯一作品是《天象》（Phaenomena），一首关于天文和气象征召的教诲诗。作品开头骄傲地表示："让我们从宙斯开始……"这是多神教带上近乎一神教色彩的例子之一。所有的街道和市场，海洋和港口都有宙斯，我们也是他的后裔。他对人友善，在他们的所有活动中提供指引。这首诗与希伯来经文中的《诗篇》139有关，断言神的无处不在和涵盖一切。但两者也有一个区别:《诗篇》作者宣称神知道人类心底的想法，希腊哲学则坚称心灵是完全独立的，甚至神明也无法进入。

做完这番介绍后，诗人很快切入他的天文主题。关于预测天气的作品后半部分让他有机会简短而迷人地描绘了自然世界：牛会在降雨之前会嗅空气，蚂蚁会忙着把卵搬离巢穴，雾气会笼罩山脚，山顶则依然明亮。这首作品在几百年间大为流行，被西塞罗等人多次翻译成拉丁语，圣徒保罗也在《使徒行传》中引用过它。[1] 它的巨大成功让一些现代读者吃惊，但不幸的是，阿拉托斯被来自蛮族土地的两位后世诗人夺走了风头：卢克莱修和维吉尔将教诲诗提升到难以置信的高度。前者

---

[1] 《使徒行传》17.28。

完全无视他，后者的《农事诗》不仅在魅力和技艺上超过了他，而且仅有一卷模仿了阿拉托斯，把后者的整首作品变成了庞大得多的体系中的一小部分。但这首诗歌本身仍不失为出色之作。

希腊化时代后期留存下来的诗歌是个大杂烩。唯一篇幅较大的悲剧残篇来自一部讲述犹太人逃离埃及故事的作品，作者是名叫以西结（Ezechiel）的犹太人。公元前2世纪初诞生了吕科弗隆（Lycophron）的《亚历山大》（*Alexandra*），这部以先知卡桑德拉的戏剧独白为内容的作品任性而又晦涩得可怕，近一千五百行的篇幅使其成为古典文学中最长的非叙事讲话。尼坎德（Nicander）有两部教诲诗《毒虫志》（*Therica*）和《疗毒志》（*Alexipharmaca*）传世。两者都以中毒和解毒为主题——前者涉及蛇、蝎和节肢动物，后者涉及植物、矿物和某些其他动物——它们并不比我的介绍有趣多少。他的《农事诗》（*Georgica*）的一部分也留存下来，至少为维吉尔的作品提供了标题。该时期的几位诗人借鉴了忒奥克里托斯《牧歌》中的主题和动机。其中一位是莫斯科斯（Moschus），他最好的诗作《欧罗巴》（*Europa*）是一首华美的短篇神话叙事诗。另一位是比翁（Bion），写过一首田园色彩的阿多尼斯挽歌。第三位是为比翁撰写挽歌的未具名作者，对英语文学的历史意义在于，他成了斯宾塞、弥尔顿、雪莱和阿诺德为逝世诗人写的田园挽歌的模板。这些作者传统上被称作"希腊牧歌诗人"，但更应该把他们归为忒奥克里特的追随者，他们模仿了特定的大师，而非固定体裁的使用者。

希腊化时期留存的散文作品在时间和性质上相差很大。作者不明的《所罗门智训》(*Wisdom of Solomon*)可能来自公元前1世纪，这是用希腊语写成的最好的犹太作品，受到希腊修辞学的影响，并加入大量比喻。该作品还使用了卢克莱修喜爱的技巧：滔滔不绝地陈述错误观点，然后不动声色地用真理将其粉碎。于是，受蒙蔽者被允许沉浸在精心编织的享乐主义和悲观主义中，确信生命只是短暂的幻影，生命之外一无所有，但最终听到的论断却是正义者的灵魂掌握在神的手中，不信神的人将被惩罚。当然，卢克莱修反过来使用了这种方法。

唯一一位有大量作品传世的希腊化时期历史学家是波吕比乌斯(Polybius，公元前200年—前118年)，但他的大部分作品同样失传了。他的著作以罗马及其帝国的崛起为主题。虽然是叙事体史学家，他的分析也非常犀利。他的结论是，罗马的成功很大程度上得益于其混合政体，同时包含了君主制、贵族制和民主制元素。他还把目光从法制进一步投向了行为，坚称高调的展示和某种强烈的戏剧性是罗马公共生活的特色。[①]这与19世纪时沃尔特·白芝浩(Walter Bagehot)的洞见不谋而合，后者认为政体得益于同时拥有庄严和有效的部分。在宗

---

① 《历史》6.56.6–11。

教方面,虽然其他国家不赞同对神明的恐惧,但罗马却将其作为一项政策加以鼓励。不可见的恐怖约束了民众无常而暴力的情绪,盛大的公共表演则促进了社会凝聚力。他的混合政体理论将产生长远的影响,但同样有趣的是他认识到,风格与情感在社会中同样重要。

对希腊化时代后期的任何描述注定是支离破碎的。虽然这在一定程度上要归咎于传播的意外,但无法否认衰退的事实,特别是在诗歌中。被大量开采的煤层现在已经枯竭。不过,我们也可以换一种方式看待此事,因为可以认为希腊文化将在文学上迎来新的繁荣,只不过是通过另一个民族和另一种语言:拉丁语文学在公元前3世纪后期拉开了序幕。按照某种说法,罗马胜利了:几百年间,它的文学(特别是诗歌)远远超越了同时期希腊人的作品。但按照另一种说法,整个罗马文明只不过是更伟大希腊文明的亚种,延续了希腊人创造的伟大塑造性文化。两种说法都有道理。

第七章

CHAPTER 7

罗马共和国

一位埃及祭司说:"啊,梭伦,梭伦,你们希腊人永远是孩子,没有年老的希腊人……他们的灵魂永远年轻,其中没有旧传统传下来的老信仰,或者苍老的知识。"[1] 柏拉图在《蒂迈欧篇》(Timaeus)中讲了这个故事,其重要性在于它是一个希腊故事:希腊人把自己看作新的,不同于一成不变和深厚到无法追忆的埃及文明。而希腊文学中几乎所有重要的东西都是彻底创新的,他们的看法至少在这点上是对的。但拉丁语文学生活在希腊人成就的阴影下,后者就像箭毒木,威胁让一切在它影子里的东西枯萎。因此,拉丁语文学从诞生之初就受到某种自我意识的困扰,这种现象直到公元前4世纪才出现在希腊,而且当时也不严重。第一次,整个文化效法另一种文化,整个文学模仿另一种语言下创造出的形式和主题。罗马人的原创成就是发明模仿。

---

[1] 《蒂迈欧篇》22b。

希腊人的特别成功之处在于让自己的文化变得如此有吸引力，导致每个与他们接触的民族都希望成为其一部分。没有吕底亚语、吕西亚语或其他东地中海语言的文学作品传世，而且似乎从未存在过。这些民族被希腊化了，开始用希腊语写作。部分例外的是犹太人，他们早就拥有希伯来语的伟大文学，但即使是他们，也接受了那种新的世界语。后来（可能是公元前2世纪末），希伯来经文被翻译为希腊语，编结成所谓的七十子本（Septuagint），因为传说那是参与译经者的人数，而成为基督教次经的各书本来就用希腊语写成。罗马人从未在帝国的东半部分强推自己的语言，希腊语还是那里的通用语。直到公元前1世纪50年代，西塞罗仍可以表示，拉丁语的传播范围几乎不超过罗马腹地，而希腊语诗歌的读者可能遍及罗马人的刀剑将罗马人的力量扩张到的所有地方。[1]

那么，拉丁语文学的存在本身是否让人意外呢？最早尝试文学创作的罗马士绅自然使用希腊语，比如法比乌斯·皮克托尔（Fabius Pictor）和钦基乌斯·阿里蒙图斯（Cincius Alimentus），他们写的是史书，符合士绅的身份。按照后来罗马人的看法，最早的拉丁语诗体作品出自公元前3世纪上半叶的一位希腊人李维乌斯·安德罗尼库斯（Livius Andronicus）之手，他作为战俘和奴隶被带到罗马。此人翻译了《奥德赛》，

---

[1] 西塞罗，《为阿尔喀亚斯辩护》23。

还用他客居国家的语言创作了最早的文学颂诗。被罗马人看作本民族第一位伟大诗人的恩尼乌斯（Ennius，公元前239年—前169年）来自位于意大利半岛"足跟处"的鲁迪埃（Rudiae）。希腊殖民者曾在南意大利定居，那里被称为"大希腊"（Magna Graecia），当地的主要城镇通行希腊语。

恩尼乌斯本人表示自己有三颗心，因为他懂得拉丁语、希腊语和奥斯坎语（Oscan，一种南意大利方言）三种语言。他的出身令其置于希腊化环境中，如果用希腊语写作，他本可以在全世界赢得读者。但他选择了拉丁语。按照某种说法，这是个重大决定，若非如此，拉丁语文学可能无法诞生。不过，这个故事不太可信。一个正在征服世界的城邦注定将产生美学上的野心，不会永远满足于用异族语言表达自己。18和19世纪的俄国贵族说法语，但俄语俗语文学终将获得突破。不同于俄国人，罗马贵妇和士绅从不用外语相互交谈。

"被征服的希腊征服了野蛮的征服者，把艺术带给粗鄙的拉提乌姆"——贺拉斯的名言概括了当时的状况。[①] 拉丁语文学获得了繁荣，但在某些方面仍然是依附者。它的诗歌中充满了希腊神话，最令人吃惊的是，所有的古典拉丁语诗歌都采用希腊格律，直到古代晚期才开始改变。让这种现象显得更不寻常的是，拉丁语和希腊语在两个重要方面存在区别。拉丁语的

---

① 《书信集》2.1.156–7。

短音节更少，而且有重音。和希腊语一样，拉丁语诗歌根据音长决定格律，这就导致每行诗中的重度或非重度音节模式可能与音步对应，也可能不对应。就像在音乐中，重音可能落在强拍或弱拍上，产生我们说的切分音。从表面上来看，希腊格律不适合拉丁语，但这个问题同样带来了新的可能性：诗人们可以通过混合"切分"和"非切分"音步引入新的格式。他们还可以创造出丰富的表达效果：非切分诗行的平顺或慵懒，带有强烈切分的诗行的活力或力度。维吉尔将成为这种格律艺术的顶尖大师。

从现在开始，古典文学的历史成了两种文学的历史，我们也许会觉得两者将由此不断产生互动。令人惊讶的是，这种情况出现得多么寥寥。希腊作家很少意识到拉丁语同行可能有东西教给自己，而除了少数不起眼的例外，罗马作家也不会尝试向同时代的希腊人学习。比如，奥古斯都时代的诗人喜欢到遥远的过去发掘财富：贺拉斯回到古风时期的希腊，把阿尔喀洛科斯、萨福和阿尔凯奥斯作为模板；维吉尔则回到荷马和赫西俄德那里。即使他们对忒奥克里托斯和卡利马科斯等亚历山大诗人有兴趣，也意味着要从自己生活的时代回溯两个多世纪。因此，罗马人没有和希腊人携手发展事业，相反，希腊文学对他们来说已经是基本完善的经典了。

当恩尼乌斯描绘荷马出现在自己的梦中，宣称其灵魂现在进入了恩尼乌斯的身体时,[①]拉丁语文学已经具备了自我意识。诗人保罗·瓦莱里(Paul Valéry)表示,古典主义的本质是追随,而普鲁斯特暗示,19世纪的艺术从自我凝思中感觉到不完善,从而创造出新的自我之美,这两种思想都适用于罗马文学。拉丁语作家的确通过自我意识营造了他们某些最迷人的效果。"姗姗来迟"的魅力在于传统与原创才能的互动,以及作者对他与往昔文学关系的探索。不过,这也导致某些罗马作家和更多现代学者堕入了陷阱:文学可能越来越多地关心文学而非生活,甚至以此为乐。我们也许应该感到惊讶的是,如此之多的拉丁语作者成功克服了这种危险。

恩尼乌斯尝试过多种体裁,他的次要作品可能会让人把他当作典型的希腊化时期"文人"(littérateur)。他改编了阿尔克斯特拉托斯(Archestratus)的《享乐谈》(*Hedypatheia*),这是一部诗体的美食指南。他还翻译了欧赫墨洛斯(Euhemerus)的作品,后者声称诸神事实上只是受到赞美的人,在死后被当做神——这种观点震惊了虔诚者。不过,后世的罗马人把他看作"父亲恩尼乌斯",从这位原始祖先的身上诞生了拉丁语诗歌。奥维德认为此人"才智"顶尖,但"技艺"粗糙,[②]与他对卡利马科斯的评价恰好相反。古代晚期的一则逸闻说,在被问

[①] 《编年记》卷一(Skutsch 版 2–11 行)。
[②] 《哀歌》2.424。

及为何读恩尼乌斯时,维吉尔答道,自己在粪堆里寻找黄金。[1]

恩尼乌斯的确显示出天然的粗犷。他被拉丁语吸引的原因也许正是那种语言作为文学媒介仍然是未经雕饰的。他的代表作是关于罗马历史的史诗《编年记》(Annals)。作品的开头气势不凡。古代世界的舞蹈通常是一种充满活力的行为,恩尼乌斯利用了那个事实:"缪斯啊,你们用脚撼动了伟大的奥林波斯山。"没有其他哪首古代诗歌以如此粗犷的基调开篇。他的残篇大多过于短小和分散,无法让我们对他有很多了解。其中引人注目的也许是对伊利亚(Ilia,后来成为罗穆洛斯和雷穆斯的母亲)之梦的一段描写。[2] 在此之前,文学中的梦通常是风格化的:《伊利亚特》中阿伽门农的梦是站在他床前向其传达信息的"梦神"形象。[3] 而在《编年记》中,也许第一次有人尝试按照可能是梦的真实样子来描绘它:超现实、不合逻辑和支离破碎。

完整存世的最早拉丁语作品是喜剧:泰伦斯(Terence,活跃于公元前2世纪60年代)的6部和普劳图斯(Plautus,活跃于约公元前205年—184年)的20部。它们显然改编自希腊新喜剧。泰伦斯在他的序曲中对此直言不讳:他表示,《兄弟》(Brothers)以狄菲洛斯(Diphilus,公元前4世纪后期)剧作中

---

① 卡西奥多罗斯,《圣教与世俗学问绪论》1.1.8。
② 《编年记》卷一(Skutsch 版 34–50 行)。
③ 《伊利亚特》2.16–22。

的一个故事为基础，普劳图斯已经将该剧改写成拉丁语。他还解释说，《安德罗斯女子》(*Girl from Andros*)改编自米南德的两部作品，并针对批评意见做了自辩。我们也许注意到，批评者反对的并非改编本身，而是他的改编过于自由。我们在这些作品中也面临和新喜剧同样的问题：其中多少属于希腊人的原作，多少来自罗马效仿者。只有一处可以通过莎草纸上的发现进行直接比较，那就是米南德和普劳图斯之间。但我们至少可以说，这两位罗马人的口味大不相同。泰伦斯展现了明晰和优雅的乐趣，这些特点在《兄弟》中得到了最好的体现：剧名中的两兄弟角色的反差虽然传统（溺爱和严厉的父亲），但得到了优美的描绘。普劳图斯在语言和情节上通常更加丰富。《吹牛的士兵》(*Braggart Soldier*)的特色在剧名和剧名角色的名字"普尔戈波吕尼刻斯"（Pyrgopolynices，意为"自高自大的常胜者"）中已经清晰可见。

普劳图斯的《俘虏》(*Captives*)风格上更加严肃。简短的后记中提到，这是让好人变得更好的少数喜剧之一。剧中没有爱情故事，没有关于钱或假想中孩子的闹剧，没有年轻人瞒着父亲为心上人赎身。从中可以清楚地看到他的惯用手法。《缆绳》(*Rope*)别具魅力，该剧背景罕见地没有放在希腊城镇，而是放到了一些角色遭遇船难后来到的荒凉海滩，显示出抒情幻想的独特精神。

流传过程中的意外让早期喜剧获得了如此突出的地位（没

有晚期拉丁语喜剧存世），也掩盖了公元前2世纪是罗马悲剧伟大时代的事实。两位主要大师是帕库维乌斯（Pacuvius，约公元前220年—约前130年）和阿基乌斯（Accius，公元前170年—约前86年）。留存下来的残篇数量很少。该时期另一位重要诗人是卢基利乌斯（Lucilius，生于公元前180年）。他的作品有超过一千行存世，但多为大量很短的摘录，因此难以对其做出评判。罗马人将其视作"讽刺诗"（satura）的创立者，他们还认为这是唯一罗马人特有的体裁，希腊人那里没有直接的先例。虽然它是我们的"讽刺"一词的来源，但我们不应认为它必然带有相同的意思；罗马人自己也不清楚该词的来历，但他们给出的词源暗示这是个大杂烩。他们似乎认为"讽刺诗"是一种非正式的诗歌形式，可以加入各种不同的主题。贺拉斯将在他的三首讽刺诗中评论卢基利乌斯，我们将看到，后人的观点也许是我们了解此人文学特点的最佳途径。卢基利乌斯的讽刺诗与瓦罗（Varro）写的"墨尼波斯讽刺诗"截然不同，后者据说以公元前3世纪的希腊犬儒哲学家墨尼波斯（Menippus，我们对其几乎一无所知）的作品为基础，以混杂散文和诗体为特点。瓦罗的作品似乎是关于他那个时代恶行和愚蠢的轻快随笔。

长寿的瓦罗（公元前116年—前27年）是一位非凡的博学者。他的作品很可能要超过其他任何罗马人，而且涵盖了广泛的主题：古物事项、社会、宗教、文学史、法律、哲学、音乐、建筑和其他许多。除了残篇,他只有两部作品存世:一篇关于农业的论文(并不很有趣)和关于拉丁语言长篇研究的一部分。瓦罗的广博和活力让他无法被忽视,但他是否具备真正强大的思想仍然存疑。不过,他是罗马共和国最后几十年间的两大知识分子权威之一,另一位是西塞罗。

西塞罗(公元前106年—前43年)同样是多方面的大师。他早年就成为罗马第一流的演说家。他在法律允许的最低年龄当选执政官,在任期间挫败了喀提林(Catiline)阴谋。此后,他在政治斗争中始终居于落败的一方,但不失为重要的力量:掌握真正权力的人想要赢得他的支持。除了发表的演说词,他还是哲学、诗歌和修辞学理论方面的多产作者。不过,在我们看来,他在那个时代的权威一定程度上得益于两个意外。首先,他是共和国时期唯一有演说词存世的演说家(现有58篇演说词的全文或部分);与德摩斯梯尼不同,他处于一览众山小的位置。其次,他的书信有很大一部分留存下来。我们现有超过九百封他的书信,其中三百封是西塞罗写给其终生好友阿提库斯(Atticus)的,但回信已经失传。其余的书信大多写给友人、家人和担任重要公职者;有一些信是别人写给他的;少数几封是写给公共团体,或者旨在供多人阅读的,但大部分只是私人书信。除了圣徒保罗写给腓利门(Philemon)的信,西塞罗的通信也许是出自古代名人之手的唯一私人书信(在埃及的沙漠乃至诺森伯兰的沼泽中,我们都没有找到来自普通人的书信)。于是,我们对他的了解要超过古代的任何人。

我们可能以为,后世对可见度如此之高的人物会达成一致观点,但他的生活和活动中几乎没有哪个方面不曾引发大相径庭的评判。他无疑是个虚荣和暴躁的人,但这些缺陷不是被勇气(有时)、魅力(经常)和活力(几乎总是)弥补了吗?他是个注重原则的人,还是会轻易用自己的演说为坏蛋辩护呢?他的诗歌有时遭到嘲笑:他死后一个半世纪,讽刺诗人尤维纳尔(Juvenal)开玩笑说,如果令人赞叹的《反腓力词》(*Philippics*)的作者停留在其写诗的水平,他就不需要害怕马克·安东尼的报复了。[1]事实上,从现存的大量残篇来看,他的诗歌至少是完全过得去的。西塞罗的哲学作品可能仅仅被视为模仿之作,是对各学派的出色筛选和综合,巧妙地让希腊人的思想适应罗马人的情况。他在演说中表达的政治观点可以被归结为矢志不渝地推崇共和自由与反对专制,但有时也可能显得肤浅。他的理想之一是带有尊严的和平,这里的"尊严"表示对重要人物应有的尊重,而非普通人所能期待的东西。他的另一个希望是各阶级间的和谐,但仅限于贵族和士绅阶级;他对下层阶级不感兴趣,也从未像斗争中的胜利者那样完全明白,掌握军队和民众是通往权力之路。

---

[1] 《讽刺诗》10.123–4。

风格是他最重要的财富之一。后人一直被教导模仿他的拉丁语，但很难判定其中有多少是他的个人创造。他的散文灵活、多变和明晰，既能简短犀利，也能写出复杂的长句，可以表现风趣、情感和平静的理性。也许除了真正的诗性或深刻之作，这是适用于几乎所有意图的理想风格。西塞罗雄心勃勃地试图掌握几乎所有的文学体裁：他甚至以朋友的口吻敦促自己创作史书，好让罗马人在该领域也能与希腊人匹敌。不考虑虚荣，这的确反映了他思想的局限——仿佛只需读几本书，将其内容转化成优美的叙事就可以了。但这不足以让一个人与修昔底德相媲美。不过，他对自己的哲学作品相当重视。由于无法接受任何主要哲学流派的全部观点，他最终决定成为"学园派"（Academic）——对处于像他那样地位的人，这顺理成章，因为学园派保持了适度的怀疑主义：他们认为如果缺少确定性，我们必须接受可能性。

在他的哲学对话中，《论神性》（Nature of the Gods）展现了他的明晰和一视同仁。伊壁鸠鲁主义者在第一卷中表达了自己的观点，第二卷中是斯多葛主义者，而在第三卷即最后一卷中，代表西塞罗立场的科塔（Cotta）表示虽然神明存在，但我们很难自信地描绘他们。每位发言者都获得了畅所欲言的机会。这些对话还让西塞罗有机会展现个人主张。在《论共和国》（Republic）中，斯基庇奥·埃米利阿努斯（Scipio Aemilianus）描绘了自己的一个梦，梦境中出现了宇宙和地球在其中的位置。《论法律》(Laws)的部分场景被放在西塞罗家乡附近的一个美丽地点，有两条河在那里交汇，这让他开始反思植根于血统、地区和国家中的社会身份之本质。他暗示，来自意大利城镇的每个人都有两个祖国，即罗马和家乡。[①] 维吉尔将深入探索他开创的这种思路。在《论至善与至恶》(De Finibus)中，西塞罗代表年轻时的自己和在雅典的朋友们，讨论了历史记忆及其在不同城市和地点的具现化。

西塞罗的一些演说用于法庭，另一些则用于元老院或民众集会。演说家们首先通过著名诉讼扬名，然后通过辩护建立起"友谊"网络（这个天真无邪的词被用于表示政治联盟）。就这样，西塞罗的唯一一次诉讼来自其生涯的早期（公元前70年），对象是贪得无厌的西西里总督维勒斯（Verres）。审判开始后不久，看到大势已去的维勒斯逃往马赛。西塞罗的长篇起诉书（最终的演说词分为五卷）从未被宣读，而是作为对作者技艺的展示发表。作品的结尾堪称力作，用长达八百多字的一句话向诸神发出求助。

辩护律师可能会装出许多他们并未真正感受到的东西，但我们常常能够辨别出西塞罗是否出于真心。他在谈到民众派贵族克洛迪乌斯（Clodius）时必然明显流露出真正的憎恶。在为受到选举受贿指控的穆雷纳（Murena）辩护时，他发现自己站

[①] 《论法律》2.15。

到了两位"朋友"——加图和大律师苏尔基皮乌斯·鲁弗斯（Sulcipius Rufus）——的对立面。这需要巧妙的应对方法，而西塞罗使用了幽默。（他以风趣著称。加图曾尖刻地表示："我们的执政官真是个滑稽的人。"为了恭维他，尤里乌斯·恺撒派一个奴隶伴随其左右，记录下他说的笑话。[1]）苏尔基皮乌斯被善意地取笑为灰头土脸的书虫——与实干家穆雷纳形成了多么大的反差——把卡托嘲讽为死板和无情的斯多葛主义者则更加尖刻。事实上，西塞罗的书信证实他和苏尔基皮乌斯是真正的朋友，而卡托尽管是他的政治盟友，却令西塞罗感到厌烦。

西塞罗的喜剧感在《为卡伊利乌斯辩护》（For Caelius）中显得最为别出心裁：事实上，他的策略是让此案一笑了之。问题在于，卡伊利乌斯是个花花公子，此人曾是克洛迪乌斯的妹妹——以放荡著称的克洛迪亚（Clodia）——的情人。他既要打动陪审团中严厉的道德主义者，又要说服另一些人，男孩子犯的错算不了什么。为此，西塞罗扮演了不同角色。[2] 他想象自己是克洛迪乌斯，正在向妹妹提出忠告。他还犹豫自己是否应该像喜剧舞台上出现的严厉父亲那样对卡伊利乌斯说话。最巧妙的是，他向克洛迪亚的一位贵族祖先祈祷，要求后者做出严肃反驳。然后，他用微笑驳斥了这位"严肃而近乎粗鲁的

---

[1] 普鲁塔克，《德摩斯梯尼与西塞罗比较传记》1。
[2] 《为卡伊利乌斯辩护》33-8。

老绅士"。就这样,他同时扮演了红脸和白脸:既提出了严厉谴责,又否认对其负责。

西塞罗常常表现得虚伪和不真诚。他的某些造作的愤慨可能只是某种把戏,专门在懂得规则的听众面前表演。他的谩骂似乎相当无所顾忌,但我们也许会注意到有些东西并未被提及:在像罗马贵族那样放荡的圈子里,我们会觉得有人不知道自己的父亲是谁,但西塞罗从不攻击别人是私生子。他的抨击演说《反瓦提尼乌斯词》(Against Vatinius)包含了许多我们可能认为不可饶恕的话,但几年后,我们发现瓦提尼乌斯用友好的口吻写信给西塞罗。抨击演说《反皮索词》(Against Piso)中有许多看似错误或无聊的内容:皮索的祖父是一个穿裤子的高卢人,皮索本人喜欢跳舞和与希腊人为伍,[①] 他信奉的伊壁鸠鲁主义是自我放纵的借口(哲学家西塞罗知道那是歪曲事实)。[②] 也许我们应该赞美这种不真诚,视其为演说家技艺的标志。无论如何,西塞罗最后的几篇演说词不仅真诚,而且无疑是英勇的:《反腓力词》把矛头对准了马克·安东尼,演说词的标题显然援引了德摩斯梯尼。这是西塞罗最后一次下注,他输了。安东尼下令把他杀死,将他的人头和双手割下后钉在罗马广场的演讲台上。他无神的眼睛最后一次注视着自己长久以来挥斥方遒的舞台。

---

① 《反皮索词》22。
② 《反皮索词》37。

我们无法对西塞罗的书信进行普通的文学批评。它们无疑包含了许多他不愿我们读到的东西——这是它们为何如此生动地展现了他复杂人格的原因之一。但无论如何，他都是个出色的书信作者，他的莽撞与活泼，甚至他强烈的憎恶都给人带来巨大的乐趣。不过，西塞罗的一位朋友在文才上并不逊色于他：西塞罗的女儿去世时，在《为穆雷纳辩护》中被他取笑过的苏尔基皮乌斯·鲁弗斯写来一封安慰信，堪称毫无矫揉造作的杰作。[1]

除了演说词，文学的未来在公元前1世纪70年代无疑显得相当黯淡。罗马人已经尝试了史诗、喜剧和悲剧，每种体裁都迎来过自己的繁荣，但这些资源都已被耗尽，希腊世界也没有健在的伟大作家。没有人会想到，拉丁语文学历史上最辉煌的半个世纪即将到来。没人能预见天才，而拉开变革帷幕的是两位天才诗人爆发式的登场：卢克莱修和卡图卢斯。

文学的繁荣正值已经存在了多个世纪的罗马共和体制开始崩溃之时。公元前49年，庞贝和尤里乌斯·恺撒之间爆发了内战，两人的军事和政治生涯让他们成为罗马最有权势的人。恺撒成为了胜利者，自封终生独裁者，但在公元前44年3月的月中日遇刺身亡。内战重新爆发，对阵双方分别是恺撒曾

---

[1]《与友人书》4.5。

经的副手马克·安东尼,以及恺撒的甥孙和养子屋大维。直到公元前31年,随着安东尼和他的情妇——埃及女王克娄佩特拉在阿克提翁海战中败北(翌年双双自杀),内战才宣告结束。公元前27年,屋大维接受"奥古斯都"("受崇拜的")的称号,持续多个世纪的帝制就此开始。

我们对卢克莱修几乎一无所知(几个世纪后的几则逸闻系编造),仅有《物性论》(*The Nature of Things*)一诗。但甚至连这首诗的日期也不确定:很可能是公元前1世纪50年代前半,也许是多年创作的成果。作品的主题是伊壁鸠鲁哲学,但绝大部分为物理学,宣扬物质由原子组成的理论(伊壁鸠鲁从公元前5世纪的思想家德谟克利特那里吸收了这种观念)。全诗分为六卷,长度超过七千行,比此前的任何教诲诗都要长得多。诗歌以自然科学为对象,没有出现人类角色。此外,伊壁鸠鲁的哲学可以显得特别务实,认为人唯一能够合理追求的东西是他自己的快乐。随着超自然元素被彻底排除在外,世上的一切神奇和神秘似乎也就此消失。这听上去不太像成功的模式。该诗的伟大之处基于三个方面:激情、思想活力和纯粹的诗歌想象。它无疑出自一个有过皈依经历的人之手。反过来,它是一部提供了救赎的福音作品:如果接受伊壁鸠鲁学说为真理,我们将过上像神明一样的生活,死亡将变成无关痛痒的事。严格说来,这种学说并非无神论,因为伊壁鸠鲁承认神明可能存在,但它是纯粹唯物主义的:除了原子和真空,什么都不存在。如果神明存在，他们同样将由原子组成，就像其他的一切，不参与世界的创造或管理。

因此，令人意外的是，卢克莱修以拉丁语文学中最耀目的崇拜举动——致维纳斯的大段颂歌开头。他称赞维纳斯是罗马民族的母亲，是伊壁鸠鲁的欢乐本原，是春天的女神，是性的冲动，是公共和平的源泉，也是启发他这首诗歌的缪斯。维纳斯显然是个象征，但她似乎象征了太多不同的东西。不过，那正是卢克莱修的意图。他描绘了一幅统一的景象：一切过程、活动和经历都是原子运动、碰撞和联结的产物。我们必须崇敬地凝视原子的运动。他对维纳斯之影响的描绘具有惊人的气势：风和云在她面前奔逃，被性本能的力量（甚至可以说是暴力）迷惑的鸟兽泅过河流。这是倡导不动感情之哲学的语言吗？不过，在超脱的精神中也可以享受活力，卢克莱修对激情与平静的结合虽然可能显得令人吃惊，但不无逻辑：我们似乎因为某种热烈的静谧而陶醉。

卢克莱修的颂歌在马尔斯和维纳斯交合的意象中达到高潮。他在这里借鉴了前苏格拉底哲学诗人恩培多克勒，就像我们看到的，后者将爱欲和斗争的宇宙原则变成了阿芙洛狄忒和阿瑞斯（相当于罗马人的维纳斯和马尔斯）的神话。但这种意象代表什么？爱欲自然被认为表示和谐与结合，在这里似乎也是如此。不过，卢克莱修祈求维纳斯结束战争，让罗马人享受和平，这意味着维纳斯应该征服战神马尔斯。事实上，马尔斯被描绘成"为爱情的永恒创伤征服",他仰起圆润的脖颈看着女神,女神的身体从上面将他拥抱,他则吮吸着女神的爱情。上述意象中的矛盾之处是原子理论下的万物物理现实的深刻象征。宇宙同时需要爱欲和斗争,需要两者间的平衡:失去前者将导致混乱,失去后者将没有改变或新的创造。但宇宙整体上保持统一,因此总的来说应该是爱欲压倒斗争。情欲之爱被描绘成征服和降服人的创伤,为诗人提供了展现这种复杂性的绝妙比喻。伊壁鸠鲁的哲学似乎驱逐了世上的一切神奇,而卢克莱修的目的则是从中找到浪漫。世界在最大和最小的尺度上保持不变:宇宙和原子的数量是无限的,原子从未被创造或摧毁。两者之间的一切都是可变的,因为原子处于不断的运动中。卢克莱修对变化与不变的互动津津乐道。

诗歌开篇不久,作者告诉我们人类曾经被宗教压倒在地,但伊壁鸠鲁打败了宗教,将其踩在脚下。[1] 他还表示宗教常常导致不敬行为,比如阿伽门农献祭伊菲格尼亚,并用一句名言总结说:"宗教所能招致的罪恶就是这样。"[2] 因此,称卢克莱修为"虔敬的"是个巨大的悖论,但诗中充满了宗教意象,而且以崇拜开篇反映了它的基本特点。伊壁鸠鲁的哲学面临三个特别的困难。首先,它显得枯燥和没有吸引力,似乎将浪漫从世上驱逐。第二,它要面对利他主义的问题:从表面上看,没

---

[1] 《物性论》1.62–79。

[2] 《物性论》1.101。

人有理由追求除了本人快乐之外的其他任何东西,但劝导人们接受这个事实的计划似乎完全是利他主义的。第三,伊壁鸠鲁关于死亡的断言非常有力,我们不仅应该无畏地面对死亡,而且死亡是完全无关痛痒的事。卢克莱修在第三卷中呼应了导师的观点:"因此,死亡对我们不算什么事,毫无半点关系。"①无论正确与否,大多数人都不这样认为。

卢克莱修的计划可以被视作应对上述困难的尝试。诗歌伊始就称维纳斯为母亲。后来,天空把雨水播撒到大地的子宫里。②这种表述借鉴了生殖崇拜,将天空视作让女性受孕的男性力量。通过这种创生行为,植物开始生长,鸟兽开始繁衍,更令人吃惊的是,"我们看到富饶的城市里充满了孩子们"③——自然和文化都得益于原子运动的活力。在第二卷中,他的话听上去几乎像是经文:④父亲的雨滴滋润了大地,"我们都是由天的种子而来,万物共有同一个父亲","先前从以太的海岸被遣送下来的,当它回家的时候,天穹仍加以接受"。在第五卷中,他着重强调了大地有理由被称作"母亲"。⑤上述关于父母的比喻通过普遍的亲缘关系将世间万物联系起来,包括我们在内。

---

① 《物性论》3.830。
② 《物性论》1.250–51。
③ 《物性论》1.225。
④ 《物性论》2.991–1001。
⑤ 《物性论》5.795–6,5.821–2。

作者用一段非常美妙的诗歌揭示了事物的衰老和死亡是另一些事物的创生,"就这样,总量保持恒新,我们凡人就借着永恒的互相取予而活着"。[①]传统上,不朽的青春是神明的特权,现在我们自己的世界也能享有它。他还把连续的世代比作接力赛跑选手,依次将火炬交给下一人。这种比喻的意义在于,选手想要把火炬传递下去。卢克莱修暗示了一种也许他只能通过情感吐露而非直接表达的理念:我们是团队的成员,如果死亡是世界保持恒新的必要条件,那么我们就会觉得自己的死亡理所应当。尽管每个人只能合理地追求自己的快乐,但对父母和孩子的爱是一种天然的快乐,如果对整个世界产生某种类似的亲缘感,我们就会接受(甚至在某种程度上希望)自身的灭亡。

现在,我们无法教导他人坠入爱河。只有通过情感的说服,卢克莱修才有希望让我们领会宇宙亲缘性的浪漫,而唯一能让他做到这点的途径是借助诗歌的力量。这就是为什么他必须在诗歌中表达自己的哲学,为什么哲学和诗歌在《物性论》中密不可分。卢克莱修可能相当忠实地遵循了伊壁鸠鲁关于物理学的主要论著《论自然》(*On Nature*),但他的作品不仅新颖地采用了诗歌形式,在思想上也是原创的,因为它在伊壁鸠鲁主义中融入了更具斯多葛主义色彩的元素。于是,两个世纪

---

① 《物性论》2.67–79。

后，身为斯多葛主义者的皇帝马可·奥勒留（Marcus Aurelius，公元121年—180年）将会写道："通过改变普遍自然的部分，整个世界保持恒新"；[1]对整体有益的东西总是可爱的，因此个人生命的终结并非坏事。如果觉得有什么难以承受，那是因为我们忘记了"个人与全人类的伟大亲缘关系"。[2]卢克莱修的洞见在于，他意识到可以利用这种情感风格，将诗歌想象编织进一种看似特别缺乏诗意的哲学的基础。

卢克莱修的计划非常古怪，在拉丁语诗歌中绝无仅有。古怪之处首先在于，他用诗歌表达哲学观点。我们见过一些前苏格拉底思想家使用诗歌，但到了公元前5世纪末，希腊人已经意识到散文是哲学、科学和史学的合适媒介。其次，这是一首名副其实的教诲诗。大多数教诲诗名不副实，真正的目的是提供文学享受。如果被蛇咬了，你不会忙着去找尼坎德的《疗毒志》；如果想要养牛，你也不会求助于维吉尔的《农事诗》。但卢克莱修真的在讲述哲学，并希望感化我们。他的同时代人没有注意到这点：值得一提的是，西塞罗虽然称赞了作为诗人的卢克莱修，却在自己的哲学作品中完全忽视了他。只有维吉尔称赞过他的思想能力。[3]

卢克莱修融合了六音步诗的两大传统，这种融合成为他意

---

[1] 《沉思录》12.23。
[2] 《沉思录》12.26。
[3] 《农事诗》2.490–92。

义的一部分。六音步诗分为源于荷马的英雄叙事传统和源于赫西俄德的教诲诗传统。卢克莱修在醒目的位置提到了荷马和恩尼乌斯，但除了恩培多克勒（此人的气势无疑吸引了诗人），没有提到别的教诲诗人。事实上，他赋予了教诲主题某些英雄诗歌的特征。比如诗歌的长度本身。此外，为了营造出史诗般的崇高效果，卢克莱修的措词宏大而粗犷，有时还使用恩尼乌斯式的陈旧表达。与他的宗教口吻类似，这种崇高风格不仅是装饰性的，也是论点的一部分，表明伊壁鸠鲁的信条不仅是真理，而且雄浑和发人深省。在这首诗中，媒介实际上是信息。伊壁鸠鲁本人成了史诗英雄。卢克莱修三次对他做了大段颂扬：第一卷中他作为人被赞美，第三卷开头作为父亲，第五卷开头作为神。在第一段中，卢克莱修把他描绘成与宗教对敌的武士，最终得胜凯旋；他的思想还穿越了烈焰熊熊的宇宙壁垒，堪称精神世界的奥德修斯。在第三卷中，卢克莱修表示，伊壁鸠鲁的声音"让神圣的喜悦和战栗流遍我全身"。[1]这种犹如在神明面前的快乐与恐惧引发了超自然的感受。卢克莱修再次为其导师的反宗教主张带来了宗教色彩。

他还从反方向扩展了教诲诗的范围，表现出讽刺和偶尔的口语化。在第一卷中，他驳斥了一系列前苏格拉底思想家，其中一些非常滑稽。第三卷和第四卷以大段"抨击"结尾——并

---

[1] 《物性论》3.28–9。

非现代意义上的抨击,而是粗暴和激烈的争论,带有喧闹色彩。在第四卷关于爱情的抨击中,有些内容可能并不十分严肃,但第三卷关于死亡的抨击是他全盘计划的核心。在那里,他融合了讽刺的锋芒和雄辩的恢弘,创造出一种新的基调——除了一个半世纪后尤维纳尔的几首讽刺诗,这在拉丁语文学中绝无仅有。"自然"亲自现身,驳斥了害怕死亡的人,告诉他不要做忘恩负义者和傻瓜。[①]最后,卢克莱修向读者介绍了某种精神练习:你可以时时对自己说这些话。[②]我们应该想想那些已经去世的伟人,比如薛西斯和斯基庇奥,名单以最伟大的诗人荷马和第二伟大的思想家德谟克利特结尾,最后,卢克莱修非常直白地说:"伊壁鸠鲁本人也死了……"这是他在全诗中唯一一次提到伊壁鸠鲁的名字,在堪称朴素但意味非凡的时刻。

在合适的时候,卢克莱修的文笔也可以变得精致和优美,但他最常见的基调是厚重和热烈,甚至略显累赘。有时,他还故意表现得乏味。他抱怨了笨拙的希腊语单词 homoeomeria,[③]尽管他完全无需使用这个技术术语,更别提重复使用了。[④]他对拉丁语的贫乏喋喋不休,还使用了冗长的连接语,如"因此

---

① 《物性论》3.931–63。
② 《物性论》3.1024–52。
③ 意为"与整体同质的部分",阿纳克萨格拉认为那是事物的始基,卢克莱修表示反对。——译注
④ 《物性论》1.830 和 1.834。

一遍又一遍……"他选择了单调的 ratio("理性")一词,而且本不必用得那么多,强迫它带上诗意。他反复使用 omnis("一切")和 certus("固定"或"确定")等枯燥的形容词,用它们表达自己的物理法则的普遍性观点,以及受这位哲学家青睐的无法破坏的确定性。不过,卢克莱修也热衷于充满活力的头韵手法,那是恩尼乌斯史诗风格的特色。当维吉尔想要模仿卢克莱修时,他也会使用头韵。卢克莱修戏剧化地表现了艰涩内容的吸引力:当他的语言显得粗糙或笨拙时,那是为了表示材料难以驾驭。他用乏味的语言对其加以改造。这同样是他所传递信息的一部分,即美化现实和普通的东西。归根到底,我们在诗歌开头崇拜的维纳斯并非超验的,处于自然之外或背后:她是自然的日常运作,是组成存在万物的原子及其运动。

卢克莱修乐于为难自己,通过展现错误信仰的魅力来检验自己的信念,最终将它们否决。这是我们在《所罗门智训》中见到过的技巧。(他表示)当我们仰望群星时,很难不想到其中存在神性的智慧——不,那是错的。[①]在关于死亡的抨击中,不明哲理的人被允许发出辛酸的悲伤,哀叹死亡将夺走他们心爱的妻儿:孩子们跑上前抢走第一个吻的细节尤其动人。[②]这是真正动人的描写,但伊壁鸠鲁主义的信仰能够战胜它。卢克莱修冷静地粉碎了自己创造的美,然后回归到更加粗俗的讽刺。

---

① 《物性论》5.1204–10。
② 《物性论》3.894–903。

我们将在卡图卢斯、维吉尔和其他一些罗马诗人那里找到对物理世界细节的敏感,以及注重用文学中几乎前所未有的词汇来理解它们的努力,在卢克莱修身上已经可以见到这些。作为诗歌主题,伊壁鸠鲁主义不具备上述优点,它认为需要通过物理学寻找哲学真理,通过准确检验我们感知的东西寻找物理真理。卢克莱修记录了损耗的影响:戒指的内侧因为同手指的摩擦而变薄,石头被水滴凿穿,青铜雕像的手因为行人的接触而被磨得光滑。[1] "你没看见吗……"和"你现在看见了吗……"是他最喜欢的问句。他特意看着孩子们把自己转晕,记住了他们的感受。[2] 他捕捉了从起跑栅门被打开到赛马冲出之间的几分之一秒。[3] 他研究了鸽子脖颈上的斑斓色彩,为了找到色彩和光泽的真相,他尝试了各种色彩形容词和珠宝的名字。[4] 他看到布料被撕碎时,色彩会发生改变。[5] 他注意到晴天时,剧场上方的振动的帐幕会把水下照明般的波动光线投射到观众身上。[6] 他举了暴风雨中大海又白又亮的例子,[7] 描绘了视觉幻象。[8]

---

[1] 《物性论》1.311–18。
[2] 《物性论》4.400–403。
[3] 《物性论》2.263–5。
[4] 《物性论》2.801–4。
[5] 《物性论》2.828–30。
[6] 《物性论》4.75–80。
[7] 《物性论》2.766–7。
[8] 《物性论》4.420–52。

这种细节感本身很有吸引力,但也具有道德意味。他看着铺路石之间的水洼,发现水中倒影的深度似乎与天空的高度相当。[1] 熟悉的景象变得奇异和神奇。卢克莱修问道,有什么比太阳、月亮和星星更让人吃惊呢,如果我们第一次看到它们?事实上,人们已经看腻了,不再仰望闪耀的天穹。[2] 他在另一个地方表示,现代生活的弊病在于无休止的厌烦,无论在城市或乡村,家乡或异乡,人们都感到不满。[3] 相比之下,早期人类常常露出笑容,因为一切都是新奇的。[4] 卢克莱修告诉我们,世界是恒新的;但他也希望让眼睛复苏,让我们获得新的体验。

他把对细节的感情与对无穷原子和真空的兴趣结合起来;当谈到无限时,他喜欢用字母 m 和 n 制造头韵,产生强烈的谐振。[5] 卢克莱修的感染力很大一部分来自他结合不同甚至对立元素的能力:崇高与日常的语言,诗歌与哲学,最小的物质粒子和整个宇宙,史诗与教诲诗,唯物主义与超自然主义。尽管文风热烈,但卢克莱修内心有所保留,他既骄傲又隐秘。他什么都没有告诉我们,导致我们对他的了解不如那个世纪的其他诗人。维吉尔会在《农事诗》中介绍自己,就像赫西俄德和尼坎德那样,但卢克莱修对隐私守口如瓶。他的声音非常独

---

[1] 《物性论》4.414–20。
[2] 《物性论》2.1030–39。
[3] 《物性论》3.1060–67。
[4] 《物性论》5.1403–4。
[5] 《物性论》1.581 起。参见 Jenkyns, *Virgil's Experience*, Oxford, 1998, p250。——译注

特，但就像广播中的声音，我们不知其从何而来。这种热烈的沉默具有自己不可抗拒的力量。

尽管卢克莱修是孤独的，但他带来了巨大的间接影响。教诲诗是罗马人唯一明显超越了希腊人的体裁。此外，只有两首教诲诗可以跻身最伟大杰作的行列，它们的创作时间仅仅相隔一代人。这并非意外。维吉尔最初只写短篇作品，但《物性论》向他展现了一个想象力可能性的新世界：在这种体裁下写出原创作品仍有可能，而且是最大规模的。更重要的是，卢克莱修告诉维吉尔，如何将道德和精神画面注入教诲形式。这种结合的产物就是《农事诗》，而《农事诗》的广度又为维吉尔的《埃涅阿斯纪》做好了准备。随着《埃涅阿斯纪》的诞生，史诗第一次成为救赎诗歌：它提出了人类如何可以获得安全的理念。这同样是卢克莱修的遗产，如果没有他，西方文学世界的历史将截然不同。

卡图卢斯（约公元前 84 年—约前 54 年）来自波河北岸的维罗纳，在公元前 1 世纪 40 年代被并入意大利之前，该地区的正式名称是山南高卢（Cisalpine Gaul）。这是一个繁荣的地区，虽然远离罗马，但比意大利半岛大部分地区都要富饶。那里将会诞生与卡图卢斯同辈和比他晚一代的杰出人物，包括诗人维吉尔、秦纳（Cinna）、历史学家李维，以及若干不那么知名的人。从卡图卢斯的一些诗歌中可以看出外省知识分子过于自信的世故。他的诗歌可以被分为三类：哀歌体警铭诗，各种格律的较短诗歌（大多风格轻快），少量较长的作品。许多较短的作品是年轻人关于城市的倾诉：诗中大谈优雅和处世能力，嘲笑了缺乏这些品质的人；他还与朋友们开玩笑，也有粗俗甚至肮脏的下流话。不过，他最常用的主题是爱情，特别是对一位他用希腊名字莱斯比亚（Lesbia）称呼的女子。

在卡图卢斯之前，寥寥无几的拉丁语情诗都是对希腊警铭诗的改写或模仿。卡图卢斯开创了全新的风格，吸引后人纷纷效仿：在半个多世纪的时间里，拉丁语诗歌中将充斥着爱情主题。爱情主导了卡图卢斯、伽卢斯、提布卢斯、普洛佩提乌斯的诗歌和奥维德的许多作品，还在贺拉斯的《歌集》(*Songs*)中占据了很大的篇幅。维吉尔也在《牧歌》中探索了爱情，普洛佩提乌斯有理由称他为情歌诗人之一。在教诲作品《农事诗》的结尾，维吉尔讲述了一个超越生死的、婚姻里的激情故事，这在任何时代的文学中都相当罕见。他的《埃涅阿斯纪》将狄多的悲剧放在中心位置，并赞颂了特洛伊武士尼索斯（Nisus）和欧吕阿洛斯（Euryalus）的忠贞爱情。随后，爱情主题出人意料地从拉丁语诗歌中消失了，就像它的出现那么突然。人们自然会提出疑问。

与希腊情诗一样，诗中的意中人可以说"不"，这一点非常重要。理论上说，罗马女性完全服从于自己的一家之长，但无论法律如何表示，在公元 1 世纪早期的贵族世界中，女性实际上可以任意而为。卡图卢斯的莱斯比亚就是这样的女子。我们有充分的证据表明，她是西塞罗政敌克洛迪乌斯的妹妹，也就是西塞罗在《为卡伊利乌斯辩护》中攻击的那位克洛迪亚，或者是她的一位姐妹。下面的场景看上去的确可能是真的：年轻的外省贵族来到罗马，爱上了错误的女子，这促使他将激情写进了诗歌，由此改变了欧洲的文学。伽卢斯的意中人则不是这样：那是一位迷人的希腊交际花，马克·安东尼得到她的垂青，就连西塞罗也对这位美人的陪伴印象深刻。提布卢斯、普洛佩提乌斯和奥维德等后辈哀歌诗人钟情的女子又不一样：她们通常受过教育，出身体面的家庭，但地位暧昧——她们也许需要保护人，但可以在追求者中选出那个角色。她们可能反映了多年内战的结果，许多富有的家庭被毁，妇女失去了家中的男性。她们中的很多人可能漂泊到罗马，进入了哀歌诗人们描绘的风流世界。随着内战成为历史，那个世界消失了，它为诗歌提供的素材也一并不复存在。

因此，拉丁语情诗的兴衰有社会原因，但也有文学原因。与卢克莱修类似，卡图卢斯开创了希腊人未曾征服的广大和全新的可能性世界。希腊化时期的文学中没有类似罗马爱情哀歌的作品。当然，诗人们曾经以个人名义写过自己的爱情（仅以萨福为例就足够了），但新颖之处在于表现了痴迷的激情，带有隐秘叙事的意味，不同的情绪和故事发展过程中的起伏并非出现在某一首诗中，而是支离破碎地分布在许多首诗中。哀歌诗人在该主题基础上发展出各种变体,其中一些借鉴了警铭诗或喜剧:情敌、老鸨、在意中人紧闭门前的哀叹、争吵与和解、作为战争和奴役的爱情。当看到上述主题先后在不同诗人的作品中出现时,我们意识到它们不是无限的。素材最终被耗尽,奥维德曾拿这开玩笑,痛苦结束了。

卡图卢斯最好的警铭诗与众不同。它们在某个方面可以被描绘成冥想:这些作品表现了某种困惑,而非我们通常在警铭诗中看到的轻快。其中最短的一首只有两行,以名句"我既恨又爱"开头,诗人又表示,如果你问为什么,他也不知道。[①]另一首诗的最后表示,莱斯比亚的不忠让自己情欲更盛,但少了挚爱。[②]其中最长的一首有26行,对警铭诗来说似乎有点太长了,但仍然只是大大扩张了的警铭诗,因为不同于后来哀歌诗人的作品,诗中没有叙事和发展:[③]卡图卢斯在自己的处境中沮丧地彷徨,就像老虎在笼子里来回踱步。但他还是用令人赞叹的质朴口吻表示:"很难那么快将长久的爱放到一边。"对他人生造成巨大打击的另一件事是他的哥哥在遥远的小亚细亚去世,一首警铭诗描绘了他"穿过多少国度和风浪"前往墓地吊唁,向其致以哀悼和永别。[④]不考虑批判性描绘,这些

---

① 《歌集》85。
② 《歌集》75。
③ 《歌集》76。
④ 《歌集》101。

诗句展现了诗人最为重要的特质：真实。后来的情歌诗人写的是"第一人称的虚构"，但对于卡图卢斯，我们不得不相信他的诗歌与真实经历具有直接关联。如果不相信这点，他的诗歌将失去魅力。

在哀歌双行体之后，他最喜欢的格律是十一音节体（hendecasyllable），一种轻快、活泼、每行十一个音节的诗体。丁尼生再次为我们提供了英语中的例子：

> 看，我又接受考验，一首小诗
> 完全用卡图卢斯格律写成……

> Look I come to the test, a tiny poem
> All composed in a metre from Catullus . . .

卡图卢斯两次在使用这种诗体的时候提到它：一位顺走了手巾的朋友被警告说，如果不归还，诗人将送几百行十一音节体的诗上门；还有一次，他请求十一音节的诗句帮自己从"肮脏的婊子"那里找回蜡板。[①] 换句话说，这种诗体适合攻击，适合侮辱和谩骂。因此，他对莱斯比亚使用这种诗体就很奇怪。另一个意外之处是，写给莱斯比亚的诗中找不到对意中人

---

① 《歌集》12 和 42。

的描绘，比如眼睛、头发、面容和体态，这些本来是许多情诗的主要内容。对她身体部位的唯一一次描绘反而有损形象：她因为宝贝小雀的死去而哭得眼睛红肿。[①]

那首诗先后呼唤了维纳斯和丘比特，所有的名人佳士，黑暗的冥府和死去的鸟儿，唯独没有呼唤诗歌的真正主角：莱斯比亚本人。随后的两行诗风格轻快，通过重复押韵：

> 我心爱姑娘的小雀死了，
> 我心爱姑娘的宝贝小雀。

然后，他想象那只鸟儿去往冥府，展现了阴沉而可笑的画面。他指责这个黑暗的世界吞噬了一切美好的东西，结合了黑暗和感伤。随后，他又责备了鸟儿本身：淘气的小雀，都是因为你，我姑娘的眼睛才又红又肿。我们会觉得，这一切都是为她所写，用玩笑和同情让她高兴起来。这是一首口语化的作品，半严肃半幽默，温柔而充满感情，我们碰巧偷听到了情人的慰藉。从未有人写过像这样融合了平凡和亲密的作品，我们将要等很久才能再次听到它——也许要超过一千年。

这是此类诗歌的关键：几乎所有的情诗都需要间离，无论多么热情，甚至在与意中人当面说话时；卡图卢斯让我们在场。

---

① 《歌集》3。

另一首作品的开头写道:"你问我,莱斯比亚,要多少个你的吻才能满足我?"[1]她是在何种情况下提出这个问题的?只有当情郎紧紧贴着她时。事实上,我们正处于两人的接吻过程中。还有一次,他表示"让我们生活,莱斯比亚,让我们爱",[2]闲言碎语的老家伙们说些什么一文不值。随后,他用同样轻快的格律反思了日出和日落,当我们短暂的光亮逝去,我们就只能在永恒的黑夜中长眠。这首作品思想直白,风格轻快,短暂的阴影划过页面后,诗歌陷入了更多的吻、吻和吻。

卡图卢斯还使用了"瘸腿短长体",这种格律被与希波纳科斯和诽谤诗联系起来。在一首作品中,他用笨拙的劝说让自己恢复理智。[3]这种格律的拖泥带水迎合了他意图表达的恋恋不舍。他告诉自己要接受恋情已经结束,在该诗的中间,他宣布自己已经坚强。然后他开始对莱斯比亚说话(这次显然只在他的想象里),尽管他首先假装对她深表同情,但逐渐回忆起了两人过去爱情中越来越多的亲密时刻。到了诗歌末尾,他只能告诉自己要坚强,不再坚持自己已经做到这点。这场在不置可否中结束的情感之旅只有19行,却预示了维吉尔在《牧歌》中将要展开和传递给后世哀歌诗人的心理探索。不过,尽管卡图卢斯对情诗产生了巨大影响,用轻快格律描绘爱情的做法并

---

[1] 《歌集》7。
[2] 《歌集》5。
[3] 《歌集》8。

没有人模仿。这无疑是因为其他诗人认识到，这些作品的精髓是自发和直接，是与原始体验的接近。我们无法模仿自发，有些事只能做一次。

卡图卢斯的长篇作品显示了他文学性格中与短篇作品截然不同的一面。每首作品在某个方面都是实验性的。其中四首可以被称为诗中诗，即包含在外部框架中的诗，或者具有不同基调的序章。他的《阿提斯》(Attis,《歌集》63)是对其本人的技术挑战：它采用了狂野而迅捷的罕见格律，因为短音节众多而很难用拉丁语驾驭。① 该诗的内容和它的形式一样怪异：出于对大神母库柏勒(Cybele)的虔诚，阿提斯(诗歌的许多内容出自他或她之口)阉割了自己，但似乎不清楚应该称自己为男子或女子。这是关于性异常和自我迷恋的杰作。

《歌集》66是对卡利马科斯一首总体上相当枯燥的宫廷诗(被收入了他的《起源》)的翻译。为什么卡图卢斯让自己做这种练习？他在写给朋友的序言中(《歌集》65)解释说，哥哥的去世让他过于悲伤，无法实现缪斯带来的灵感，所以只好用这种练习代替。这是非常简单的情感，但卡图卢斯的表达方式不同寻常。长二十行的全诗是一个长句，死亡只是其中的插入部分。作者对死亡进行了奇异的美化：诗人表示，勒特河

---

① 这种格律名为伽鲁斯短长格(Galliambic)，形式为短长长短长短长长/短短长短短短短(可长可短)，许多长音节可用两个短音节代替。后半部分短音节较多，更适合希腊语。原用于对库柏勒的狂热崇拜，伽鲁斯(gallus)是库柏勒的阉人祭司。——译注

(Lethe)的水淹没了他哥哥的苍白的脚。随后,在复杂而凄婉的诗句中,他把自己永恒的爱比作"道里斯人(Daulian)……在浓密的树荫里为死去的伊图洛斯(Itylus)的命运哀悼"——即被神话想象外衣包裹的夜莺之歌。[1]作品的基调可能显得阴冷,但极为动人。因为卡图卢斯正在寻找一种新的美感,并探索了间离的效果。他让我们相信,装饰和美化哥哥的命运并非因为他缺乏感情,而是因为他感情太丰富:若非如此,痛苦将显得过于粗俗。

他还写过两首婚歌,[2]其中第二首使用了优美的明喻,将新娘的童年比作生长在封闭花园中的花。他的短篇作品中很少出现意象,例外是他用萨福诗体写的两首实验性作品之一的结尾:[3]在用极其下流的方式谴责了莱斯比亚后,他最后温和地把莱斯比亚比作田边的一朵花,因为被恰好经过的犁头刮到而凋零。上述两处明喻似乎都受到萨福本人意象的启发。《歌集》64比他别的作品都要长得多,卡图卢斯在其中最彻底地沉浸于自己的感官。该诗共四百行出头,是一篇长度适中的神话叙事,属于现代学者所称的"微型史诗"(epyllion)。

---

[1] 道里斯人指菲洛墨拉,因为住在道里斯城(Daulis)而得名。她的姐姐普罗科涅与特柔斯生有一子,名叫伊图洛斯。特柔斯垂涎菲洛墨拉的美貌,在将其强暴后又割去了她的舌头。普罗科涅获悉此事后杀死了伊图洛斯。后来,诸神将菲洛墨拉变成燕子,将普罗科涅变成夜莺。——译注
[2] 《歌集》61和62。
[3] 《歌集》11。

不能把这个词理解成"小史诗",此类作品并非规模本该更大作品的压缩或微缩版本,只是因为作者觉得这种篇幅合适。事实上,《歌集》64让人觉得相当宏大。不考虑上述保留,"微型史诗"是此类没有其他名字体裁的有用标签。即使卡图卢斯给这首诗起过名字,我们也已经无从知晓,也许最好还是沿袭单调的"《歌集》64",因为这首诗的奇异之处在于没有任何主题。

乍看之下,作品主题将是阿尔戈号英雄。随后,诗中描绘了其中的一员——珀琉斯如何遇到海中仙女忒提斯,并开始描绘他们的婚礼。然而,作品随后转向阿里阿德涅(Ariadne)和忒修斯的故事。在相当短暂地回归婚礼后,作品再次转向阿喀琉斯(那对新人的孩子)的英雄生涯。作品的最后谴责了英雄时代结束后人类的罪恶。与忒奥克里托斯的第一首《牧歌》类似,该作品有两段诗中诗,分别描绘了视觉和听觉艺术品。前者是婚床上的刺绣,上面描绘了阿里阿德涅在海滩上醒来,发现忒修斯抛弃了自己。后者是命运女神演唱的婚歌。但两者的比例非常奇怪:对刺绣的描写从第50行后便开始,持续了超过两百行,占据全诗一半略多的篇幅。因此,卡图卢斯又对自己的技艺提出了挑战:如果阿里阿德涅在诗中占据如此重要的地位,最后的四分之一内容会不会显得令人失望呢?诗人没有完全克服这个问题,但诗歌的前三百行几乎灵感不断。作品陶醉于视觉之美：赤裸的海中仙女从波光和浪花中现身；[1]珀琉斯的宫殿闪耀着金、银和粉色象牙的光彩；[2]特别是描绘了阿里阿德涅的织锦。

与忒奥克里托斯的另一个相似之处是，该诗也探索了艺术和幻觉。阿里阿德涅只是图画，男人们兴致勃勃地注视着她的楚楚可怜，衣服从她身上滑落，乳房露了出来，波浪在她脚边玩弄着那些衣服。[3]如此造作和迷人的东西怎么能真正打动人呢？但事实上，它的确做到了。阿里阿德涅似乎想从画面中挣脱出来。诗人让她发表悲切的大段哀叹，回顾了她早前的生活，展望了忒修斯回到雅典后的状况，然后再次提醒我们，这仅仅是一幅画。[4]接着，诗人再次做出意外之举。[5]与我们想象的画面截然不同，酒神巴库斯前来拯救姑娘并献上了爱情。他带着手持号、鼓和钹等乐器的侍从，诗人用一系列拟声词出色地描绘了它们的喧闹。随后，诗人突然收住话头：床罩上装饰的就是"这些形象"[6]——我们再次回到了珀琉斯的宫殿。

卡图卢斯最怪异的实验是《歌集》68。该诗分为篇幅不

---

[1] 《歌集》64.14–48。
[2] 《歌集》64.43–9。
[3] 《歌集》64.60–67。
[4] 《歌集》64.132–201。
[5] 《歌集》64.251–3。
[6] 《歌集》64.265。

等的三个部分，我们分别称之为 A、B 和 C。[①] A 部分是从维罗纳向一位身在罗马的朋友说的话，后者请求获得一些情诗。卡图卢斯回答说，由于哥哥去世带来的悲痛，他无心再写情诗。朋友曾责备了他的缺席：在他离开期间，他受到了羞辱，因为所有体面的人都睡过他留下的床。卡图卢斯回答说，这并非羞辱，仅仅是悲哀。他还表示，无法写诗是因为自己的书不在身边，以后情况可能会不同。就这样，A 部分在不置可否中结束。B 部分的基调有所不同。这部分同样是对朋友说的话（很可能就是 A 部分中的那位，但完全无法确定），感谢后者为诗人和意中人幽会提供了一所房子。[②] C 部分简短回顾了 B 部分：诗人表示，该诗是他能送出的最珍贵礼物。这首作品既啰嗦又古怪散漫，但在两个主要部分中短暂地出现过两个醒目的事实：哥哥的死和莱斯比亚。哥哥的形象稍纵即逝：与《歌集》65 一样，我们可能觉得更多着墨会太痛苦。在 B 部分，卡图卢斯回忆了莱斯比亚前来幽会：她光洁的脚踏在磨损的门槛上，用鞋跟轻轻敲打。

　　站在门槛上的不仅是莱斯比亚，还有欧洲文学，因为有两件事从这里开始。首先，在诗人头脑中被固定下来的是极其普通的东西，质地的反差、石头上的闪亮鞋子、听见刺耳声音的时刻。这里出现了对微小和普通体验之特点的新感受，通过视

---

① 《歌集》68.1-40，68.41-148，68.149-60。
② 《歌集》68.70-72。

觉和听觉细节得以实现,我们将在维吉尔的作品中再次看到这些。其次,我们看到了叙事片段:卡图卢斯开始讲述故事。这将成为我们所知的拉丁语爱情哀歌的源起:原生质似乎在我们眼前进化。

第八章
CHAPTER 8

维吉尔

西塞罗给他那个时代的年轻诗人们起了一个希腊名字："新诗派"(neoteroi)。[1] 除了卡图卢斯,"新诗派"的作品已经失传,但其中至少有两人是他的好友:秦纳(Cinna,公元前44年卒)和卡尔乌斯(Calvus,公元前82年—早于前47年)。秦纳的代表作是《斯米尔娜》(Zmyrna),卡图卢斯称他用了九年时间创作此诗,这很可能是幽默的夸张。[2] 该诗以晦涩著称,因此在特点上无疑与卡图卢斯的《歌集》64截然不同。作品主题是另一位缺乏自制的女主角斯米尔娜(亦称米尔拉[Myrrha]),她爱上了自己的父亲。卡尔乌斯的《伊娥》(Io)的主人公是另一种类型的不幸姑娘,她被朱庇特(诸神之王,相当于希腊人的宙斯)强暴,后来又被变成了一头母牛。维吉尔《牧歌》中的用典暗示,这是一部抒发悲哀之情的作品。[3] 卡尔

---

[1] 《致阿提库斯书》7.2.1。
[2] 《歌集》95。
[3] 《牧歌》6.47和6.52。

乌斯还为他的妻子或亲人之死写了哀歌。秦纳、卡尔乌斯和卡图卢斯各自写过一首短篇神话史诗，但此外不清楚他们是否有许多共同点。他们组成了一个社交集团，但不一定是文学流派。

他们是生计无忧的士绅，写诗只是出于兴趣。在没有印刷术的世界里，没人能靠笔头养活自己，除非通过佣金或赞助。作为后来的奥古斯都的主要副手之一，马伊克纳斯（Maecenas）成了历史上最成功的文学赞助人。早在公元前1世纪30年代，他就把维吉尔和瓦里乌斯收入门下，不久以后又得到了贺拉斯，几年后把普洛佩提乌斯也一并罗织。贺拉斯与他的友谊特别亲密（也很复杂），成为前者诗中的重要主题。马伊克纳斯赞助诗人们是因为他喜爱诗歌，这无疑也是他们喜欢他的理由之一。但是否有更加利己主义的动机呢？这些作者不会进行任何普通意义上的宣传，也无意左右同时代人的观点：组成他们读者的精英阶层对此再清楚不过。马伊克纳斯显示出极大的耐心：成为赞助人十年后，他的诗人们几乎没有写过什么可以被认为对政权有用的东西。他的利己主义体现在更宏大的意义上，即通过赢得后世的赞美让自己获得不朽。马伊克纳斯非常幸运，因为他找到了维吉尔。没有人能预见到如此等级的天才。但马伊克纳斯的能力在于，通过结合适度塑造和轻度监管，他用自己的好运创造了一个辉煌的诗派；只要在作品中的某处赞美奥古斯都，他们基本上就能任意而为。这种计划奏效了：以奥古斯都的名字命名的时代被世人视作文明的巅峰时期之一，这不是因为他非凡的政治谋略，而是因为诗人们。赞助维吉尔和贺拉斯是笔好买卖。

当维吉尔（公元前 70 年—前 19 年）刚刚开始创作《埃涅阿斯纪》时，普洛佩提乌斯就写道："比《伊利亚特》更伟大的东西即将诞生。"[1] 他的天才在生前便得到承认，在去世不到一代人的时间后，他已经成为经典和教材。鉴于罗马人自始至终对他的巨大兴趣，我们关于他出身的了解少得令人吃惊，只知道他来自位于当时山南高卢的曼托瓦（Mantua）。在第一部发表的作品中，他向赞助人致以敬意，但马伊克纳斯当时还不在其列。年轻的诗人做出了惊人决定：他将直接和公开效仿他人。他甚至将这个事实广而告之：在一首诗歌中，他召唤了西西里的缪斯；在另一首作品中，他宣称自己的缪斯最早爱上叙拉古诗体——两者都与忒奥克里托斯有关。[2] 他称自己的诗集为 Bucolics（牧牛人之事），称其中的各首作品为 eclogae（作品选），后来《牧歌》（*Eclogues*）成了诗集整体的惯用名。诗集包括 10 首诗，与忒奥克里托斯的《牧歌》不同，它们在长度上没有很大区别。作品的编排注重对称：第 4 和第 6 首牧歌是非田园诗；第 3 和第 7 首是歌唱竞赛；第 2 和第 8 首是关于受

---

[1] 《哀歌集》2.34.66。
[2] 《牧歌》4.1 和 6.1–2。

挫的爱情或单相思；第1和第9首描绘了当时意大利发生的没收土地事件。奇数编号的牧歌采用对话形式，偶数编号的则不是。这种史无前例的严密组织让我们疑惑应该把《牧歌》看成编为一卷的10首诗还是单一作品。不过，在上述框架下存在不同的世界：一些诗歌似乎属于神话幻想，一些属于忒奥克里托斯式的永恒当下，还有一些反映了当前现实世界中的事件。

过去，《牧歌》有时会被视作简单的田园诗；而在现代，它们被描绘成特别晦涩的作品。不过，我们不应把难以捉摸误解成晦涩。我们不再能理解其中的几个典故，但撇开时间的意外，这些诗歌总体上并未造成多少困难。但想要弄懂它们的确不太容易。比如地点。一位牧羊人遇见了两个同行，"两人都是阿卡迪亚人"。[1] 但几行之后，他们出现在意大利北部平原上的明基乌斯（Mincius）河畔。在现实中无法解释这点。有时，现实似乎被调了个儿：萨梯希莱努斯（Silenus）在歌唱与维吉尔同时代的伽卢斯——[2] 我们无疑会觉得，事实应该相反才对。

第8首牧歌的核心是一小段花絮："我初见你时，你年纪还小，正随着你母亲在我园里采带露的苹果（我是你们的带路人），那时候我的年龄比十二岁还差一点，刚刚能够从地上攀到那柔软的枝干；一看到你，我就完了，我就陷入了苦

---

[1] 《牧歌》7.4。
[2] 《牧歌》6.64–73。

难！"①这里的一切微妙而精准：各种元素细微、有限、脆弱、精确和孩子气。诗中的场景栩栩如生，但也很遥远，因为我们与之隔了四层：维吉尔用自己的口吻介绍此诗，他描绘了达蒙（Damon），后者以将要自杀的情人的角色唱了一首歌，而那位情人又回忆起了多年前的时刻。诗中场景就像是从望远镜的另一端看到的画面，既非常遥远又非常清晰。

第9首牧歌用类似的间接方式介绍了土地被没收。两位牧羊人提到不在场的墨纳尔卡斯（Menalcas）——某位看上去很像维吉尔的诗人，并四次提到他的作品。②其中两段引文以精致优雅的方式改写了忒奥克里托斯的作品，有一段提及曼托瓦（维吉尔的家乡）和邻近的克雷莫纳（Cremona）的不幸。与卡图卢斯对哥哥的哀悼类似，诗歌和现实间存在间离或多重间离，否则可能会显得过于痛苦。这些诗歌中的许多东西处于我们视野的边缘。诗中没有女性的声音（在其中一首作品里，牧羊人扮演了女性的角色③）。一位牧人哀叹将被逐出自己的土地，但那要等到明天，还没有士兵出现。我们听说了冬天、下雨和城镇，甚至罗马本身，但这些只是舞台外的噪音，是对其他时代和地点的暗示。

这些诗歌大多以希腊幻想的形式出现，但也可以看到零

---

① 《牧歌》8.37–41。
② 《牧歌》9.23–5，9.27–9，9.39–43和9.46–50。
③ 《牧歌》8.64–109。

星的现实,而且并非全都令人不快。在第 2 首牧歌中,柯吕冬(Corydon)描绘了自己将带给心上人的礼物:又白又软的楹椁、栗子和蜡李。[1] 这些词汇中有静止的生命(不仅是静止的生命,因为这些东西还很美味),普通物品的质地被相互对比,纯粹为了供人欣赏。这是一种新的情感,尽管可以在莱斯比亚用金色凉鞋叩击门槛的时刻感受到它的源头。这首牧歌还对维吉尔同时代的人产生了另一种影响。柯吕冬爱上了男孩阿莱克西斯(Alexis),后者却不爱他。该诗是柯吕冬的独白,他在诗中责备了不在场的意中人。他时而骄傲,时而谦卑,时而充满希望,时而任性或不羁,最后他表示,如果这个阿莱克西斯抛弃了自己,他会再找一个。但有充分的暗示表明,这不过是自欺欺人,只有阿莱克西斯才是他的真爱。这种包含了情绪反复变化的心理独角戏将对奥古斯都时代的哀歌诗人产生重要影响。总体上看,《牧歌》可能是有史以来最有影响力的一组短诗,因为在文艺复兴时期及以后的多个世纪里,它们将成为大量田园文学作品的主要模板。就这样,本来想要显得不寻常和独具一格的十首诗成了规范性作品,这是文学史上的重大反讽之一。

就像我们对他这个级别的作家期待的那样,维吉尔在《农

---

[1] 《牧歌》2.51-3。

事诗》中转往全新的方向。《牧歌》简练和难以捉摸,而且特意追求封闭和有限,《农事诗》的精神则是轻松、开放和广阔的。这是一首关于农事的教诲诗,诗中四卷依次涉及耕作,种植葡萄、树木和橄榄,畜牧和养蜂。各卷的编排讲求对称,长度基本一致。总体上看,第一卷和第三卷的基调以持重为主,第二和第四卷则相当轻快。第一和第三卷有大段引言,结尾则严肃而突然,其他两卷的引言较短,并做了简短的总结。在上述严格的框架内,诗歌内容自由而多变。

通过诗篇伊始的典故,维吉尔指出自己的模板将是赫西俄德,但仅限于第一卷。《农事诗》的部分活力因其打破了希腊人的桎梏,精彩地展开了全新的发明。随着作品的深入,诗人还介绍了更多他本人的情况。在第一卷中,他几乎像《物性论》那样隐去自我。但在第二卷中,他谈到了自己的创新性格,将其与卢克莱修的性格做了对比。[1]在第三卷中,他提及自己未来的创作计划,[2]谈到了家乡曼托瓦,并描绘了当地的风光,而不像在《牧歌》中那样仅仅用了片言只语:河边是郁郁葱葱的田野,宽阔的明基乌斯河缓缓地蜿蜒流过,两岸排列着鲜嫩的芦苇。[3]这是一幕不寻常的景象,因为大部分意大利河流湍急、多石而且不齐整——维吉尔展现了故土的鲜明特

---

[1] 《农事诗》2.475–94。

[2] 《农事诗》3.10–39。

[3] 《农事诗》3.13–15。

点。诗人将自己置于风景中,把后者的特色变成本人的印鉴。其他诗人被此打动,纷纷效仿:贺拉斯描绘了家乡的班杜西亚(Bandusia)泉,表示要让它与希腊名泉一样著名;[1]普洛佩提乌斯描绘了坐落在山坡上的家乡阿西西城(Asisi),翁布里亚(Umbrian)平原上夏天会变暖的浅湖,以及墨瓦尼亚(Mevania)山间终年被雾气笼罩的洞穴。[2]

维吉尔坚称,这首诗并非虚构作品。"土地在我手上"[3](换句话说,他的主题是各种土壤类型),我们几乎能看见他指甲下的尘土。他在《牧歌》中模仿了卡利马科斯,现在又将其抛到一边。他表示,那些神话故事现在都老掉牙了:"谁没写过少年许拉斯?"[4]维吉尔曾在第6首牧歌中令人难忘地描摹过许拉斯,[5]所以他现在也开始与过去的自我分道扬镳。该诗热爱自然,但现实主义风格也使其认识到,自然可能是残酷或无情的。《农事诗》的许多内容严厉或严肃,但总体印象是光辉和灿烂的,似乎从内部被点亮。在第一卷中,维吉尔语气沉重,但不同于赫西俄德,他不是个喜欢抱怨的人。laetus 和 durus 这两个单词反复出现。laetus 的基本意思是"多产的":诗歌以"什么才能让庄稼多产"开篇。但它更多时候表示"欢

---

[1] 《歌集》3.13。
[2] 《哀歌集》4.1.121-6。
[3] 《农事诗》2.45。
[4] 《农事诗》3.4-8。
[5] 《牧歌》6.43-4。

快的",这种意思从第一行起就出现了。从坚实的土地中长出了快乐。durus 意为"困难的",和英语中的对应词汇一样,它可以表示好的或不好的意思,维吉尔利用了这种模棱两可。农民及其生活的辛苦既艰难又值得称赞。不过,作品主题随后转向暴雨和洪水造成的破坏,然后又转到当前内战带来的灾难。第一卷的结尾激动而绝望,但并不影响整体框架。这仅仅是作品的一部分,在全诗最后,罗马人的国家将变得稳固和安全。

隐喻从理念出发,将其纳入物质形式。维吉尔的想法则反其道而行之:他从农村的具体现实出发,展现了道德和想象中的真实如何从这片土地中诞生。庄稼、动物、风景和农民本人并非象征物,而是指代物。诗人谈到了农家日常的麻烦事——害虫和杂草。[1] 然后,他貌似漫不经心地提到,主神朱庇特不希望人类生活轻松。诗歌升华为对神明意图的宽泛宣示,通过辛劳和需求的压力,神明加强了人类的活力和创造力。然后,诗人重新回到日常的麻烦事,最终用一个语带讥讽的笑话结束了该话题。他穿梭于普通和崇高之间,在第二卷对意大利的赞美中二者尤其天衣无缝。维吉尔用标准的教诲诗口吻探讨了适合特别种类葡萄和树木的不同地貌。[2] 他指出只有印度出产乌木,只有阿拉伯的赛伯伊人(Sabaeans)出产乳香——在某个时点,我们意识到他已经离题谈起了异国土地上的奇珍。经过

---

[1] 《农事诗》1.118–59。
[2] 《农事诗》2.109–35。

大约二十行像这样的列举,他使用了拉丁语文学中最有力的连词:"但是"。这个小小的连词让话锋突转,因为它表明之前的一切只是一个庞大段落的前半部分。"但是",所有这些神奇都被意大利的荣光掩盖①——维吉尔开始了有史以来对某片土地最优美的颂词。

他探究了意大利的各种地貌,带我们前往阿尔卑斯山的湖泊、内陆的翁布里亚和南边的那不勒斯湾。不过,诗人几乎没有做直接描写,只是在最后用两句景物描写概括了自己的国家:"人们在陡峭的岩壁上亲手筑起那么多城,河流在古老的城墙下淌过。"②这是意大利风貌的两大特征:亚平宁山区的山城和平原地区的河流景致,但也融合了人与土地,自然与文化,历史,时间与永恒,堪称所有诗歌中最伟大的结晶化时刻之一。它似乎是维吉尔宏大雄辩的高潮,但诗歌的洪流继续滚滚向前,以罗马的伟人收尾,最终指向一个人:恺撒(未来的奥古斯都)本人。③这无疑是高潮所在,但随着维吉尔呼唤意大利本身,诗歌迎来了进一步的高潮:"万岁,伟大的庄稼之母,萨尔图努斯的土地,伟大的人类之母……"④诗中还将出现另一个角色,那就是诗人自己。在颂词的最后,他充满自豪地宣

---

① 《农事诗》2.136。
② 《农事诗》2.156–7。
③ 《农事诗》2.167–72。
④ 《农事诗》2.173–4。

称，是他自己在罗马各个城镇传唱阿斯克拉人（即赫西俄德）的歌曲。[①] 作为修辞术，这是无与伦比的，结合了宏大与紧凑，最高级手法与情感的丰富。不仅如此，这还是对人类如何通过求同存异，通过植根于土地、城邦、历史和民族来实现繁荣的深刻冥想。诗人将在《埃涅阿斯纪》中重拾这个主题。

我们找不到与《农事诗》第二卷非常相似的诗歌，像它那样展现出持续的欢乐和无尽的悦耳创新。这一卷是全诗的核心与缩影。我们可能会想到尼采的话，"比内心的痛苦更深刻的快乐"：一种深刻的快乐维系着整部作品，甚至在更加严肃的几卷中也会浮出水面。在第一卷中，诗人兴奋地谈及"神圣乡村的光荣"，[②] 这个表达在英译中失色不少：但光荣属于公共和军事范畴，"神圣"表示"充满神性"。诗人甚至兴致勃勃、带有几许幽默地关注像蚂蚁和田鼠这样的害虫，[③] 或者描绘了渡鸦独自在海滩上踱步，并用几行诗饶有趣味地模拟了鸟儿的昂首阔步。[④] 在以严厉风格为主的第三卷中，诗人突然插入了牧人生活的幻想曲，比《牧歌》中的任何一首都长。[⑤] 这首诗歌热爱自然，但与所有最恒久的爱情一样，它同样包含了理解，而且不带幻想。

---

① 《农事诗》2.176。
② 《农事诗》1.168。
③ 《农事诗》1.181–6。
④ 《农事诗》1.388–9。
⑤ 《农事诗》3.22–38。

第二卷以另一段颂词结尾，赞美了农村生活的好处。[①]维吉尔在其中融入了另一个主题。他第一次开始谈及自己——他的抱负、希望和局限。他表示，自己想要描绘自然的物理运作，但如果缺乏这样做的精神力，但愿他至少能热爱农村的树林与河流，尽管他"并不光荣"。他还向卢克莱修表达了敬意，不过并未提及后者的名字（他从未直接给出任何自己模仿过的诗人之名）：那个能够理解万物缘由，将对死亡的恐惧踩在脚下的人是幸福的。但认识乡间神明，可以过上远离战争风暴的乡村生活的人也是幸运的。这还是一段敏锐的文学批评：诗人维吉尔称赞了卢克莱修思想的威力，认识到哲学力量和道德活力是其诗歌影响力的实质。但通过把自己比作农人，维吉尔有点故意选择了逃避，避开了直接向前辈挑战（"那人……幸福的，但……也是幸运的"）。卢克莱修给他带来灵感，但他本人是另一种类型的诗人。

农村生活颂词的开头和结尾略微带有些忧郁。他热情地描述了这种存在的和平、美和优点，并在最后宣称：离开大地前，正义女神在农民们中间留下了最后的足迹。由于正义女神在黄金时代末离开，这为农村生活添加了金色的光辉：在农村，我们比在其他地方更接近传说中的乐园。但我们也看到，那个乐园已经逝去。维吉尔断言正是这样的生活造就了罗马和意大

---

① 《农事诗》2.458–540。

利，在朱庇特和战争出现前，金色的农神正是在大地上过着这样的生活。但与此同时，他再度提醒我们，那段幸福时光距离多么遥远。就这样，恢弘的狂想曲以一长段渐弱的调子结尾，维吉尔用平静的语言关上了大门："我们穿越了广袤的平原，现在是时候为马匹热气蒸腾的脖颈解开驾辕了。"

在关于养蜂的第四卷中，维吉尔的笔调变得最为轻松。他注意到，自己的描绘对象很小（按字面意思），但希望它们能获得不小的荣耀。[1] 这再次表达了他对于物质世界私密细节中蕴含价值的观点。他既严肃又幽默，教导我们赞美这些渺小生物的勇气、习惯、集体和战斗。他喜欢从蜜蜂的视角看待万物。养蜂人应该把岩石抛入大海，好让蜂群落脚[2]——我们意识到，他指的是池塘里的鹅卵石。他甚至把它们在蜂巢中的忙碌工作比作圆目巨人在埃特纳火山下的劳动。[3] 这些是真正的蜜蜂，但从它们身边不时掠过对人类社会的反思。于是，他有一次随口称它们为"小奎里特斯"（Quirites，即罗马公民）；[4] 还有一次，称它们对蜂王的尊敬甚至超过了米底人（Medes）和埃及人这样的东方民族。[5] 在一段精彩的固定套路描写中，他展现了两群蜜蜂间的战斗——它们用刺作为武器，嗡嗡声犹

---

[1] 《农事诗》4.6。
[2] 《农事诗》4.26。
[3] 《农事诗》4.170–75。
[4] 《农事诗》4.201。
[5] 《农事诗》4.210–12。

如号声，身上的光泽犹如盔甲，小小的胸膛中升腾起崇高的精神。[1]但他又表示，只要撒一小把土就能平息这番激烈的冲突和盛怒。不那么伟大的艺术家可能会从中得出道德教诲，但维吉尔懂得节制，把它留给了读者。

随后，维吉尔笔锋突转，假意表示要不是这项工作即将结束，他还想谈谈种植鲜花和蔬菜。[2]但他马上食言，第一次离题说起个人逸事，动人地描绘了一个他在意大利偏远南方结识的老年园艺商。事实上，半卷诗已经足够教授养蜂知识，诗人在剩下的篇幅里给了我们最大的意外。教诲诗带来一个特别的形式问题，即如何结尾。与故事不同，它们不会自然地走向高潮和结局。赫西俄德的《工作与时日》只是无声无息地走向终点；卢克莱修的诗歌可能并没有结束，但甚至就连他看上去也不知道如何满意地结尾（最后一卷是六卷中力度最弱的）。维吉尔的解决办法激进而巧妙：他干脆升腾到新的世界。

于是，该诗的剩余篇幅被留给了神话叙事。维吉尔讲述了阿里斯塔俄斯（Aristaeus）失去自己的蜜蜂和发现如何获得新蜂群方法的故事。他的母亲（一位海中仙女）告诉他如何抓住海神普罗透斯（Proteus），后者在威逼下会吐露秘密。普罗透斯咬着牙，眼珠转动着，用精美的语言（诗人有意营造了不协

---

[1] 《农事诗》4.6–87。
[2] 《农事诗》4.116–24。

调)讲述了俄耳甫斯和欧律狄刻的故事。[①]他解释说,阿里斯塔俄斯正在遭受惩罚:欧律狄刻因为躲避他而被蛇咬死。俄耳甫斯前往冥府去营救她,但在最后一刻回了头(冥后普洛塞庇涅禁止他这样做),导致再次失去了爱人。

这是我们已知那个著名故事的最早版本,我们不知道它是否是维吉尔的发明。但把俄耳甫斯和欧律狄刻同阿里斯塔俄斯联系起来显然是维吉尔自己的创造:两个故事间的衔接有明显的斧凿痕迹。他的模板是卡图卢斯《歌集》64,无论是用故事嵌套故事,故事间的薄弱联系,情感重心被赋予嵌套的部分。但他没有模仿卡图卢斯的失调比例:俄耳甫斯死后,阿里斯塔俄斯的故事也很快收尾。这是维吉尔在向新诗派风格告别,实现了近乎歌剧特点的凄婉;这种风格似乎很在意自己的美,但仍然极为动人。

在比例、结构和内容发展上,没有哪首长诗能够企及《农事诗》的音乐性。作品最后是八行的尾声部分。当恺撒在幼发拉底河畔发出雷霆之怒,向着奥林波斯山进发时,而我维吉尔——此人在无所顾忌的青年时代曾写过山毛榉树荫下歌唱的提图卢斯——却在那不勒斯追求不光荣的惬意。诗人对此做了巧妙的安排。其中四行给了伟大的公众人物屋大维,四行给了卑微的诗人自己。诗人进行了自贬,但就像在对意大利的颂

[①] 《农事诗》4.450–527。

词中那样,诗歌在维吉尔本人那里达到高潮。谦逊与断言间维持了优美的平衡。我们将看到,在作品最后引入作者本人的手法会影响其他诗人,但我们不会再看到维吉尔本人这样做,因为他的下一部(也是最后一部)作品将是史诗,而史诗诗人通常会隐藏自己。

维吉尔将《埃涅阿斯纪》安排在特洛伊战争之后。主人公埃涅阿斯带着一行人逃离特洛伊,但遭到女神朱诺(众神之王朱庇特之妻)怒火的追逐。命运安排他建立城邦和为未来的罗马民族奠基。故事从中途说起:埃涅阿斯正置身海上的暴风雨中。特洛伊人在迦太基附近的北非沿岸登陆,当地的女王狄多热情地接待了他们。朱诺和维纳斯(埃涅阿斯的母亲)设计让狄多爱上埃涅阿斯。在第二卷中,应狄多的请求,埃涅阿斯讲述了特洛伊之劫的故事,他在这场劫难中失去了妻子克洛伊萨(Creusa);克洛伊萨的鬼魂向他现身,告知命运为他在意大利做好的安排。在第三卷中,埃涅阿斯继续讲述了自己多年漂泊的故事。狄多试图压制对埃涅阿斯的爱,因为她曾起誓对亡夫保持忠贞。她和埃涅阿斯一起出去打猎,暴雨把他们赶进了山洞,他们实现了自己的爱欲。朱庇特命令埃涅阿斯完成在意大利的命运。埃涅阿斯还没来得及说,狄多就已经获悉他准备离开,于是对其痛加申斥,并在他离开后自杀身亡。在第六卷中,埃涅阿斯抵达了意大利。在女祭司西比尔的指引下,他造访地下世界的亡灵国度,遇到了包括狄多在内的故人。在福人岛,他的父亲安喀塞斯(Anchises)向其展现了尚未出生但将会成为罗马英雄的灵魂。

第七和第八卷探索了意大利中部。第七卷中,特洛伊人受到拉提努斯(Latinus)国王的欢迎,但他的粗俗臣民与特洛伊人爆发了冲突,并演变成与邻邦君主图尔努斯(Turnus)的全面战争,此人是意大利人的领袖,嫉妒埃涅阿斯。第八卷中,埃涅阿斯沿台伯河(Tiber)而上,向埃万德(Evander)国王求援,后者的国土后来将成为罗马。埃万德派儿子帕拉斯(Pallas)与特洛伊人并肩作战。这一卷的最后,维纳斯为埃涅阿斯带来了她丈夫伍尔坎打造的盾牌,上面描绘了罗马历史上将要发生的事件,中心位置是阿克提翁战役中的奥古斯都。最后四卷描绘了战争,图尔努斯在此过程中杀死了帕拉斯。最终,埃涅阿斯与图尔努斯展开对决,并制服了后者。他一度想要饶恕对方,但随即想起了帕拉斯,于是痛下杀手。

我们继承了史诗是最困难和最雄心勃勃的诗歌形式的观点:就像塞缪尔·约翰逊(Samuel Johnson)说的:"对天才的赞美首先属于史诗作者,因为那需要结合所有单独情况下足以满足其他作品的力量。"[①] 这种想法是维吉尔造就的:在他之前和之后,许多诗人在创作史诗时都不曾感到这项任务是极

---

① 《诗人传:弥尔顿》。——译注

端艰难的。但《埃涅阿斯纪》的确充满了雄心壮志。它第一次采用了具有世界历史意义的主题(但丁和弥尔顿沿袭了这种理念),展现了命运对未来世界统治的安排。在第八卷末,埃涅阿斯拿起了那面描绘有罗马未来历史事件的盾牌,"把他后裔的荣誉和命运扛在肩上"。[1]埃涅阿斯名副其实地"担负"起了对后世的道德责任。大多数史诗采用神话主题,有的采用历史主题,而维吉尔同时采用了两者,将现在交织进了一个往昔传说中的故事。他还决定对应两部荷马史诗的叙事。总体上看,该诗的第一部分模仿了《奥德赛》,第二部分模仿了《伊利亚特》,尽管在情节的细节上更加复杂和灵活。这意味着《埃涅阿斯纪》需要大幅压缩:它改编了两部希腊史诗的故事,篇幅却比两者都短。

选择与那两部史诗对应意味着他决定做模仿者,就像在《牧歌》中那样。如此亲密地与荷马并肩而行,远远超过了所有罗马作家们对希腊前辈的共同意识,没有其他哪位史诗诗人做过类似的事。据说,在被指责剽窃时,维吉尔表示他的批评者们也应该尝试一下:他们会发现从荷马那里顺走一行诗比偷走赫拉克勒斯的大棒更难。[2]无论是否真实,这则逸闻暗示,并非每个人都清楚维吉尔的意图,而且它很难实现。不过,维吉尔用自己与荷马(和其他作家)的关系取得了发人深省的效

---

[1] 《埃涅阿斯纪》8.731。
[2] 《维吉尔传》46。

果，让他得以从不同角度看待角色和形势，其中一些可能是含糊或具有欺骗性的。

埃涅阿斯的敌人们称他为"帕里斯"，这显然是不公平的：他并非自私的引诱者。[①]西比尔告诉埃涅阿斯，第二个阿喀琉斯正在拉提乌姆等着他。[②]但最终，图尔努斯只是扮演了赫克托耳的角色，埃涅阿斯本人成了这部作品中的阿喀琉斯。狄多融合了瑙西卡娅、喀耳刻和卡吕普索的角色，也许还有佩涅洛珀，我们可以感受到这给她造成的负担。喀耳刻和卡吕普索是女神，不会深受伤害或羞辱；瑙西卡娅对奥德修斯的爱慕并未毁了她。狄多就没有那么幸运了。我们将会看到，该诗与荷马的对话（相似与不同之处的互动）在结尾处变得最为深刻和彻底。不过，与荷马的相似有时存在疑问。当第三卷中埃涅阿斯经历奥德修斯般的漂泊时，我们看不到希腊史诗中的活力。相反，对特洛伊之劫中的混乱、暴力和恐慌的描写则是原创和精彩的——这也许是古代文学中最好的战争叙事，显示了平时我们意想不到的一面。在第五卷中，维吉尔改编了《伊利亚特》第二十三卷（赛车成了赛舟）：这是一次巧妙的文学练习，技艺娴熟但死气沉沉。偷走赫拉克勒斯的大棒真的存在风险。

维吉尔面临的问题之一在于如何在诗中安排奥古斯都的

---

① 《埃涅阿斯纪》4.215 和 7.321。
② 《埃涅阿斯纪》6.89。

位置。①诗人的解决办法是让他只在三个地方出现：第一卷中，朱庇特预言他将带来和平；第六卷中，安喀塞斯把他展示给了埃涅阿斯；第八卷中，他成了盾牌上的中心形象。也许，如何把老板放在世界历史之巅是连像维吉尔这样的天才也无法完全解决的难题，但诗人差不多做到了。诗中的奥古斯都并非人类，而是灿烂的光辉。关键之处在于，他与诗中以其他途径探索的领导、政府和社会等严肃理念联系起来。途径之一是埃涅阿斯本人的形象。在诗歌的第一句话中，他被描述为注定将遭受许多痛苦，"直到他能够建立一座城"，并以"巍峨的罗马城垣"结束这句话。桀骜的狄多宣称："我建立了一座高贵的城，看见了我自己的城垣……"②该诗展现了对根基、建筑的稳固和安全的追寻。它也是对家园和领地的追寻，当经历了暴风雨的特洛伊人在诗中第一次登陆时，他们"怀着对大地的满腔热爱"登上海岸。③这是《埃涅阿斯纪》全诗的象征。与《物性论》一样，这也是一首关心救赎的作品，但不同于卢克莱修，维吉尔并非通过个人，而是通过城邦、社会、传统和制度实现救赎。

寻找家园和土地被与第七和第八卷中对意大利的探索联系起来。与《农事诗》类似，维吉尔展现了意大利的多样性。拉提努斯的城市古老而巨大；他的居所既是宫殿又是神庙，"树

---

① 《埃涅阿斯纪》1.286–96，6.791–805，8.678–84，8.714–24。

② 《埃涅阿斯纪》4.655。

③ 《埃涅阿斯纪》1.171–2。

林和对祖先的敬畏令人战栗",①融合了物质与抽象。相反，他的粗鄙臣民们生活在简朴的田园世界里。维吉尔让熟悉的事物显得异乎寻常：特洛伊人在夜间驶过女巫喀耳刻芬芳和神秘的小岛，听见她的歌声和她的动物们的咆哮，②然后看到台伯河从密林中奔涌而出，汇入大海。③当埃涅阿斯逆流而上，前往埃万德的城市（未来的罗马所在地）时，台伯河奇迹般地平静下来，树木和流水令人惊异，仿佛它们活了起来，船只就像穿越丛林般通过林地。④埃万德本人是定居意大利的希腊人，而拉提努斯是意大利土著，融合了高贵与低微，散发出谦卑乡绅的气质。

在这里，维吉尔带着混杂了奇异和幽默色彩的感情回顾本民族的遥远过去——这种新的基调将被其他奥古斯都时代的诗人大量模仿。特别能激发他们幻想的一点是：在"牛群在罗马广场上四处闲逛，在时髦的卡利奈（Carinae）⑤哞哞叫"⑥的画面中，⑦过去和现在发生了碰撞。这些场景还体现了维吉尔的发展意识和历史观念，展现了变化与延续的互动。在第八

---

① 《埃涅阿斯纪》7.170–72。
② 《埃涅阿斯纪》7.8–20。
③ 《埃涅阿斯纪》7.29–36。
④ 《埃涅阿斯纪》8.86–101。
⑤ 维吉尔时代罗马的时尚住宅区，庞贝、安东尼和小西塞罗都在那里拥有宅邸。——译注
⑥ 《埃涅阿斯纪》8.360–61。
⑦ 《埃涅阿斯纪》8.360–61。

卷最后描绘的盾牌上,阿克提翁战役中的奥古斯都与那些曾经把他的祖先埃涅阿斯从特洛伊救出的神明同在。但许多地方发生了改变:埃涅阿斯来自东方,将与意大利人展开较量;奥古斯都则是意大利人的领袖,将要对垒东方势力。

维吉尔把狄多的故事变成他史诗中的一幕悲剧,并加入了某些舞台剧的特点。我们已经提到过他故事情节的原型,那就是阿波罗尼乌斯《阿尔戈号英雄记》中伊阿宋和许普希普勒的故事。那个故事表明,如果英雄在地中海上旅行,与女王两情相悦,发生短暂的风流韵事没有坏处(或者与一两位女神,就像在《奥德赛》中那样)。但悲剧在于:这一切本该没有关系。正因为狄多向亡夫起过誓,而埃涅阿斯则承担着独特的命运重负,两人的恋情笼罩着罪恶感。荷马的准则不再适用。一旦狄多和埃涅阿斯成为恋人,她就不再在乎舆论:"她称之为婚姻,用这个名字妆点她的错误。"[①] 我们不能确定这是诗人自己的判断——他通常借由角色的眼睛看待事物,"错误"可能是狄多本人的感受——但这的确促使我们思考罪与责。事实上,关于狄多和埃涅阿斯的许多谈论都基于准亚里士多德的理念,即悲剧主人公因为某种错误而遭遇不幸,就像我们之前看到的那样。评论家会问,在狄多的悲剧中,谁是过错的一方?是她,是埃涅阿斯还是神明?不过,这种分析可能太过刨根问底和苛

---

① 《埃涅阿斯纪》4.172。

求了。

让我们回到两人第一次实现爱欲的地点。维吉尔没有描绘那个山洞，也没有说在那里发生了什么——他只字未提。相反，他谈起了朱诺和原始的大地，谈起了闪电、有知觉的空气和山顶上宁芙们的啼声。[1] 在这种神奇的想象中，自然、超自然和人类体验之间的界线消失了。山洞既是野外风景，又是庇护所；狄多与埃涅阿斯的激情既是狂野的天气，又是人类相拥抵御野性的自然。当然，我们知道洞里发生了什么。但维吉尔的沉默并非羞于启齿（第八卷中，他活色生香地描绘了维纳斯与伍尔坎的交合）。这些极其优美和神秘的诗句还具有道德意义。狄多和埃涅阿斯保住了自己的隐私。探究谁率先伸手触摸对方会显得既下作又荒唐。也许他们自己也不知道。这种事就是如此发生的。

这个爱情故事还是缺乏理解造成的悲剧。狄多不明白，埃涅阿斯这个男子注定将遵循命运的要求。埃涅阿斯不明白，狄多这个女子无法在他离开后活下去。这反映了人类的缺陷，但指点他们如何做得更好同样显得多余。就像另一位出色的故事讲述者说的："你们不要论断人，免得你们被论断。"[2] 该诗将狄多与克洛伊萨做了对比，后者在特洛伊覆灭时的道别是诗中最深刻和动人的时刻之一。克洛伊萨的鬼魂曾向埃涅阿斯现

---

[1] 《埃涅阿斯纪》4.160–70。
[2] 《马太福音》7.1–3。——译注

身。这是否克洛伊萨本人？诗人似乎语焉不详，让这幕场景变得动人而飘忽。她安慰丈夫说："为你心爱的克洛伊萨抛弃眼泪吧。"[1] 这句话的精妙之处在于，她告诉埃涅阿斯的并非她爱他，而是他爱她。那是信任和理解的声音，是狄多和埃涅阿斯不曾享有的。克洛伊萨的讲话没有以自己结束，而是请求埃涅阿斯继续爱他们共同孩子。狄多的谴责则以并不存在的孩子结束：如果他留给她一个"亲爱的小埃涅阿斯"（口语和家庭语言式的动人表达），孩子的脸庞可以让人想起他离开的父亲。[2]

埃涅阿斯三次试图拥抱克洛伊萨的鬼魂，但后者三次都躲开了，"像轻盈的风，尤其像会飞的梦。"[3] 当埃涅阿斯在福人岛试图拥抱父亲安喀塞斯时，这些句子原封不动地再次出现；[4] 甚至在福人的世界里，他也无法获得那种简单的人类慰藉。维吉尔描绘的冥府使用了特别广泛的素材，包括荷马、柏拉图、斯多葛主义、俄耳甫斯教和罗马历史等。甚至抒情诗人巴库里德斯也做出了贡献，启发维吉尔将亡灵比作秋风初起时的落叶。[5] 不过，维吉尔还加入了第二种比喻（这些亡灵就像鸟儿，被寒风驱赶着飞跃海洋，前往阳光明媚的国度），为场景添加了些许遥远的暖意。冥府中的其他元素完全来自维吉尔

---

[1] 《埃涅阿斯纪》2.776-89。
[2] 《埃涅阿斯纪》4.328-9。
[3] 《埃涅阿斯纪》2.792-4。
[4] 《埃涅阿斯纪》6.700-702。
[5] 《埃涅阿斯纪》6.309-12。

本人。埃涅阿斯在那里的最初时刻犹如梦境。"他们在孤独的夜幕下行走于黑暗之中"① ——诗人将冥府之旅比作黑暗中的旅行。明喻通常比较基本上不相似的东西(比如,武士在大多数方面不同于狮子),好让人们的注意力集中到特别的相似点上。但上面的例子没能起到集中或澄清的效果,因为我们处在一个比喻、象征和现实的界限被混淆的世界。埃涅阿斯遇到了"痛苦""恐惧""饥饿"和"匮乏",还有"心灵的邪恶快乐"(听上去让人忐忑不安)。它们不是美丽的神话怪物——这些直到后来才出现——而是"看上去恐怖的形体"(诗人没有进一步描绘)。② 它们是自我存在的实体,还是心灵的梦魇?自从埃斯库罗斯的卡桑德拉以来,我们还没有如此之深地坠入精神的深渊。

冥府之旅最终通向安喀塞斯和对英雄们的展示。在讲话的最后,安喀塞斯宣称,其他人(显然指希腊人)在雕塑、演说和天文学上更出色,"但罗马人,你要记住用权威统治人民(这些将是你的专长),你应当确立和平的秩序,对臣服的人要宽大,对傲慢的人要通过战争征服他们"。③ "罗马人"是一个戏剧性的字眼,因为安喀塞斯的话不再是对埃涅阿斯说的,后者当下和未来都不会是罗马人。现在,他在对我们,对奥古斯都

---

① 《埃涅阿斯纪》6.268–72。

② 《埃涅阿斯纪》6.273–81。

③ 《埃涅阿斯纪》6.847–53。

恺撒统治下的每一个人说话。与《农事诗》中对意大利的赞美一样，这番告诫首先承认了自己的劣势，但严肃的现实主义使得对罗马人民的特别要求更具感染力。

有的读者觉得埃涅阿斯是个败笔。这既可能指维吉尔没有把他描绘得足够鲜活或令人同情，也可能表示诗人试图展现一位在某些方面失败的英雄，比如在人性或实现幸福上。无论对维吉尔本人的评价如何，我们都应该认识到在那个故事中，埃涅阿斯的弱点（如果存在的话）更可能在于感情过多，而非感情太少。尤其在诗歌的后半部分，英雄有变得无趣的危险，但有迹象表明，诗人明白这点。第十一卷中，埃涅阿斯在帕拉斯的葬礼上进行了人祭，[1] 这个惊人举动却奇怪地被一笔带过，也许维吉尔想要展现英雄情感的剧烈波动。诗歌的最后一个场景充满了激情，埃涅阿斯怀着"可怕的愤怒"杀死了图尔努斯。《埃涅阿斯纪》并非一首宣扬克制情感的斯多葛主义的作品，就像它有时被认为的那样。它表示情感会让生活变得困难和不安全，让人受制于命运，但并不主张避免情感。埃涅阿斯的命运显得缺乏情欲，这是因为我们看到了在其他情况下他本可能享受到的幸福。与克洛伊萨的婚姻曾经是幸福的。与狄多的生活本该幸福，若非为命运不容的话。

第一卷中，遭遇风暴的埃涅阿斯希望自己早就死在特洛

---

[1] 《埃涅阿斯纪》11.81-2。

伊；①第五卷中，他考虑放弃自己的使命；②第六卷中，他疑惑为何等待复活的灵魂如此强烈地渴望生命；③第十二卷中，他要求自己的儿子从父亲那里学习德性和辛勤，从别人那里学习获得好运。④这可能会让我们把该诗看作沮丧和忧郁的，不同于昂扬而悲剧的《伊利亚特》。但上述观点并不完全正确，或者至少不完整。埃涅阿斯没有看到全部真相，甚至是关于他自己的。此外，用更长远的眼光来看，诗中始终贯穿着人类进步的概念，有几个地方还高声赞扬了未来的荣光。另外，很少有读者不被维吉尔的失落感，被他对年轻生命夭折的悲哀打动，导致产生了《埃涅阿斯纪》中存在"两种声音"的观点。

上述比喻并不完美，也许我们最好想象一种能用不同口吻说话的声音。维吉尔既看到了历史的进步，又念念不忘世间的悲伤，两者并不冲突。相反，这是思想成熟和多元化的标志。显然，认为怀疑和悲伤才是真正的"声音"，而对罗马成就的赞颂应该打折扣的观点忽视了诗歌的一个维度。在冥府中，埃涅阿斯想要与一位死去的同伴多处些时间，但西比尔告诉他，"黑夜将至，我们在哭泣中浪费了许多钟点。"⑤这是《埃涅阿斯纪》的缩影：一边是同情地流连和举哀的冲动，另一边是无

---

① 《埃涅阿斯纪》1.94–101。
② 《埃涅阿斯纪》5.700–703。
③ 《埃涅阿斯纪》6.721。
④ 《埃涅阿斯纪》12.435–6。
⑤ 《埃涅阿斯纪》6.539。

情地催促着向伟大目标前进。

维吉尔在作品最后面临着一个问题,但他似乎觉得文学技艺的问题有助于激发自己的想象。《伊利亚特》可以包含阿喀琉斯和普利阿莫斯的和解,因为两人是悲剧性的,都注定了死亡的命运。但埃涅阿斯并不悲剧,他是胜利者,让他大度地对拉提努斯讲话会让人失望,还可能显得伪善。维吉尔的解决办法非常巧妙,首先,他最后一次(也是最出色的)描绘了诸神间的场景。朱庇特告诫朱诺不得继续违抗注定的结局,后者服从并接受了未来:"让罗马民族诞生,在意大利的男儿中成为强者。"[1]事实上,她成了维吉尔派,领会了诗人对罗马和意大利融合的特别情感。但她对特洛伊的仇恨还在,要求特洛伊的名字、服饰和语言不复存在。朱庇特同意了,礼貌地承认自己失败。

上述段落的美体现在两个层面上。从奥林波斯的内部政治来看,伟大的女神不能受到羞辱,朱庇特得体地保住了她的颜面。而从更远大的命运来看,朱诺的违抗恰恰促成了天命目标的实现。我们希望埃涅阿斯获胜,好让罗马民族诞生。作为意大利读者,我们又希望意大利的习俗和传统得以留存。朱庇特表面上的让步确保了这两个愿望都能实现。反讽的是,埃涅阿斯的胜利就这样注定了他深爱之物的毁灭,但更宏大的目标得

---

[1] 《埃涅阿斯纪》12.791-842。

以实现。这是该诗的一次精彩情节曲折。

作为诗中第一个登场的神明，朱诺以罗马祖先的死敌形象出现，由此引发了不和谐，因为每位读者都知道，她是一位伟大的罗马女神，是该城的三大守护者之一，被供奉在卡皮托勒山（罗马的历史与神圣中心）的大神庙中。这种不和谐必须在诗歌结束前得到解决，维吉尔的方法造就了一个壮观的结局。诗人解决了未了的情节：他告诉我们，特洛伊人和意大利人这两个民族将永远和平地联系在一起；现在他把朱诺撇到一遍，这让他可以用最快的速度冲向诗歌既突然又完整的结局。

最后二十四行诗中的内容多得不同寻常：没有其他哪部作品在如此临近结尾时出现如此之多的事件和新想法。看着面前无助的图尔努斯，埃涅阿斯想过宽恕，但随后回忆起帕拉斯。在愤怒和复仇精神的刺激下，他把武器刺进图尔努斯的身体，宣称是帕拉斯杀了后者。诗歌随即画上句号。这个结尾既令人困惑又值得深思，我们有理由认真而深刻地思考埃涅阿斯此举的道德意义。但与此同时，我们还可以从更大的视角来看待它。维吉尔的天才之处在于颠覆了《伊利亚特》的结尾。在《伊利亚特》中可以看到表面上的和解，看到自然礼节和胃口的恢复，但表面之下什么都没有改变。《埃涅阿斯纪》的结尾没有描绘和解，但我们知道那终将到来，表面之下的一切都改变了。我们同时感受到当下时刻和更多希望的冲击。

维吉尔身上还有另一种双重性。一方面他是一位很有"教养"的诗人,精通文学、有自我意识和自制。但他也是一个具备出色直觉和本能的人:他找到了黑暗和神奇的地方,没有其他哪位拉丁语作家拥有接近于他的神秘感和描绘不可名状之物的能力。埃涅阿斯在下冥府之前从一片古老树林中采下的金枝也许可以作为象征[①]——这个创造既得到每个人的赞美,又没有任何人能够解释。据说维吉尔在死前不久提出要求,如果自己发生不测,就把《埃涅阿斯纪》销毁。[②] 我们不知道这是否属实,但此事的有趣之处同样在于它被讲述的事实。维吉尔是个写了一首不完美诗歌的完美主义者,他没有对作品进行修正,有些句子还不完整,有的不完美之处本可以消除。但它们是诗歌魅力的一部分,体现了奋斗感和绝顶的驾驭能力。它带有经典权威的光环,但没有哪首史诗看上去更具个人色彩。

[①] 《埃涅阿斯纪》6.136–48 和 6.187–211。
[②] 《维吉尔传》39。

第九章
CHAPTER 9

奥古斯都时代

按照昆体良（他在公元前1世纪上半叶写过一部如何培养演说家的专著，书中对希腊语和拉丁语文学做了盘点）的说法，伽卢斯、提布卢斯、普洛佩提乌斯和奥维德是四大罗马哀歌诗人。[1]这份名单似乎很早就形成了：奥维德已经将自己与其他三人并列为这种诗歌体裁的领袖。[2]出于某种原因，卡图卢斯没有被列入其中。伽卢斯似乎第一个做了某件事，因此被列在名单之首。他的作品没有留存下来，所以我们只能揣测。也许仅仅是因为卡图卢斯的哀歌体作品写得不够，或者其他格律的写得太多。但一定有人最早创作了一系列哀歌体诗歌，我们可以从中歪歪扭扭地拼接出跌宕起伏的爱情故事，还能窥见其他参与者。这是我们在后来奥古斯都时代的哀歌诗人作品中见到的。一定有人是首创者，伽卢斯的可能性最大。

伽卢斯的人生（约公元前70年—约前27年）曾经非常辉

---

[1] 《演说术原理》10.1.93。
[2] 《爱的艺术》3.333–40 和 3.535–8；《哀歌》2.467。

煌，但随后成为悲剧。屋大维任命他担任第一任埃及总督，但他在某件事上做得过头，导致失宠和自杀。相反，奥古斯都时代的哀歌诗人都回避政治生活。他们是亚平宁山区的士绅，出身意大利中部的贵族。奥维德一直是富有和独立的，但在提布卢斯和普洛佩提乌斯作品中可以看到落魄元素，显而易见，他们是内战年代的输家。

提布卢斯（约公元前50年—前19年）从一开始就得到显贵梅萨拉（Messalla）的庇护。他的诗歌特点是某种散漫与柔和。他表示，如果能和心上人在一起，他不介意人们称他慵懒和无能。[1]事实上，他的确把软弱变成了诗。他的第一首诗用大半篇幅展现了他希望能在乡间过上的迷人而卑微的生活。直到五十多行后，他才向庇护人致意，把梅萨拉的军旅生涯与自己的情人生活做了对比。[2]然后，他看似几乎偶然地开始对德里娅（Delia）说话。[3]让他特别感兴趣的是情人的幻想，以及这种幻想如何与现实发生冲突。在这首诗中，他表示自己希望去世时能看着她，但希望随即变成了肯定。[4]他告诉德里娅："你将哭泣"，她的吻将混入泪水。诗人还说，没有人的眼睛会在葬礼结束时不湿润。他的第三首诗想象了未来与她的久别重

---

[1] 《哀歌集》1.1.58。
[2] 《哀歌集》1.1.53。
[3] 《哀歌集》1.1.57。
[4] 《哀歌集》1.1.59–66。

逢：他会突然不宣而至，在她看来仿佛从天而降。[①] 然后，仿佛那个时刻已经到来，他让她就这样跑到自己身边，赤着脚，长发散乱。[②] 我们从中感受到幼稚的虚荣，但也体会到了强烈的感动。提布卢斯探究了情人将爱情对象安排成自己希望的样子的欲求，但我们知道不能用这种方式决定未来。在第五首诗中，与德里娅分手后的诗人回想起他曾经憧憬两人一起过上乡村田园生活，但他最后表示，一切只是想象。[③]

后来，他扩大了自己的故事，与另外两人坠入爱河：一个名叫涅墨西斯（Nemesis）的女孩和一个名叫马拉图斯（Marathus）的男孩——其他哀歌诗人并未采用过同性主题。故事的背景细节寥寥无几：涅墨西斯的妹妹摔出窗外；[④] 一个令人讨厌的老头也在追求那个男孩。[⑤] 诗人可能还有另一个钟情对象：维吉尔的诗歌，特别是第二首牧歌。因为他显然对柯吕冬思想中的反复心理变化着迷。这在他写给马拉图斯的一首诗中尤为明显：[⑥] 那个男孩显然不在面前，争论发生在诗人自己的头脑里。他时而高尚和大度，时而又变得尖刻。诗人告诉情敌（同样完全存在于想象中），他的嫂子是个婊子，他的妻

---

① 《哀歌集》1.3.89–90。
② 《哀歌集》1.3.91–2。
③ 《哀歌集》1.5.19–36。
④ 《哀歌集》2.6.39–40。
⑤ 《哀歌集》1.9。
⑥ 《哀歌集》1.9。

子也会变成那样。然后，诗人的心情稍好了一些，注意到她还是足够正派的，但本能地抗拒衰老和患有痛风的丈夫的拥抱。但随后，诗人想起正是那个人睡了自己的男孩。最终，他像柯吕冬那样迸发出幼稚的不屑：自己会爱上另一个少年，马拉图斯将感到后悔。

提布卢斯年纪轻轻就去世了，有16首诗歌留存下来，没有证据表明他还写过更多。昆体良认为他是最高贵和优雅的哀歌诗人，但补充说，"有人偏爱普洛佩提乌斯。"[①] 普洛佩提乌斯（生于约公元前50年）是又一位来自意大利腹地的士绅，出身翁布里亚阿西西城的头面家族。在第一卷诗集中，他用平等者的口吻对年轻贵族们讲话。但从第二卷开始，他称马伊克纳斯为庇护人，尽管比起圈子里的其他人，两人的关系没有那么密切。这背后肯定有他家族没落的故事。我们在他身上看到了后来将在西方文学中重新出现的形象：被诅咒的诗人，即作为堕落灵魂或道德不法者的诗人——或者我们应该说他希望把自己想象成那个角色。他的第一首诗以情人的名字开头，确保卿提亚（Cinthia）成为整卷诗集的标题。"首先是卿提亚……"——开篇语表明她主导了诗人的生活和诗作。他称自己的恋情是"没有价值的"，表示卿提亚教自己躲避美丽的姑娘，过漫无目标的生活。他形容自己"一无是处"，处境犹如奴隶。

---

① 《演说术原理》10.1.93。

但普洛佩提乌斯表示，他希望"把最后一息也留给这种没有价值的生活"。[①]那么他究竟是享受这种奴役，还是为此痛恨自己呢？他究竟后悔这种没有价值的生活，还是在反抗传统的体面——后者给他热情拥抱的生活方式贴上了"没有价值"的标签。诗人的部分魅力在于，他似乎无法认清自己：我们看到不安和犹豫的灵魂陷入了辗转反侧。作品中可以看到一丝求死之念，也许他知道这不仅是故作姿态。他还表示，许多人在漫长的恋情中幸福地死去，他希望自己被埋葬时也能加入他们的行列。[②]他想象着年轻人造访自己的墓地，称他为"描绘我们自己爱情的伟大诗人"。

他还向我们展现了作为美学家的情人，将自己描绘成对文学和视觉艺术具有深刻情感的人，并把对这些东西的关心带到对卿提亚的体验中。美学家在他的一首杰作中（第一卷第3首）走到了前台。他首先呈现了一系列画面：比如被忒修斯的座船抛弃的阿里阿德涅，又如被从岩石上救下后沉沉睡去的安德洛墨达（Andromeda），或者精疲力竭瘫倒在草地上的酒神女——在诗人眼中，睡梦中的卿提亚就像那样。不过，诗人随后粉碎了自己创造的可爱静谧，他脚步蹒跚地走进了画面，醉醺醺地不怀好意。他想要在卿提亚不省人事时占有她，但随即改变了主意，回忆起她犀利的舌头。于是，他转而变得感伤，把花冠

---

① 《哀歌集》1.6.25-6。
② 《哀歌集》1.6.27-8。

戴到她的头上，重整了她的头发，并将苹果放到她手里——美学冲动再次出现——直到月光将她唤醒。卿提亚愤怒地指责了他的不忠，诗歌就此结束。

上述段落的美体现在其开放性。他们是否在争吵后重归于好？那一夜在做爱还是怨恨中结束？我们无从知晓。我们只有故事的片段，一小片被照亮的空间，之前和之后都被黑暗笼罩。普洛佩提乌斯的某些动机可能源于希腊警铭诗：窗棂间透进的月光，叙事者对睡梦中姑娘的不轨举动。[1]但这些元素现在被融入了更加复杂和多层次的叙事。现在是女方占了上风，她的犀利阻止了男方的性冲动。与提布卢斯一样，他对情人的外貌举止应该如何有自己的想法，但真正活生生的女子不会成为他试图造就的被动形象。

在可能是他最好的一首诗中（第二卷第 15 首），胜利混合了忧伤与不屑。他在自己享有的"光洁夜晚"中，在挑逗、裸露和共同的欢愉中喜形于色，还想象着未来的可能——伤痕与撕破的衣服。他坚称眼睛是爱情的向导，不愿做他看不见的事。但随后，他的思想转向另一个夜晚，即不会再有白日回归的长夜。最后，他激动地敦促情人不要放弃生命的果实：即使她把所有的吻都给他，他们也会觉得不够。"就像这些从干枯的花

---

[1] 月光动机见《帕拉丁诗选》(*Anthologia Palatina*) 5.123（菲洛德墨斯）:夜晚的月，照亮吧，长着两个犄角的守夜者，照亮吧，透过精美的窗棂照进来；对睡梦中的姑娘行不轨的动机可能源于希腊新喜剧，参见泰伦斯《阉奴》599 行起，查士丁尼时代的拜占庭诗人——"静穆司"保罗也用过该主题，见《帕拉丁诗选》5.275。——译注

冠上掉下的叶片,你看见它们漂浮在酒杯中,情侣们也一样,我们现在纵情,但明天我们的命运也许就会终结。"从弥涅摩斯以来,叶片暗示了我们生命的短暂,但现在它们漂浮在带来生气的美酒表面——这个细节既有视觉感染力,又富有情感表现力。宴会即将结束,但让人非常尽兴。因为最后这几行诗赞颂了生命的美好,尽管死神会投下阴影,但最后一个词是"白日"。在这位颓废的情歌诗人最早作品中,我们看到了某种可能意想不到的力量。

有时,他的直言不讳更加骇人。在一首诗中,作者回忆起另一个激情之夜(再次出现了咬伤和抓伤),他宣称性爱中应该加入暴力作为调味品,并鄙视那些爱情生活四平八稳的人。① 他还说,刚从特洛伊的战场上回来的帕里斯能享受到更多的激情;当希腊人节节胜利,当蛮族赫克托耳仍在战场上为祖国的存亡而战时,帕里斯却在海伦的怀抱中参与最激烈的战斗。这番话是有意的挑衅,因此也是有意表现得不严肃:没人会严肃地把帕里斯的临阵脱逃放到比他哥哥的勇敢更高的位置。

在第三卷中,普洛佩提乌斯转到新的方向,或者至少他自称如此。他首先提及两位希腊诗人——卡利马科斯和菲勒塔斯(Philetas)——并将多次同时提到这两个人,仿佛他们是培根和煎蛋。我们对菲勒塔斯所知寥寥,此人活跃于公元前4世纪

---

① 《哀歌集》3.8。

末，普洛佩提乌斯对他的了解可能也不多。反复不加区分地提到两人说明他对两者都不感兴趣。他的希腊风格的音调略带戏谑味道，一反更加严肃的诗人们在提到启发过自己的希腊人时的郑重其事。他似乎在说，如果维吉尔和贺拉斯能做到，我也能。事实上，在第 3 首诗之后，卡利马科斯对普洛佩提乌斯的第三卷诗集没有什么贡献。

在前两首诗中，普洛佩提乌斯指出这卷诗集将融合关于爱情的新话题和旧主题，事实果然如此。在该卷的结尾，他宣称自己与卿提亚的恋情终于结束，但他的口吻让我们可能对其彻底性提出疑问。事实上，这远不是与卿提亚的道别。诗集的第四卷和第五卷的确有了新的主题。他在其中自称"罗马的卡利马科斯"，但现在这并非指涉风格，而是表示主题内容：他讲开始创作关于罗马仪式和习俗起源的诗歌，就像卡利马科斯对希腊的相关内容所做的。这卷十二首诗歌中的一半都与该计划有关。

在这里，普洛佩提乌斯的真正范本是维吉尔。他在诗中描绘了翁布里亚河谷的特有风貌，就像维吉尔曾描绘过明基乌斯河的特有风貌。诗人写道，他写作的目的是"让翁布里亚以我的诗卷为荣，翁布里亚，罗马的卡利马科斯的家乡"。[1]这三个专名涵盖了带给他生气的三种东西：文学、地点和民族。他的

---

[1] 《哀歌集》4.1.63–4。

灵感首先来自《埃涅阿斯纪》第八卷。在自己的诗卷伊始,他描绘了埃涅阿斯到来前罗马城的所在地,那里曾是杂草丛生的小山岗;还有陶制的神像,现在已经让位于黄金的庙宇;当然还有埃万德的牛群,当年放牧的帕拉丁山上现在矗立着阿波罗神庙。现在,他正把被维吉尔融为一体的幽默、感情和爱国精神纳入自己的想象。

最后一卷中只有三首诗是关于卿提亚的,但其中包括两首最长的该主题作品,每首都很华丽。[1]第二首是一部狂热和喧闹的喜剧,用意想不到的方式让我们最后一次见到卿提亚。第一首的时间更晚,因为卿提亚已经去世,她的鬼魂出现在诗人梦中。她看上去一度显得愤怒而怨毒,但最后带着不屑的激情表示:"现在别的女人可以占有你,很快只有我能拥抱你"——他们将融为一体,骨殖相互混合。我们再次看到了对死亡的幻想,但具有某种超越生死的新力量和实在性。

普洛佩提乌斯在公元前15年左右完成了第四卷,我们对他此后的情况一无所知。也许他死了,也许他只是陷入了沉默。有的诗人无论是否还有灵感都会身不由己地继续写下去,有的诗人则只在有新东西要说时才写。普洛佩提乌斯似乎属于后者。他的作品数量不多,只有不到90首诗,但它们很少有无趣的;有少数几次,他还到达了很高的水平。

---

[1] 《哀歌集》4.7 和 4.8。

与维吉尔和李维这两位奥古斯都的拥趸一样,贺拉斯(公元前65年—前8年)也出生在远离罗马的地方,他的家乡维努希亚(Venusis,今天的维诺萨[Venosa]坐落在距离意大利"脚跟"不远的群山中)。他还是另一种意义上的边缘人,因为他的父亲曾是奴隶。贺拉斯亲口告诉我们,他曾因此受到耻笑。贺拉斯早年生活多艰。尤里乌斯·恺撒遇刺后,他加入刺杀者布鲁图斯(Brutus)和卡西乌斯(Cassius)一派,在公元前42年的腓力比(Philippi)战役中成了失败一方。他幽默地引用了阿尔喀洛科斯,称自己"丢弃了盾牌(并不光彩)"。[1] 经过一段可能相当绝望的时期,马伊克纳斯把他吸收进自己的圈子,从此他获得了安全。

贺拉斯受到庇护后的早期作品是些"长短句"(epodes)和讽刺诗,这也许出乎我们的想象。"长短句"仅仅表示用不同格律形式写成的诗歌:贺拉斯有意营造出粗糙的效果,他的范本是阿尔喀洛科斯和希波纳科斯。最令人吃惊的也许是两首非常猥亵的作品,描绘了与老女人发生性关系的恶心。[2] 还有两首是关于女巫的,其中之一描绘了折磨和杀害孩子,另一首详述了大蒜和口臭。[3] 其他作品是对未具名敌人的诅咒和辱

---

[1] 《歌集》2.7。
[2] 《长短句集》8和12。
[3] 《长短句集》5、17和3。

骂,奇怪的是很难令人信服,仿佛口出不逊更多出于职责而非乐趣。一些作品涉及公共问题,或者用到类似贺拉斯后来的抒情诗主题,但总体上说,从中很少能预见他后来的荣耀。

他称自己的两卷讽刺诗为"闲谈"(Sermones),法语causerie也许最能表达这种意思。在早期的讽刺诗中,他似乎特别追求结合嬉闹热情、犀利和突兀,就像他的范本卢基利乌斯(该体裁最杰出的诗人,活跃于一个多世纪前),直到他发展出如同对话般流畅的个人新风格。文学本身也是"讽刺"的合适主题,第一卷中的两首作品讨论了卢基利乌斯。[1]它们关注他的风格,显得相当挑剔。卢基利乌斯写得太多——他可以单脚站立,在一小时内写出五百行——如果生活在当下,此人的技术可能更进一步。贺拉斯在第二卷中再次提及卢基利乌斯,但口吻截然不同。[2]现在贺拉斯觉得,卢基利乌斯的优点在于,我们可以对此人的整个生活一览无余,他似乎把某些本该只告诉朋友的私事也透露给了我们。他的理念是,个体本身就是有趣的,私密的平常之事也有自己的价值。蒙田之所以爱自己最好的朋友,仅仅"因为那是他,因为这是我"。与之类似,卢基利乌斯的价值在于向他的读者们展示了卢基利乌斯。

贺拉斯向我们透露的个人信息要超过其他任何古代诗人。在《讽刺诗》第一卷第6首中,他已经提供了自传的片段——

---

[1] 《讽刺诗》1.4 和 1.10。

[2] 《讽刺诗》2.1。

父亲对他的厚望,他在罗马的童年,维吉尔和瓦里乌斯如何把他引荐给马伊克纳斯——但以更加无关紧要的事结尾:他描绘了自己如何在城里度过一天,四处散步,逛食品市场,请人算命,吃蔬菜和煎饼。我们在这里看到的是纯粹的平凡,没有任何事件,这种描写非常新颖。忒奥克里托斯的中产妇女是为了去听神庙的歌会才匆忙穿越了亚历山大的街道。但贺拉斯的闲游全无故事或特别意义,他只是把任意一天的往事写成诗歌。在第二卷第6首中,他首先感谢马伊克纳斯赠与田庄,并祈求墨丘利让自己的好运持续终生。作品的语气既随意又隐含兴奋,既表现出一丝略带自贬的淡淡幽默,又不失严肃,展现了特别的稳重。动物寓言故事适合"讽刺"的低调风格,贺拉斯最后讲述了城里老鼠和乡下老鼠的故事。他在这首诗中发现了新的个人与哲学反思,并会在他的《书信集》中重拾它们,但他暂时先将其放在一边。

抒情诗有时被认为是年轻人的游戏,但贺拉斯开始专心创作抒情诗时已经年过三十。在差不多十年间里,他写了将近90首诗,并于公元前23年编集成三卷。英语中传统上称它们为颂诗(odes),但贺拉斯仅仅称其为《歌集》(*Songs*)。他最喜欢的抒情诗格律是阿尔凯奥斯体,并对其加以改造。在阿尔凯奥斯允许自己选择可长可短音节的地方,贺拉斯几乎都使用了长音节。特别是他始终在第三行中间使用连续三个长音节,而且这个地方大多由一个单词占据。所以,尽管他没有破坏阿尔凯奥斯的任何规则，但他使用这种格律的每个诗节都比阿尔开俄斯本人留存的任何作品更加庄重。贺拉斯的诗节形态华丽，与庄重的第三行相比，第四行的节奏更加轻快（短-长-长-短-长-长-短-长-短-短）。他用这种格律创作了多种体裁的诗歌，但新的庄重感使其特别适合他更加公开和激昂的词句。

在第三卷的开头，他安排了六首政治和民族主题的长诗，现代学者一般称其为"罗马颂诗"。它们的主题和风格仿照品达，显得粗犷而突兀。在后期的《歌集》第四卷中，他将直接提到品达。那位希腊诗人就像雨后汹涌的山涧，声音低沉，奔涌出不受规则束缚的诗句。[1] 第二种比喻描绘了贺拉斯本人：[2] 他是个无名小卒，所写的诗歌经过精心打造，就像不停劳作的蜜蜂，从树林周围的百里香上采集花蜜，从蒂沃利（Tivoli）河中汲水。就这样，他宣扬了作为诗人的自我意识，认识到自己是第二等的，像昆虫觅食般从不同地方收集材料。一边有志于成为自己时代的品达，一边又意识到不可能，两者在他的公开颂诗中形成了张力。这也体现在他的诗歌形式中：他使用独唱诗人的格律和合唱诗人的主题。在贺拉斯最宏大的两首抒情诗中，他最终退缩了，让活泼的缪斯回到她原本所属的更轻快主题。[3]

---

[1] 《歌集》4.2.5–27。
[2] 《歌集》4.2.27–32。
[3] 《歌集》2.1 和 3.3。

我们不应认为这种自贬完全是假意的。"罗马颂诗"是非凡的表演，但并非贺拉斯最好的作品。他的许多颂诗有情色意味，很容易造成误解。其中一些的确是轻佻的性喜剧片段，但不能推定贺拉斯认为爱情不重要，认为那是属于生活边缘的东西，一旦青春逝去就应该将其弃置一边。如果仔细阅读，我们会发现他的诗句赞颂激情，但采用不同于当时其他诗人的风格。哀歌诗人写的是第一人称的虚构作品，即他们诗歌中的说话者被看成提布卢斯或普洛佩提乌斯等人。这并不意味着普洛佩提乌斯的某首诗必然描绘了历史上的普洛佩提乌斯真实生活中的事件，而是仅仅表示说话者"我"是这首虚构诗歌中的普洛佩提乌斯。对哀歌诗人而言，我们可能会看到作者在不同的诗歌中表现自己和其他人时注重连贯和一致。

贺拉斯的情况则并非如此。在某些颂诗中，说话人肯定是贺拉斯，因为他提到了贺拉斯生活中特有的事件。在另一些作品中，我们似乎身处某个永恒的希腊或希腊-罗马世界；我们可能不确定是否应该把说话者与诗人画上等号，而且也不必知道。某首诗中的吕迪娅和克洛娥也许不是另一首诗中的吕迪娅和克洛娥，在某些情况下则完全不可能。比起哀歌诗人，我们看到了更加接近维吉尔《牧歌》的美学。提布卢斯和普洛佩提乌斯展现了某种现实主义，贺拉斯则宣扬某种技巧。

在唯一一首采用男女二人对话形式的作品里,[①] 我们听到诗中提及吕迪娅,色雷斯人克洛娥,以及图里翁(Thurium)人奥努图斯(Ornytus)之子卡拉伊斯(Calais)。这并非罗马生活的片段;相反,我们正置身于那个永恒的希腊世界,诗中的地理状况几乎与维吉尔田园诗中的一样混乱。同样的模式出现了三次:男子说了四行,女子每次都做出回答,模仿并改变男子的话,与之针锋相对。故事在短短的篇幅中呈现出来:两人曾是情侣,但现在各自有了新的意中人,而且都表达了对新欢的热烈感情。但男子随后开始追问:如果他丢下新欢,再次向旧爱打开大门会怎么样?女子在诗歌结尾承认,虽然她的新欢比星星还漂亮,而她的对话者既无能又脾气暴躁,她仍然愿意和他生活,很乐意和他一起死去。

这首作品追求歌剧效果,讲究对称、悦耳和明显的造作。但它讲述了做错选择的人生。两人看似仍然爱着对方,但同样似乎无力挽回:"我愿意……我乐意……去死。"贺拉斯在幽默与悲伤间寻求平衡,就像罗伯特·勃朗宁一首诗中的情侣那样:

> 这只能发生一次,
> 我们错过了,就永远失去了。[②]

[①] 《歌集》3.9。
[②] 勃朗宁,《青春与艺术》(*Youth and Art*)。——译注

贺拉斯用无可指摘和才华横溢的掌控展现了人类的纠结与困惑。我们也许还注意到,这个关于混乱内心的故事中包含了生死不渝的热烈爱情理想。这是成熟技艺的产物:沉默和紧凑让诗歌更为动人。

作品的感情风格与哀歌诗人钟爱的多愁善感截然不同。贺拉斯有两首诗是写给此类诗人的。① 首先是写给阿尔比乌斯(Albius)的,可能指阿尔比乌斯·提布卢斯,也可能不是。贺拉斯敦促他不要为格里克拉(Glycera)过于悲伤,停止在阴郁的哀歌中唠叨她如何抛弃自己,投入更年轻男子的怀抱:维纳斯女神喜欢残忍地捉弄人,世事大抵如此。另一首诗写给了朋友瓦尔基乌斯(Valgius)。贺拉斯劝朋友不要不断用催人泪下的诗句描绘死去的少年穆斯特斯(Mystes),而是应该振作起来,描写奥古斯都的光辉业绩。说实话,这不是那位伟大诗人最好的作品,但和写给阿尔比乌斯的诗歌一样,它让我们对他的诗学观念有了很多了解。他对哀歌诗人的诟病在于他们让自己过度沉湎于情感,有欠阳刚和节制。这既是美学观念也是道德态度,既涉及应该如何写诗,也涉及应该如何生活。

作为贺拉斯最为光彩夺目的诗歌之一,他描绘了吕迪娅和忒勒弗斯(Telephus)这对情侣,让我们仿佛再次进入了那个永恒的希腊世界。② 诗人注意到男孩绯红的颈部和蜡般的双

---

① 《歌集》1.33 和 2.9。
② 《歌集》1.13。

臂，并描绘了他优美而激烈的欢爱在女孩白皙的双肩上留下了瘀伤，他的牙齿在女孩的嘴唇上留下了咬痕。诗人嫉妒地注视着，但他的表达具有某种优雅和略嫌冷漠的性感，就像布龙奇诺（Bronzino）的画。不过，这首造作和夸张的作品最后宣称，情比金坚和生死不渝的人享有三倍甚至更多的幸福。和那首二人对白诗一样，对热烈忠贞的这种向往因其冷静的表达形式而更加感人。

贺拉斯为人坚毅。他在维吉尔的一位朋友去世时写诗安慰，[1]诗歌的结尾表示："虽然艰难，但忍耐会让无法弥补之事容易承受些。"关于克娄佩特拉之死的颂诗中同样可以看到坚忍。[2]他在这首诗的开头对阿尔凯奥斯一首作品做了意味深长的改动，将"现在让我们酣醉"改成"现在让我们畅饮"。两位诗人都在庆祝暴君的死，但希腊诗人酩酊大醉，罗马诗人则号召举办一场有珍贵佳酿的筵席。诗人在随后的几行中痛加申斥，但随即又用了更加冷静和淡然的比喻：屋大维让她受惊逃窜，就像猎人在色萨雷雪地上追赶野兔。诗歌从咒骂转向对女王的致敬：她过于高贵，无法接受羞辱的死亡，她不像其他女人那样畏惧刀剑，而是平静地看着自己宫殿的废墟，勇敢地拿起了毒蛇等。诗人特意让自己的赞颂有限而含糊。与克吕特涅斯特拉和麦克白夫人一样，我们可能对这个男性化和不自然的

---

[1] 《歌集》1.24。
[2] 《歌集》1.37。

女人既钦佩又恐惧。贺拉斯在诗尾用了"胜利"这个罗马人最嘹亮的字眼,保持了坚毅风格。

贺拉斯在颂诗中既显露又隐藏了自己。情色诗歌中的那个中年人的声音——他不再追求少女了吗?不,也许还没有——似乎是,但我们不能总是认定叙述者就是诗人自己。在一首"罗马颂诗"中,① 他把只属于自己的细节和让我们难以置信的幻想结合起来(童年时,鸽子投下绿叶保护睡梦中的他,因为他将成为诗人)。我们既看到了他本人,也看到了他身上的先知外衣。他在一首诗中敦促年轻朋友留意冬日风貌和白雪皑皑的索拉科特山(Mount Soracte),诗中充满了长辈的口吻:② 他命令道,把木头投入火中,倒上美酒,将未来留给神明。然后,他的思绪从乡村转向城市,从冬日转向夏天。乘着青春正当葱郁,白发尚未侵凌,应该在暮色中轻言细语,而静谧角落传出的女孩笑声暴露了她的行迹,她会半推半就地拒绝你夺走她手指上的信物。绿与白,夏天与冬天,年轻与衰老——别的诗人可能会围绕它们做太多文章,但这首诗结合了超脱与亲密,庄严与幽默,哲思与生动的场景描写,以贺拉斯特有的方式把它们融为一体。

贺拉斯用一首自豪的跋诗结束了《歌集》第三卷,这首诗将被许多人重复和效仿,其中包括奥维德和莎士比亚:"我

---

① 《歌集》3.4。
② 《歌集》1.9。

完成了这座纪念碑，它比青铜更恒久，比皇家金字塔更巍峨……"[1]然后，他回归六音步体，创作了一卷《书信集》（英语中通称为Epistles，但拉丁语的Epistulae没有显得那么冠冕堂皇）。贺拉斯在这部作品中更加自信地发展了首见于其讽刺诗中的对话口吻，显得亦庄亦谐。与此同时，他发明了诗体书信这种新体裁：除了最后一首，这些诗歌都写给真实存在的人，友谊是他的主题之一。贺拉斯表示他谈论的是哲学，但我们应该将其理解成最广义的行为准则，内容从恪守道德到"如何在社会中立足"，绅士的举止位于两者之间。与此同时，贺拉斯用间接但生动的画面描绘了自己，包括他的生活和品位。提供道德建议的人可能显得自以为是，贺拉斯通过加入刚好适量的自嘲避免了这点。

诗集的代表作是写给马伊克纳斯的第七封信，最详实地呈现了两人亲密但互不相让的关系。贺拉斯责怪庇护人要求他始终伴随左右：如果想要贺拉斯追随，那么请还给他年轻的活力、黑色的头发和两人因为轻浮的基娜拉（Cinara）而共同发出的笑声。书信随后讲述了一个故事：富人看到遮阳棚下坐着个正用小刀修建自己指甲的家伙（贺拉斯作品中的任何东西也像这项精准而不雅的手艺一样细致）。富人对这幕景象深为着迷，于是安排那人成为农民。但这个计划失败了，那个不幸的人请

---

[1] 《歌集》3.30。

求回归城市生活。这是城里老鼠和乡下老鼠故事的翻版,但结局相反,提醒我们尽管贺拉斯经常念叨喜欢农村,他同样非常享受城市生活。

诗中出现了一个新名字:基娜拉。当贺拉斯告诉自己庄园的管家,他已经认识后者很久时——当时他仍受基娜拉的青睐——那个名字再次出现。[1]基娜拉也出现在《歌集》最后一卷。换句话说,她只在去世后才现身于贺拉斯的诗歌中,代表了逝去的时光和诗人的日益衰老。她真实存在过吗?无论是真实抑或虚构,或者介于两者之间,基娜拉向我们展现了贺拉斯在自我披露时多么谨小慎微,即使在较为公开的六音步体诗歌中。不过,在《书信集》最后"致自己的诗"中,他如实描绘了自己,他的范本是维吉尔在《农事诗》最后对诗人个体的描绘,但在个性主义上迈进了一大步,因为他描绘了自己:他是获释奴隶的儿子(诗人在这里重复了多年前在一首讽刺诗中两次用过的表述),后来加入了罗马最伟大之人的圈子。他身材矮小,头发早白,面色黝黑,容易发脾气,但很快会冷静下来,最后,他给出了自己确切的年龄,甚至包括月份。凭借这些信息,我们得以对他做出"身份认证",没有其他哪位古代作者能让我们做到这点。

他还创作了另外三篇诗体书信:一封写给奥古斯都,信中

---

[1] 《书信集》1.14。

第一次直接对皇帝讲话;一封写给朋友弗洛卢斯(Florus),包含了他最直接的一段自我介绍;另一封写给著名的皮索(Piso)家族成员,更为人所知的名字是《诗艺》(*The Art of Poetry*),信中的准则将从文艺复兴开始产生巨大影响。晚年,他回归抒情诗,所写的15首作品被编为《歌集》的第四卷。其中一些是宫廷或爱国作品,和过去一样出色,但略显呆板。在个人诗歌中,有几首流露出老之将至的悲凉气息。在写给弗丽斯(Phyllis)的诗中表示,她"是我最后的爱,因为再不会有哪个女人让我血脉偾张"。[①]另一首诗敦促某个商人[②]别再忙着赚钱,在黑暗之火到来前享受些快乐:他应该在理智中加入少许愚蠢,时而装一下傻令人愉快。[③]诗集的第一首作品表达了他在时隔多年后再次感到爱情折磨时的痛苦:诗人祈求维纳斯怜悯,因为他已经不是美貌的基娜拉统治下的那个人了。作品随后似乎转向其他主题,但诗人最后透露,现在让他魂牵梦绕的是一个可爱的男孩。我们也许会觉得,贺拉斯做出这种忧伤的转变有点为时过早,但古人几乎没有中年观念:人从青年走向老年,中间没有多少过渡。贺拉斯的确已经接近生命终点,他去世时55岁。[④]

---

① 《歌集》4.11。
② 这首诗写给一个叫维吉尔的人,有些学者认为就是诗人维吉尔。——译注
③ 《歌集》4.12。
④ 应为57岁。——译注

尽管有大量作品失传，在诗歌方面，我们还是能相当清楚地了解从卢克莱修到奥古斯都统治时期的文学发展脉络。但史学方面的资料更加支离破碎。留存至今的最古老拉丁语史书是尤里乌斯·恺撒（公元前100年—前44年）的高卢征服战争回忆录。他对战斗的叙述也许是罗马史学家中最为清晰和有说服力的。与《万人远征记》中的色诺芬一样，他也用第三人称表示自己，以表面上的客观对他的性格和能力做了非常积极的描绘。他的散文明晰、平实而简洁，这种行伍风格也许会让我们很难意识到，20世纪前很少有人给人类带来过如此多的苦难。西塞罗把他的风格比作裸体，直白、优雅、没有任何文学装饰[1]——这种评价非常准确，尽管有恭维的意图。后来，恺撒还记述了与庞贝的内战。在作品的高潮部分，他一改惯常的冷静，描绘了一系列异兆。在一座希腊的密涅瓦神庙中，胜利女神像转身朝门外看，即背对女神，面朝恺撒本人。[2] 这既不谦虚也不可信，但表现出对艺术形式的意识。

萨鲁斯特（Sallust，公元前86年—前35年）的代表作《历史》（*Histories*）只有少量摘要留存，但有两部较短的专著传世：《喀提林阴谋》（*War against Catiline*）和《尤古塔战争》（*War against Jugurtha*）。他的灵感来自修昔底德，甚至在风格选择

---

[1] 《布鲁图斯》262。
[2] 《内战记》3.105。

上也效法后者。我们也许还记得哈利卡那苏人狄俄尼修斯对修昔底德代表的朴素风格的描绘。哲学家塞涅卡将用类似的语言形容萨鲁斯特的风格,称其故意使用"截头去尾的警句,用词晦涩而简洁,令人意想不到"。[①] 这是一种巧妙的风格,粗糙而突兀,带有古朴味道。与修昔底德一样,萨鲁斯特强调主题的重要性:他以尤古塔战争为题是因为它的规模,因为它标志着将对贵族斗争的开始,将对意大利造成重创——这个理由非常奇特。类似的,他选择喀提林阴谋是因为那是一次特别令人难忘和危险的罪行。他还和修昔底德一样提出了重要思想:罗马的国家动乱是道德堕落的结果。活力和节俭让罗马伟大,但伟大带来了财富,财富又带来了贪婪和懒惰,世俗比美德更受推崇。人们经常批评罗马人从道德角度解释历史过程——这在某种程度上是不公正的。在一个没有专家和统计学,没有"某某学"和"某某主义"的世界里,很难找到其他解释。就此而言,现代历史学家的许多分析——经济学、社会学或阶级斗争等角度——在根源上也许仍是道德式的。不过,萨鲁斯特关于堕落的思想过于笼统和庸常,比不上修昔底德强烈的冷静客观。但他不失生动和有力。《喀提林阴谋》的核心是尤里乌斯·恺撒和加图的讲话,一方主张对被捕的阴谋者网开一面,另一方表示反对,这同样是修昔底德的手法之一。

---

① 《道德书信》114.17。

那个时代最伟大的历史学家可能是阿西尼乌斯·波里奥（Asinius Pollio，公元前76年—公元4年）。和修昔底德一样，他也是政客和将军。公元前1世纪30年代，他结束了政治生涯，但在此之前他就对文学感兴趣。卡图卢斯称赞过他,[1]维吉尔用第4首牧歌向他致敬，贺拉斯最具政治色彩的一首颂诗也可能是写给他的。[2]波里奥创作过诗歌、悲剧和演说词，但他的声望主要来自《历史》，这部作品记述了庞贝与尤里乌斯·恺撒的内战，并一直延续到恺撒遇刺后几年。贺拉斯强调说，波里奥的内战故事开始于梅特卢斯（Metellus）担任执政官的那年，即公元前60年。换句话说，他回到了战争爆发十年前挖掘冲突的根源。波里奥讲述了"战争与罪恶的起因，以及事情发生的方式"——诗人的评价暗示了洞见和道德义愤。波里奥的《历史》和诗歌已经失传，令他意想不到的是，唯一留存下来的是他在公元前43年写给西塞罗的三封书信。[3]它们给人留下了坚韧和仁慈的印象。《历史》中留存下来的最长片段恰好是对西塞罗的总结评价，显得既准确又公允。波里奥希望西塞罗在成功时更加克制，在逆境中更加乐观，但西塞罗的缺点在于，无论身处何种情况，他都无法想象局面会改变。这种评价一针见血：西塞罗在得势时骄傲自大，在失势时陷

---

[1] 《歌集》12。
[2] 《歌集》2.1。
[3] 《与友人书》10.31-3。

入绝望。

波里奥还批评了其他历史学家，而且可能相当严厉：他指责萨鲁斯特风格陈腐，李维思想狭隘。①李维（公元前59年—公元17年）生于帕多瓦，是又一位来自波河彼岸的北方人。他的史学巨著《建城以来史》（*From the Foundation of the City*）涵盖了从罗马诞生到当代的历史，共计142卷，相当于现代的20—30册，其中约四分之一流传至今。他自称作品的动机是爱国，好让人们铭记这个世界上最杰出的民族。他对过去怀有浪漫的激情，表示虽然读者们可能对近代之事更感兴趣，他却喜欢研究遥远的时代，以便逃避当下的罪恶。他遗憾地表示，当代人通常认为神明不会降下先兆。②至于他本人，在记述往昔的岁月时，他的思想有点"变得古老"。古代的智者们认为先兆很重要，对他们的尊重促使他把这些东西也写进了自己的史书。我们与修昔底德已经相距遥远，但可能觉得并未走在前进的方向上。

李维知道罗马的史前故事带有传说性质，但还是把它们收入作品中，理由是古代故事允许人与神共处，让城市的起源具备更加神圣的色彩。③他对罗马中期信息的可靠性持何种观点就不太清楚了。李维不是研究者：在作品的每个部分，他都

---

① 苏维托尼乌斯，《论文法学家》10；昆体良，《演说术原理》1.5.56 和 8.1.3。
② 《建城以来史》43.13。
③ 《建城以来史》序言。

依赖一位或多位早前的历史学家,并改编他们的叙述。和萨鲁斯特一样,他也相信罗马出现了道德堕落,但追溯这种堕落的后半部分作品已经不复存在。他的风格华丽、流畅而多变,昆体良称赞其"如牛乳般醇厚"。[1]作品中的一些段落令人难忘,充满了戏剧性和感染力,比如城市陷落或战斗失利的消息,或者阿尔巴人被从生活了四百年的家乡驱逐。[2]但纵观整部作品,形象模糊的战斗和虚构的演说反复出现,令人感到厌倦。但也许我们不应忘记,对他最早的读者来说,这部作品是陆续出版的,对我们来说显得重复的内容也许曾被看作民族故事的又一段连载。不过,在学术上最有抱负的古代历史学家会研究接近当下的时期,因为只有那些时期具备充足和可靠的信息,让严肃分析成为可能。无论如何,那不是李维的擅长。

奥维德(公元前43年—公元17年)与其他奥古斯都时代的诗人有所差异,他更加年轻、富有、轻浮和多产。当奥古斯都在阿克提翁的胜利事实上终结了多年的内战时,奥维德还不满十岁。不同于那个时代的其他诗人,我们从他身上看不到遭受了重大苦难的感觉。他还是这些诗人中唯一经历奥古斯都晚年暴政的,而且后果严重,因为公元9年,皇帝把他流放到黑海西岸的托米斯(Tomis)。流放的原因似乎是一次宫廷阴谋,

---

[1] 昆体良,《演说术原理》10.1.32。

[2] 《建城以来史》1.29。

但按照奥维德本人的说法，一首或几首诗也成了对他的指控理由。[①]这促使一些读者把他想象得比实际更加可怕。

奥维德最早的作品是《恋歌》(*Loves*)，这部三卷本的情色哀歌一上来就对此类体裁进行了戏谑。他在开篇表示："武器和暴力的战争是我准备歌唱的对象，我将使用适合主题的格律"——"武器"是作品的第一个词，就像在《埃涅阿斯纪》中那样。但丘比特偷走了一个音步——换而言之，他准备使用六音步体，但神明将其改成了哀歌双行体。于是他不得不坠入爱河，丘比特必须也为此做好安排。一旦坠入爱河，他请求为自己戴上锁链，把自己描绘成爱情凯旋队伍中的俘虏。令普洛佩提乌斯又爱又恨的爱情奴役成了滑稽剧。

直到第5首诗中，他才给出了心上人的名字：科里娜(Corinna)。但不同于提布卢斯和普洛佩提乌斯的作品，这名女子的身份不再具有意义。比如，第三卷中，他在观看赛马时搭讪了一个姑娘。[②]她是不是科里娜呢？这似乎并不重要。他常常有意表现得反现实。他告诉曙光女神晚点现身，不要打断他的爱情之夜。[③]诗人表示，曙光女神似乎听到了，因为她脸红了，但还是在平常的时候升起。他要求看门人让自己进去：这是个很小的要求，因为爱情已经让他变得如此消瘦，以至于

---

① 如《哀歌》2.207。
② 《恋歌》3.2。
③ 《恋歌》1.13。

只需一条细缝就可以了[1]（就像惹上麻烦的客厅侍女会说："夫人，那只是个很小的孩子"）。和普洛佩提乌斯一样，他也在某首诗的开头将自己的情人比作三位神话中的女性，但随即流于荒诞——他担心朱庇特会变成公牛、老鹰或其他什么来追求她。[2]

不过，奥维德不只是个恶作剧者，他所关心的也不仅是文学，还包括生活。与普洛佩提乌斯营造的沮丧形象不同，他断言爱情应该是快乐的。他在一首特别热情洋溢的诗中宣称"每个恋人都是战士"，[3]并对那种古老的比喻做了某些欢乐的改变，而且乐在其中。他告诉自己的情人，他们应该如何捉弄她的丈夫：比如，她可以在餐桌上把酒杯给他，他会从她嘴唇碰过的地方喝酒。[4]欺骗与戏弄是伟大爱情游戏的一部分，也带有残忍的意味。还有两首诗涉及更为残酷的话题：不举和流产。[5]

另一首作品因其更加强烈的现实感而与众不同。[6]诗人描绘了午间的炎热，以及窗帘半掩的房间，营造出适合引诱的昏暗环境。科里娜来了，半推半就地让他扯下了衣服。她一丝不挂地站在诗人面前，诗人开始冷静地从肩膀往下打量她的身

---

[1]《恋歌》1.6。
[2]《恋歌》1.10。
[3]《恋歌》1.9。
[4]《恋歌》1.4。
[5]《恋歌》3.7（6）和2.13（14）。
[6]《恋歌》1.5。

体。然后,"剩下的谁不知道呢?"在这里,不同于早期哀歌诗人们的看法,女性又成了物品。但这是对令人战栗的情欲优美而不道德的描绘,还是诗中的"我"在嘲笑自己熟练偷欢者的形象?奥维德并不深刻,但他常常比我们预想的更难以捉摸一点。

在《女杰书简》(*Heroines*)中,他让女性有了自己的声音。这些书信是想象中神话里的女性写给她们恋人的(有三封信来自男性,女性写了回信)。这个构思非常诱人,但奥维德不太擅长模仿别人的口吻,书简不像我们可能希望的那样形式多样,但其中许多颇为有趣,有几则还很动人。《爱的艺术》(*The Lover's Art*)展现了他最轻浮的一面。这部戏仿教诲诗(仍然用"不符合"教诲诗体裁的哀歌双行体写成)教导读者如何赢得异性的爱,作品主题几乎完全是引诱的艺术,只在前两卷结尾简短提到了房中技巧。对愿意实践它们的人来说,该诗提供了完全不负责任的快乐。

作品的结构随意而松散。奥维德不时岔开话题说起神话故事,通常基于最牵强的理由(酒是让姑娘心软的好方法,这里有一个关于酒神巴库斯的故事[①])。一段对奥古斯都外孙的赞美之词被塞了进去,[②]完全没有认真地试图掩饰那是后来加入的;奥维德还添加了写给女士们的第三卷,同样不愿掩饰那是

---

① 《爱的艺术》1.525–6。
② 《爱的艺术》1.176–228。

计划外的。在别的作品中，这可能会有影响，但在这里似乎只是整体上漫不经心风格的一部分。尽管主题上颇多所谓的轻佻之处，《爱的艺术》却是非常纯真的表演。与《恋歌》类似，作品将现实与幻想作为两极联系起来，但采用了不同方式：前者中很少出现地点，后者则以城市结构和新都市的生活为基础，充斥着罗马的地形信息。在这个基础之上是无拘无束的唐璜式滥情理念，完全出于幻想。

我们也许会觉得，奥维德真正喜爱的并非女士们，而是罗马的生活。他表示，如果姑娘走在柱廊下，你应该和她一起溜达，时而在前，时而在后，时而快步，时而磨蹭，在柱子间穿梭，用你的侧面去触碰她。[1] 这是一种舞蹈，优美地将求爱、建筑和无所事事交织在一起。我们可以想象——也许这正是奥维德的意图——他更感兴趣的是游戏本身，而非其表面目的。在诗中最感人的段落里，他宣称自己很高兴出生在当下的时代，并非因为它的财富和奢华，而是因为它有文化，昔日的粗鄙已经消失。[2] 奥维德是幸福新时代的赞美者，他将要遭受的意外灾难掩盖了这个事实。

奥维德计划让《变形记》(*Metamorphoses*)成为自己的代表作，并以此获得不朽。在这部作品中，他从惯用的哀歌双行体转向六音步体，开始了在维吉尔之后创作史诗的艰巨任务。

---

[1] 《爱的艺术》1.491-6。

[2] 《爱的艺术》3.121-8。

这部作品共十五卷,是奥古斯都时代最长的诗歌。他的策略是打破被亚里士多德称为史诗标志的统一性,将其分成大量片段:他讲述的不是一个故事,而是二百多个,通过共有的变形主题把它们联系起来,每个故事中有一个或多个角色被变成了兽、鸟或树,或者从女人变成男人。这是对在宏大诗篇中加入何种内容的原创回答,但也符合他的秉性。他对大型作品没有多少品位,也许也没有多少天赋:他的较长作品都采用这样或那样的片段形式。类似的,他的《岁时记》(*Fasti*,这个词表示宗教或仪式的日历)用诗体描绘了半年中的节日和仪式,每卷为一个月——这种形式让他可以将不同的神话和其他材料囊括其中。《变形记》采用了某些松散的结构原则。作品从创世开始,随后各卷快速穿越了罗马的历史,以诗人所在的时代为终点,但多数诗歌很少有编年纪事的色彩。神明的爱情出现在前期各卷中,中期各卷零星分布着一系列缺乏自制的女主角故事,但主要的创作原则是变形本身。

在古代的大型诗歌中,这部作品的原创之处也体现在摒弃道德目的和高度严肃性(除了在变形所需的异常时刻)。这是一部消遣之作,就像在杂技中那样,有时也会出现感伤段落或恐怖故事。但作品的基调是诙谐的。即使在较为沉重的段落中,通常也会很快有笑话出现。我们很难确定,奥维德对自己作品的效果有多少掌控。他是否无法抗拒俏皮话,就像某些古代读者认为的那样?或者不断流露出欢乐是这首诗的理念?

不过，这种不确定也许是玩笑的一部分。

《变形记》在中世纪及以后被广泛阅读，由此在多个世纪里成为欧洲人了解古典神话的主要来源：文艺复兴时期画布上和巴洛克时期天花板上的神明基本是奥维德版本的。因此，很容易产生古典神话本来如此的印象，但事实并非这样。奥维德对神明的处理方式是新颖的。我们看到过阿里斯托芬对神明的取笑，但在这一切的背后仍能感受到他们是真实而强大的存在。而奥维德把他们变成了游戏中的筹码，鼓励和他一样老于世故的读者轻视他们，有点类似忒奥克里托斯鼓励朋友轻视波吕斐摩斯，但少了些人性的同情。游戏的目的是消除他们的全部神性。奥林波斯的男神成了笨拙而自夸的情郎，女神成了天真的少女。

其中一些幽默显得欢乐而粗俗。当达芙妮逃避阿波罗的追逐时，后者暗示，如果她跑得慢些，自己也会追得慢些——[①]仿佛这场追求是供读者消遣的游戏（奥维德还表示，逃跑中的她甚至更美了[②]）。阿波罗还吹嘘自己在一些重要的地方受到崇拜，并指出朱庇特是自己的父亲。[③] 而在追求少女伊娥时，朱庇特本人也表示，自己并非普通神明，而是手持权杖和发动雷电的神。[④] 有的幽默更为含蓄：当一位宁芙因为被神强暴而

---

① 《变形记》1.510–11。
② 《变形记》1.527–30。
③ 《变形记》1.515–17。
④ 《变形记》1.595–6。

怀孕时，过于天真的贞洁女神狄安娜没有意识到发生了什么。奥维德语带讥讽地说："据说宁芙们注意到了。"[1]

代达罗斯（Daedalus）和伊卡洛斯（Icarus）的故事展现了他最动人的叙事技巧。[2] 这个故事讲述了一位年轻人因为飞得太高，导致翅膀上的蜡熔化并坠亡，可以用来表达两种道德寓意：不服从（他的父亲代达罗斯警告他不要这样做）或者骄傲（飞得太高）。奥维德一度似乎准备做道德说教：代达罗斯要求儿子保持适中，如果飞得太高会受到太阳的威胁，如果太低，海浪会让翅膀过于沉重。这听上去像是对美德理念的比喻，即美德是德性两极的中间值。但奥维德提出这种可能后马上弃之不顾。诗人把伊卡洛斯描绘成天真的孩子：他打扰正在制作翅膀的父亲的画面非常动人。伊卡洛斯飞得那么高是因为他"产生了对天空的欲望"——那是一种完全光荣的愿望，我们几乎无法抗拒。不过，正当我们准备流泪时，奥维德突然把故事变成了"原来如此"的故事（为何鹧鸪飞不高），把代达罗斯从令人同情的受害者变成曾经的杀人者。距离他埋葬儿子地点不远的树丛里有一只鹧鸪，巧合的是，那是他曾经的外甥佩尔迪克斯（Perdix）。出于嫉妒，代达罗斯将其从雅典卫城上摔下致死，这就是为什么那种鸟会避开高处。从英雄神话到动物寓言，从感伤到离奇，作者有意让转换显得不协调。很容易想出

---

[1] 《变形记》2.452。

[2] 《变形记》8.152–269。

从伊卡洛斯过渡到佩尔迪克斯的更平顺方式,但奥维德偏爱这种滑稽的变味。

有时,他会描绘变形的实际过程。年轻的赫尔马弗洛狄忒斯(Hermaphroditus)在萨拉玛基斯泉(Salamacis)中洗澡——这处泉水也是一位宁芙。① 宁芙像蛇一样围绕着他来回流淌,他们的身体合而为一,成了"雌雄同体"(hermaphrodite)。这幕滑溜溜的景象既美丽又邪恶。墨勒阿格(Meleager)将在一块木头燃尽时死去:② 木头烧光了,他的灵魂慢慢地扩散到空气中,就像炭灰慢慢地笼罩了炽热的余烬。这正是余烬熄灭的方式——奥维德做了专心的观察——诗句的朦胧音律也与句意相得益彰。

作品中最出色的也许是皮格马利翁(Pygmalion)的故事。③ 在早期版本中,这曾是一个变态神话:皮格马利翁国王与一尊雕像交合。艺术家与自己的作品坠入爱河的故事最早出现在这里,可能是奥维德的发明。两个对现代人产生最大吸引力的古典神话首见于奥古斯都时代诗人的作品中(我们已经提到,另一个是维吉尔《农事诗》中俄耳甫斯与欧律狄刻的故事),而且我们有理由相信两者的发明人都是罗马诗人,尽管真相无法确定。皮格马利翁的吻,隐约回馈的温暖,放在胸部的手,

---

① 《变形记》4.356–67。
② 《变形记》8.522–5。
③ 《变形记》10.243–97。

拇指的压力和由此产生的脉搏——这一切都得到了优美的描绘。

《变形记》可能被过誉了。奥维德的灵感有时捉襟见肘，特别是在最后三分之一的作品中。他的自然描写段落相当缺乏想象力，基调和风格也不如我们希望的那样丰富。相比之下，维吉尔的范围要广阔得多。不过，作品的结尾非常精彩，虽然其主要思想剽窃了贺拉斯。经过以变形为主题的前十五卷后，我们看到了某种不变的东西。诗人吹嘘说，无论时间、火焰还是朱庇特的愤怒都无法摧毁这部作品，他的名字将会不朽，只要罗马的统治持续，他就会拥有读者，在未来的所有世纪里活在盛名之中。"我将活着"（Vivam），这个词的力度不逊于任何古典文学作品中的最后一词。

他在流放中写了五卷《哀歌》（*Tristia*）和《黑海书简》（*Letters from Pontus*）。《哀歌》第二卷是一首长诗，为他自己的生活和诗歌进行了辩护，而非充满活力的表演。但奥古斯都及其继承者提比略（Tiberius）都没有宽恕他，奥维德在托米斯一直待到公元 17 年去世。差不多在这个时候，马尼利乌斯（Manilius）写了一首关于占星学的教诲诗《天文》（*Astronomy*），长达四千多行。除了此人的名字和生活年代，我们对其一无所知。该诗的大部分内容是关于黄道的复杂计算，被巧妙地放进了六音步诗体。和卢克莱修一样，他提到了自己与难以驾驭的主题的斗争，但区别在于，现在的困难不是思想上的而是技术上的。

作为斯多葛主义者,马尼利乌斯反对卢克莱修的伊壁鸠鲁主义哲学,但他的整首诗中都能感受到后者的影响。当马尼利乌斯偏离教诲主题时,他显示出了真正的诗歌天赋,善于使用崇高的句子和犀利的表述。比如,在以大段激昂之词讲述群星由神明确定的不变形状和轨迹时,他就采用了卢克莱修风格的固定套路。[1]但我们既看不到卢克莱修的深刻与激情,也看不到《农事诗》的道德想象。活跃于公元1世纪的还有截然不同的费德鲁斯(Phaedrus)。此人是获释奴隶,他的主题同样不起眼:把伊索寓言改写成诗体。在贺拉斯的作品中,此类故事被融入更长的讽刺诗或书信中。据我们所知,费德鲁斯是第一个让它们独立成篇的拉丁语作家。这些作品明晰、生动而幽默,有时相当犀利,在《殉教者列传》出现前,它们也许是我们了解真正罗马大众文化的最佳渠道。

---

[1] 《天文》1.474–531。

第十章
CHAPTER 10

奥古斯都时代之后

按照传统观点，结束于公元14年的奥古斯都统治时期是拉丁语文学的黄金时代。经过一段空白期，在尼禄（公元54年登基）统治时期开始了白银时代——作品的质量获得了复兴，但不如上一波繁荣那么辉煌。这种描绘基本上足够公允，尽管最有说服力的做法是把下限放在公元1世纪末之前的若干年，即讽刺诗人尤维纳尔和历史学家塔西陀登台之时。听听罗马人自己对此的看法很有意思。退伍军人维勒尤斯·帕特库鲁斯在公元1世纪20年代写了一部罗马史，他在作品中回顾了文学史的脉络，提出为何特定体裁最为辉煌的时期如此之短的问题。[1] 他的答案包含两个因素。首先，竞争激励了天赋：某位原创者发现了新的可能，其他作家开始忙着探索它们。我们不应混淆竞争和模仿：作家并不把同行看作模板，而是视其为催化剂。第二个因素是体裁的枯竭。任何文学形式的繁荣期

---

[1] 《罗马史》1.16–18。

都很短暂:好想法被用完,矿脉被挖光,真正有天赋和抱负的作家开始寻求开发新的领域。

上述观点颇为有趣,既因为它们看上去很有说服力,也因为它们诞生的历史时刻。有抱负的作家第一次生活在两种阴影下,不仅有希腊人的成就,还有拉丁语文学的伟大时代。当维勒尤斯写下这些话的时候,似乎没有哪位健在的诗人在自己的时代或以后是重要的。公元 1 世纪的流行观点还认为,演说术也处于衰退中(佩特罗尼乌斯的小说《萨梯里卡》中用雄辩反对雄辩:发言者声称,炫耀性演说没有实质内容,因此缺乏力量[①])。后来,在塔西佗的唯一一部非史学作品《关于演说家的对话》(Dialogue on the Orators)中,只有一位发言者不承认衰退的事实:作者再次诟病了雄辩的空洞,指责其注重警句和小聪明,哀叹共和国已经不复存在,那时的杰出人物在法庭和政治舞台上参加过真正激烈的战斗。在塔西佗看来,史学的情况也同样糟糕:他在《历史》中写道,奥古斯都掌权后,前辈作家们讲述罗马故事时的雄辩和自由消失了,"伟大的天才销声匿迹"。[②]

佩特罗尼乌斯所在和塔西佗回顾的那个时代在公元 1 世纪 50 和 60 年代达到顶峰,把反讽、风趣和尖刻推向了极端,以在每句话中塞满警句、反讽或悖论为目标。这种偏好鼓励了

---

① 《萨梯里卡》1–2。
② 《历史》1.1。

断奏风格。一位17世纪的大学老师表示："塞涅卡写东西就像公猪撒尿"，一阵阵的。[1] 塞涅卡和他的侄子——史诗诗人卢坎（Lucan）是这种风格的大师。但他们向我们展现了一种新现象："坏的好作家"或"好的坏作家"。诚然，曾经出现过有严重缺陷的作家和在某些方面比别人好得多的作家。但不曾有过这样的作品，即作者的缺点似乎成了其优点的重要组成部分，无法轻易将两者分开。

塞涅卡（约公元前2年—公元65年）自始至终都是一位斯多葛派哲学家，但作为尼禄年轻时的老师，他在失宠前一度是罗马帝国最有影响力的人之一。很少有哲学家能有如此好的机会行使真正的权力。他还创作过悲剧，有七部完整流传下来，另一部（似乎从未写完）有很大一部分存世。还有两部佚名剧作也被归于他的名下，其中一部是最长的古典戏剧——《埃特山上的赫拉克勒斯》（Hercules on Oeta），出自一位啰嗦的模仿者之手；另一部是罗马仅存的历史剧《屋大维娅》（Octavia），塞涅卡本人也作为角色现身。

塞涅卡的悲剧是非常奇特的作品，缺乏对舞台技巧的关心（比如安排人们登台和下台），这暗示它们可能只供阅读或吟诵，而非在剧场中表演。上述状况也许鼓励他把警句式风格推向极端。这些作品情节离奇夸张，角色几乎都是夸夸其谈和装

---

[1] 牛津大学三一学院院长拉尔夫·凯特尔（Ralph Kettell, 1563—1643年）语。——译注

腔作势的人。作者在多大程度上希望他们如此也许是个谜。心理写实几乎完全不见踪影。比如,当堤厄斯忒斯发现吃了自己的孩子时,他说了各种妙语和矛盾的话,唯独没有人们在意识到胃中装着自己骨肉时的真实反应。① 在《特洛伊妇女》(*Trojan Women*)中,当希腊人准备杀死赫克托耳年幼的儿子时,他们集结了军队,准备欣赏施虐景象。然后,塞涅卡随后笔锋一转:所有人在看到那个男孩时都被感动得落泪,只有男孩本人极其平静——平静得令人难以置信。②

想要最清楚地领略塞涅卡的视角,我们可以把他的作品与相同主题的希腊悲剧加以对比。欧里庇得斯的美狄亚带着孩子们的尸体离开;塞涅卡的美狄亚最终鄙夷地从空中将尸体抛给了伊阿宋。③ 欧里庇得斯的结尾展现了心理事实:她杀死孩子们的部分原因是想要把他们留在身边,无论是死是活,不愿让伊阿宋得到他们,甚至连埋葬他们的慰藉都无法得到。相反,塞涅卡为追求情节的刺激牺牲了心理上的真实感。我们看到,欧里庇得斯的希波吕托斯是宗教信徒,全身心崇拜阿耳忒密斯,崇拜高尚但不宽容的纯粹理想。塞涅卡的希波吕托斯则是一个神经质的城里人。在一段八十多行的讲话中,他对农村生活的优点、城市的腐败和时代的肮脏慷慨陈词,最后怒斥了女

---

① 《堤厄斯忒斯》1035–51。
② 《特洛伊妇女》1068–1103。
③ 《美狄亚》1024。

人的罪恶，认为她们是恶的主因。[1]奶妈短暂地提出抗议，却导致希波吕托斯对女性展开了更多谩骂："我讨厌她们所有人，她们令我战栗，我逃避和害怕她们。"即使按照塞涅卡的标准，此人也是个疯狂的极端主义者。

在作品最后，七零八落的希波吕托斯被带了进来，他的父亲开始尝试某种拼图：右手在这里，这块一定来自他的左边，那片应该放在哪里？少了很多块。[2]在欧里庇得斯《酒神女》失传的一段中，阿加维似乎整理了儿子的尸块，我们可以想象那段情节带有可怕的力量，但在塞涅卡的作品中却感受不到。最客气的说法是，塞涅卡在追求某种讥讽的恐怖，但即使如此他仍然失败了。他的许多警句非常生动，哥特式恐怖有时也具有独特魅力，但最终很难不得出这样的结论：写出如此糟糕作品的人需要真正的天赋。

塞涅卡在《升天变瓜记》(*Apocolocyntosis*)戏仿了自己的悲剧风格。这是一篇混合了散文体和诗体的墨尼波斯式讽刺作品，描绘了公元54年克劳迪乌斯（Claudius）皇帝死后升天的情景。他的科学研究《自然问题》(*Natural Questions*)为哲学准备了一席之地，但他主要通过一系列论文表达自己的哲学观点，这些论文大多很短，除了洋洋洒洒的《论恩惠》(*On Benefits*)。论文的主题是实践道德，对象包括愤怒、仁慈、心

---

[1]《淮德拉》483–573。

[2]《淮德拉》1256–74。

灵的平静和生命的短暂。他还为丧亲者写过三篇慰藉词。慰藉是件难事：很难做到不说教，而且造作和不真诚特别不适合这种体裁。苏尔皮基乌斯·鲁弗斯和贺拉斯可以做到，但塞涅卡没能逃脱陷阱。三篇慰藉词中都有许多优美的警句，但内容平平无奇，作者的优越感也令人厌烦。斯多葛派哲学家被认为从智慧城堡俯视未启蒙者，塞涅卡无疑很乐意鄙视人类大众。不过，尽管带有这种苛刻的崇高道德基调，现代读者还是可能会觉得他的某些建议非常世故。财富可有可无，但智者更希望富有，尽管他可以走路，但更希望坐马车。① 穷人也无法指望得到他的帮助："我不会救助某些人，即使他们很穷，因为即使我给了，他们仍然很穷。"② 不过，他会对富豪的痛苦表示同情，死缠不放的大群贫穷求助者让他们没有自由。

《道德书信》(*Moral Letters*) 是他最吸引人的作品。全部124封信都写给了一个叫卢基利乌斯 (Lucilius) 的人。其中几封略带具体事件的色彩：塞涅卡回复友人的问询，通报船只刚刚抵达，或者抱怨邻居的噪音。但这种色彩并不强烈，他很少试图让它们看上去像是真的书信：它们基本上是短篇论文，有的谈到了他在专著中涉及的道德话题，有的则是关于文学或文化内容。其中一封讨论了如何对待奴隶，风格更接近修辞术而非书信："'他们是奴隶。'不，他们是人……'他们是奴隶。'不，

---

① 《论幸福生活》22。
② 《论幸福生活》24。

他们是和我们一样的奴隶,如果你想到命运对奴隶和自由人一视同仁。"①

毫不意外,这封信因为人道主义而受到赞誉,但有一个问题。荷马与希腊悲剧作家对奴隶制的观点明确而理智:它完全是奴隶的灾难。但当哲学家们开始考虑这个问题时,他们失去了那种明确性。亚里士多德正确地看到需要为奴隶制辩护,但他的理由是错误的:有些人天生具有奴性。② 我们都是命运的奴隶,这个事实造成了新的困惑,因为它暗示真正的奴隶制并无多大影响。反复出现在塞涅卡作品中的最后一个问题是自满:很难不感到他更感兴趣的是自身情感的崇高,而非他同情的人。书信中最出色的也许是那些关于文化主题的。比如,有一封信谈到了作者的风格与性格的关系(我们在前文引述的塞涅卡对萨鲁斯特的评价就出自这里),塞涅卡旁征博引,富于洞见而且表达优美。③

卢坎(公元39年—65年)因为卷入了针对尼禄的阴谋而被迫自杀时年仅25岁。他当时已经是一位多产的诗人,但只有未完成的《内战记》(*Civil War*)存世,讲述了公元前1世纪40年代庞贝与尤里乌斯·恺撒的战争。这首诗共十卷(计划

---

① 《道德书信》47。
② 《政治学》1255a。——译注
③ 《道德书信》114。

可能是十二卷），以第七卷中恺撒在法萨洛斯（Pharsalus）战役中的决定性胜利为中心高潮。如果荷马创作了"第一代"史诗（所谓原始时代的所谓自然产物），《埃涅阿斯纪》是"第二代"史诗（带有自我意识地对第一代史诗形式进行了再创造，使其具有普世的重要性），那么《内战记》也许可以被称作"第三代"史诗：它让史诗具有了讽刺、反英雄和个人色彩。《内战记》是这种警句风格的最典型代表：几乎每行都带有警句的味道。诗中没有神明，他在一场大战的中途宣称："我们说朱庇特统治世界是在撒谎。"[①] 诗中也没有英雄：庞贝不够格，尤里乌斯·恺撒是个怪物，只有像小加图这样的配角才代表了体面。在作为高潮的那场战役中，我们看不到任何惯常的个人英勇举动，而是乱糟糟的混乱厮杀。

这首诗歌带有明显的诘问色彩：卢坎抛弃了史诗诗人传统上的一视同仁，坚称自己的目标是说服后人哪一方代表正义。他不断指责和质问自己的角色，在第八行就问道："公民们，这种疯狂是什么……"还不到五十行，他已经向罗马、伊庇鲁斯（Epirus）国王皮洛士（Pirrhus）和尤里乌斯·恺撒发了话。诗歌的第一行中就出现了尖刻的嘲笑："我歌唱色萨雷平原上不仅是内战的战争，以及罪恶的理由……"这场战争"不仅是内战"，因为交战双方是名义上的亲戚，庞贝去世的妻子是恺

[①]《内战记》7.447。

撒的女儿。

卢坎在警句创作上拥有出色天赋,将拉丁语的简洁发挥到了极致(很难通过翻译表现他的才智,上文提到的对朱庇特的否定在原文中只有三个词[①])。他的构思也令人印象深刻:叙事总是绝望、尖刻和愤怒的,唯一的不同元素是巴洛克式的恐怖幻想。但对作品的处理配不上它的构思:没有哪位具备相似天赋的作者会有如此之多和如此严重的缺陷。他把大部分时间用于声嘶力竭的尖叫:先知的洞穴、招魂术、撒哈拉沙漠中的毒蛇、克娄佩特拉的宫殿——对这一切的描绘都如此疯狂而夸张,以至于变得乏味和令人难以置信。最重要的是,一边是创作带有政治信息的历史史诗,一边是沉湎于荒诞的幻想,两者间出现了致命的不匹配。就连恺撒的敌人也承认他文雅而温和,但当卢坎让他得意洋洋地注视着法萨洛斯战场上的尸体时,作者让这种评价变成了玩笑。[②]恺撒有时被描绘成疯子(非常乏味),但对海上猛烈风暴的不屑似乎让他显得过于大胆,而当他安全上岸后,一切又流于俗套。[③]

卢坎也有精妙段落。其中之一是小加图为庞贝致的悼词。[④]悼词的开头高贵而朴素:"一个公民死了……"然后,小加图

---

① mentimur regnare Iovem,直译是"我们撒谎说朱庇特统治着"。——译注
② 《内战记》7.786–96。
③ 《内战记》5.563–77。
④ 《内战记》9.190–214。

做了有节制的评价,在赞美的同时也有所保留。与前人相比,庞贝很少认识到权力应该受到法律的限制,但这在那个如此没有法纪的时代非常有用。他是"一个还统治着的元老院的统治者"。① 在这里,卢坎用警句构造平衡,表现出对历史状况的意识。第七卷以典型的蠢话开头:太阳对即将到来战斗感到不安,以至于比平时升起得晚。但随后的段落可能是诗中唯一真正具有悲剧性的:在最后的走运时光里,庞贝梦见自己回到了罗马,在自己建造的剧场里得到民众的欢呼② ——上述想法很符合这位戏剧性的作者。诗人告诉侍卫:"别吵醒他"。波提努斯(Pothinus)——年幼的埃及国王托勒密的阉奴——的讲话在开始时像是愤世嫉俗但不无道理的权宜之计,但不幸的卢坎不会就此罢手:还没等他写完,那个人已经成了哑剧中的反派。③ 我们恰好知道《内战记》出自一个非常年轻的人之手。这让我们好奇,如果活得更长久些,他是否会改掉自己的缺陷(谁会想到《提图斯·安德罗尼库斯》的作者后来会写出《暴风雨》呢?)。

该时期活跃于罗马的另一位作家用希腊语写作。这是一位默默无闻的犹太人教徒和布道者,只是偶尔写点东西。他从地

---

① 《内战记》9.194–5, rector senatus, sed regnantis。——译注
② 《内战记》7.7–24。
③ 《内战记》8.484.535。

中海东部的家乡前往罗马的过程一波三折,最终作为囚徒抵达首都。文人圈子对他的存在一无所知,如果知道此人后来称得上最有影响力的古典作者,他们会感到意外。后世称他为圣保罗。

按照惯例,基督教作品不被算作古典文学。生活在公元1世纪,来自阿纳托利亚沿岸的塔与苏斯(Tarsus)的犹太人保罗不是古典作家;而生活在公元2世纪,来自遥远得多的幼发拉底河沿岸的萨摩萨塔(Samosata),民族不明的琉善(Lucian)是古典作家。不能用基督教作品在当时不为人知作为上述观点的理由。谁也不能因为17世纪的托马斯·特拉赫恩(Thomas Traherne)或杰拉德·曼利·霍普金斯直到后来才有了读者,就把他们从维多利亚时代文学中排除。无论如何,有人在当时就读过全部此类作品,只不过他们并未出现在历史书中。

《新约》的文学水准也被低估。原因之一可能是许多《新约》学者专注于其宗教价值,觉得探究其文学价值可能会被视为有失偏颇。此外,一些人乐于相信启示来自头脑简单之人的质朴语言。事实上,这种观点可以追溯到《新约》本身:耶稣感谢上帝,"因为你将这些事向聪明通达人就藏起来,向婴孩就显出来"。[①] 但事实上,在一个大多数人是文盲的世界里,没有哪个作者是真正头脑简单的,而且《新约》的文本至少有

---

① 《马太福音》11.25。——译注

一部分非常复杂。它们用"希腊共通语"写成,即当时地中海各地所说的希腊语。但在那个时代,任何在文学上自负的作家都有"阿提卡化"的倾向,也就是使用几个世纪前雅典的希腊语。受此影响,许多学者觉得用希腊共通语写的任何东西必然是劣等的。但福音书用直白的希腊语写成就像本书用直白的英语写成,两者都使用了自己时代的语言。而且由于福音书直截了当地叙事,它们无需复杂的句法或词汇。

保罗的巨大影响建立在规模很小的作品之上。我们有13封归于他名下的书信,其中7封确定是真的,3封显然出于他人之手,剩下的3封有不同程度的疑问。它们在基调和主题上各不相同,甚至在一封信中也会如此。有的专注于神学(保罗在某种意义上发明了神学),有的涉及行为和实践道德问题,还有的段落犹如祷告或者相当激昂。写给加拉太人的书信奔放、热情而愤怒,没有其他古典文本像这样辐射出直接的白热化情感。保罗的哲学理念是革命性的,因为他宣称所有人在道德上平等:在基督那里不再有奴役和自由的区别。这种理念把塞涅卡好意的屈尊俯就远远抛在身后。只是在简单描绘圣餐制度时,保罗才唯一一次提到耶稣的生平之事——[1]讲故事的工作被留给了福音书。

这些作品的标题并非"耶稣传",而是"福音书",也许它

---

[1] 《哥林多前书》11.23-26。

们与其他古代传记的差异足够大,可以视为独立体裁。在收入《新约》的四部福音书中,即使最短和最简单的《马可福音》也展现出非凡的叙事技巧。如果基督教消亡了,而这又是其留存下来的唯一文件,我们也许能更好地认识到这点。其中的三部福音书相互关联,被称为"对观福音"。《路加福音》和《马太福音》都包含了《马可福音》中的大部分材料,也共享了后者中没有的材料。路加和马太各自拥有独立于另一部福音书的材料来源。此外,这两部福音书在叙述耶稣出生时都使用了自己独有的材料。特别是路加的叙述,具有不同于他福音书其他部分的特点。最常见的解释是,除了各自独有的材料,马太和路加还借鉴了马可以及另一个未知的材料来源。这种解释在大体上是可能的,尽管他们也可能有过相互影响。

对耶稣出生的叙述是世界上最广为人知的故事。它今天为人所知的形式混合了《路加福音》和《马太福音》,并加入少许次经或许多后世的加工。两部福音书关于耶稣出生的叙述并无关系,只在两点上一致:首先,他是无垢受孕而生;其次,尽管他来自拿撒勒,却出生在伯利恒(两部福音书对此给出了不同而矛盾的结论)。路加的叙述篇幅是马太的三倍多,包含了大部分最受欢迎的情节(除了《马太福音》中的三博士来朝),比如圣母领报、天使和牧羊人、"客栈房间已满"。他还让自己的人物发出了赞美诗般的欢呼:玛利亚的《尊主颂》

(Magnificat),[①]她的姐夫撒迦利亚(Zechariah)[②]和老祭司西缅(Simeon)[③]的救赎之歌。他的讲述独一无二,兼有民间故事的朴素和超然性,平实的叙述和狂热的表达,与福音书的其他部分截然不同。我们无法知道,这种特别风味源于路加,还是有他自己的材料来源。

在对观福音中,耶稣讲述了一些寓言(parables),即很短的譬喻故事。这是犹太精神教谕作品中已知最早的寓言,可能是耶稣的创新。它们有的幽默或离奇,有的令人不安,有的感人而深刻。其中最好的都出现在《路加福音》中,比如"好撒玛利亚人",[④]而最著名的是"回头的浪子"。[⑤]后者也是最长的一则,将近四百字,大约相当于《葛底斯堡演讲》的一半。故事首先描绘了一个误入歧途的年轻人,然后是更加感人和复杂的父亲形象。随后,浪子的哥哥登场,他令人羡慕的高尚一度让人以为他将成为故事的主角,但故事结尾前再一次出现转折。这则寓言展现了生动的叙述和深刻的道德探索,而且一切都是在极短的篇幅内完成的。谁创作了这个故事?最经济的假设是耶稣本人。"他比先知大多了",[⑥]但几乎同样让人意外的

---

① 《马太福音》1.46–55。——译注
② 《马太福音》1.68–79。——译注
③ 《马太福音》2.29–32。——译注
④ 《路加福音》10.25–37。——译注
⑤ 《路加福音》15.11–32。
⑥ 《路加福音》7.26。——译注

是，这位作者可能也比契诃夫（Chekhov）更伟大。

《马太福音》和《路加福音》常常满足于抄录现有材料，很少加以改动，而在《约翰福音》中，我们一眼就能看到创造者的身影。这部福音书的中心是七大"神迹"，先知式的演讲穿插其间。在演讲中，耶稣对自己做了各种崇高的断言（"我就是道路、真理、生命"[①]）。《约翰福音》中没有寓言。作者默认了对观福音书或某种类似作品的存在。他没有用耶稣出生的故事，而是用关于永恒世界的论述开篇，只用一句话指涉无垢受孕。他没有描绘最后晚餐上的圣餐制度，而是让耶稣发表了告别布道，[②]并让圣餐意象充满了文本的其他部分（"我就是生命的粮"，[③] "我是真葡萄树"[④]）。即使在十字架上，耶稣似乎仍然是指挥者。约翰省略了其他两部福音书中的绝望哀号（"我的神！我的神！为什么离弃我？"[⑤]）；相反，耶稣把母亲托付给最喜爱的弟子，在说出"成了"后死去，[⑥]这个希腊语单词既表示结束，也表示完成。

因此，我们可能想要把约翰看作一个伟大的思想家，为神学几乎抛弃了传记。与修昔底德的演讲类似（按照某种解释），

[①]《约翰福音》14.6。——译注

[②]《约翰福音》13–17。

[③]《约翰福音》6.35。

[④]《约翰福音》15.1。

[⑤]《马可福音》15.34,《马太福音》27.46。

[⑥]《约翰福音》19.30。

约翰让耶稣说了"必要的东西",关心的并非真的说了什么,而是其生命的最深刻意义。不过,这种看法并不全面,因为约翰也是个非常出色的故事讲述者。他对耶稣复活的描绘远远优于其他三部福音书,其中一些细节属于所有古代叙事中最意味深长和动人的时刻,例如比彼得先跑到耶稣墓穴的那个门徒,或者抹大拉的玛利亚与复活耶稣的对话,前者将耶稣误认为园丁。[1] 最后的神迹——耶稣让拉撒路复活——也是各福音书中对神迹最生动和详细的叙述。[2] 考虑到这点,我们就会明白约翰在开篇处的论述也是讲故事。《创世记》以"起初神创造天地"开篇,这显然是故事的开头。约翰对此作了呼应:"太初有道。"他对道成肉身的描绘是一种新的故事讲述方式,独一无二地融合了哲学、叙事和声明。

公元 1 世纪末,在图密善(Domitian)统治时期,斯塔提乌斯(约公元 50 年—约 95 年)似乎是当时最重要的诗人。他的一些作品已经失传,特别是为皇帝在日耳曼尼亚的作战写的颂词,尤维纳尔对其进行了讽刺。[3] 斯塔提乌斯有两部史诗存世,另有他编成五卷本的诗集《诗草集》(*Silvae*)。这些诗歌大多是为特定事件而写,其中 6 首写给图密善,表现出意料之

---

[1] 《约翰福音》20.1–18。
[2] 《约翰福音》11.1–46。
[3] 《讽刺诗》4。——译注

中的谄媚；另一些写给富有的朋友和庇护人，表达祝贺、安慰或赞美他们的豪宅。斯塔提乌斯本人似乎不太重视这类表演，表示自己每天最多能写一百行。一首较短的作品哀悼了朋友死去的鹦鹉，对鸟笼的描写优美地戏仿了拉丁语诗歌对宫殿的描写套路。[1]其中最短的一首在特点上完全不同于诗集中的其他作品，那是一位失眠者写给睡神的，既优雅又有几分感人。[2]

相反，《忒拜记》(Thebaid)经过深思熟虑，这部12卷的史诗描绘了俄狄浦斯的儿子们在他死后展开的战争。斯塔提乌斯的风格灵动而优美（他比其他任何六音步体拉丁语作家使用更多的短音节），诗中还有一些令人激动的时刻，比如半神、云、河流和风静悄悄地在朱庇特的宫殿中集合，宫殿的穹顶灿烂夺目，大门闪耀着神秘的光。[3]诗中还有许多怡人的自然描写，尽管"万物有情谬想"略嫌过多（维吉尔在这点上表现出巧妙的节制，并注入了深刻的感情）。不过，诗中没有哪个角色让我们觉得有趣，在高潮处的战斗中，他只能像卢坎那样求诸疯狂的夸张。

最惊人的段落出现在结尾。他急切地问自己的诗："你会流传后世吗？"[4]——那是十二年辛劳的成果。"我恳求你活

---

[1] 《诗草集》2.4。
[2] 《诗草集》5.4。
[3] 《忒拜记》1.119–210。
[4] 《忒拜记》12.810–19。

下去，但不要挑战神圣的《埃涅阿斯纪》，而是远远地追随，始终崇拜它的脚步。"在其他体裁中，诗人应该表现得谦虚（或者假装谦虚）——贺拉斯在讽刺诗中诉病了"平庸的缪斯"，[①]维吉尔把《农事诗》描绘成可耻享乐的产物[②]——但史诗诗人被认为应该自信和客观，所以上面的句子很不寻常。这段话热忱、诚挚而又有几分动人，但并未暗示往昔的负担比过去更重。

斯塔提乌斯的自我怀疑很有风度，因为他切中了要害。《忒拜记》没有足够的存在理由是铁的事实：它只是另一首史诗而已。从诗歌的第一个词就能看出这点。《伊利亚特》以"愤怒"开篇，《奥德赛》以"人"开篇，维吉尔以"武器和人"开篇，卢坎以"战争"开篇，斯塔提乌斯则以"手足之战"开篇。"手足"是形容词，显得软弱许多。古老的矿脉已经枯竭，即使阋墙主题也已被卢坎更加有力地演绎。留存下来的同时代其他诗人的两首作品遭遇了相同的诅咒：瓦雷利乌斯·弗拉库斯（Valerius Flaccus）未完成的《阿尔戈号英雄记》（*Argonautica*）和西里乌斯·伊塔利库斯（Silius Italicus）的《布匿战记》（*Punica*），后者是最长的古典拉丁语诗歌。

在《忒拜记》之后，斯塔提乌斯又开始创作《阿喀琉斯记》（*Achilleid*）。这部作品带给我们某种在古典诗歌中独一无二的东西，即对童年经历的大段叙述，并展现出相当的魅力。斯塔

---

① 《讽刺诗》2.6.17。
② 《农事诗》4.564, ignobilis oti。——译注

提乌斯去世前只完成了第一卷和第二卷开头。我们很希望他能写更多，但这对他来说也许是幸运的，因为如果继续写下去，作品很可能流于俗套，而且很难想象他在描绘阿喀琉斯的成年经历时如何不沦为荷马和维吉尔的苍白影子。事实上，这部未尽之作是他最具吸引力和原创性的作品。

相比之下，斯塔提乌斯时代最好的诗人是创作短篇诗歌的马提亚尔（Martial，约公元40年—约104年）。他最长的诗歌只有50行，大部分作品要短得多，许多只有两行。他是我们理解的警铭诗的大师，即精炼风趣，在结尾处话锋突转的作品。他的基调通常是讽刺的，许多诗句粗俗或下流）——那是这种游戏的性质。现代警铭诗人需要靠押韵来实现所需的犀利和齐整，马提亚尔则利用了哀歌双行体的齐整。他的作品中有些是糟粕（比如对图密善皇帝的恭维），而且由于有超过一千四百首诗歌被归于他的名下，他无法一直避免重复。不过，他的创新达到了很高的水准，也很少有古典作者像他那样不时惹人发笑。除了哀歌体，他还使用那些低俗或下流的诗体，比如十一音节体（卡图卢斯的最爱）和"瘸腿短长体"。他用上述诗体写的作品常常过于散漫，无法被称作警铭诗；这些作品大多风格和蔼可亲，略带有卡图卢斯"年轻人论城市"作品和贺拉斯《讽刺诗》的味道。

与其他警铭诗人类似，我们最好选取马提亚尔不同时期的作品作为样本，而不是从头读到尾。但整体大于部分，通读马提亚尔的作品可以让我们领略他的世界以及他在其中的位置。他写道：如果你读俄狄浦斯和堤厄斯忒斯，或者许拉斯、恩底弥翁和各种神话，你只是在读空洞的东西[①]——我们在维吉尔的《农事诗》中也听到过这种论调。[②] 相反，"你应该读这个，你可以对这种生活说：'它是我的'。在这里，你找不到半人马、戈耳工或哈耳庇：我的书页散发出人味"。与贺拉斯不同，马提亚尔没有让我们窥见他的内心，但给了我们许多他外在生活的信息。我们甚至知道他长着一头乱发，以及多毛的双腿和脸颊[③]——典型的西班牙人。他还告诉我们自己住在哪里：有段时间住在提布尔柱旁，弗洛拉和朱庇特的神庙在那里相向矗立；[④] 有段时间住在奎里纳尔山（Quirinal Hill）"梨树旁"的三段长长的台阶之上的阁楼里。[⑤] 在河对岸的雅尼库鲁姆山（Janiculum Hill）上，他还拥有一处乡间宅邸，可以将罗马尽收眼底。[⑥] 他还向我们描绘了紧邻街区的情况：阿特雷克图斯（Atrectus）的书店在门柱上贴着小广告，[⑦] 池塘边是俄耳

[①] 《警铭诗》10.4。
[②] 《农事诗》3.3-8，参见 2.45-6。——译注
[③] 《警铭诗》10.65。
[④] 《警铭诗》5.22（原注误作 1.117）。提布尔（Tibur）柱可能指柱子用洞石（一种产自提布尔的多孔石灰岩）建造。——译注
[⑤] 《警铭诗》1.117（原注误作 10.20）。"梨树旁"（Ad Pirum）是奎里纳尔山上一条街道的名字。——译注
[⑥] 《警铭诗》4.64（原注误作 8.61）。——译注
[⑦] 《警铭诗》1.117（原注误作 9.97）。——译注

甫斯像，走下山就到了他购买鸡蛋和蔬菜的市场。[1]事实上，他告诉我们的罗马地貌信息比其他任何古典作家都多，也许对从未去过罗马和很了解那里的人同样如此：作为西班牙人，他可能特别意识到诗人的读者群会越来越多地来自从未见过那座大都市的人。他曾经不太严肃地吹嘘说，日耳曼人和哥特人中也有自己的读者。[2]

"我的书页散发出人味"——这个比喻意味深长，因为他比其他任何古典作家更对气味感兴趣。干涸的沼泽、咸水鱼塘、驼背公山羊、疲惫老兵的靴子、人与动物的恐惧——这些的气味都比巴萨（Bassa）的口气好闻。[3]事实上，从西塞罗到贺拉斯等拉丁语作家也讽刺过人的体味，尽管没有那么别出心裁。马提亚尔对细微香气的描绘更加巧妙。犹如女孩一口咬下时的苹果，或者刚刚被羊啃过的青草，或者稍稍淋了些夏日雨水的草坪，或者戴在撒了香水的长发上的花环——这些就是男孩迪亚杜梅努斯（Diadumenus）之吻的气味。[4]这些气味轻柔、

---

[1] 《警铭诗》10.19。池塘即俄耳甫斯湖（Lacus Orphrei），位于埃斯奎里山（Esquiline Hill）上，靠近埃斯奎里门，因俄耳甫斯像得名。市场指苏布拉区（Subura），位于维弥纳尔山（Viminal Hill）南端和埃斯奎里山西端之间，是罗马的穷人区和红灯区。——译注

[2] 《警铭诗》11.3（原注误作4.64）。原文作哥特人（色雷斯人）和不列颠人。在寒冷的哥特人国度，坚强的百夫长在战旗旁翻阅着我的书，据说不列颠也传唱我的诗（sed meus in Geticis ad Martia signa pruinis/ a rigido teritur centurione liber,dicitur et nostros cantare Britannia versus）。——译注

[3] 《警铭诗》4.4。

[4] 《警铭诗》3.65。

湿润，体现了感官的敏锐。昨日花瓶中蔫萎的凤仙花的飘香，一束藏红花最后的气息，过冬储存箱里正在成熟的苹果，皇族贵妇衣橱中的丝绸，女孩用手捂热的琥珀，远处开封的一坛陈年佳酿——这一切都包含在另一个男孩的晨间之吻中。[①]

我们感受到的不仅是气味的细微，还有它们的稍纵即逝，而且它们在时间或空间上距离遥远。有一首诗动人地缅怀了奴隶小女孩埃罗提翁（Erotion），她去世时只有五六岁。[②]她的气息之芬芳犹如玫瑰花坛，或者新鲜蜂蜜，或者用手摩挲过的琥珀。不过，诗歌随后发生了出人意料的转折：帕伊图斯（Paetus）抱怨说，自己所受的痛苦要大得多，因为他最近埋葬了富有的贵族妻子。诗人评价到，妻子让帕伊图斯成了百万富翁，但那个可怜人还能忍心活下去。马提亚尔提醒我们，他是个讽刺诗人，不是感伤主义者。

这个时代诞生了又一位书信作家——小普林尼（约公元61年—约112年），我们在他的作品中可以看到西塞罗、贺拉斯和塞涅卡的元素。与西塞罗类似，他的书信写给一系列真实的通信者，而且很可能首先被寄给收信人，尽管日后发表它们的意图也同样明显。与塞涅卡类似，每封信基本上只涉及一个主题，尽管被半掩在书信风格的面纱背后。小普林尼喜欢向我们

---

① 《警铭诗》11.8。
② 《警铭诗》5.37。

展现有教养（而且极其富有）的士绅生活的外部面貌：有一封信描绘了他如何在托斯卡纳的避暑地度过一天，包括放松、锻炼和写作；[1]另一封信非常详细地介绍了他在罗马附近的巍峨海滨别墅。[2]与贺拉斯类似，他也会间接做自我介绍，把自己描绘得仁慈而有教养。虽然技艺娴熟，但他无法完全解决那个只有贺拉斯解决了的问题，即如何在展现自身良好形象的同时不显得自夸。他的书信被编成十卷，最后一卷与其他部分截然不同。小普林尼晚年被派往小亚细亚，担任比提尼亚（Bithynia）行省的总督。他从那里给图拉真（Trajan）皇帝发来公函，请求指示或建议。第十卷保留了这些公函和图拉真例行公事的回复。其中一封是异教徒对基督教最早的描绘，意外地变得非常重要。

小普林尼留存下来的另一部作品是《颂词》（Panegyric），这是一篇对图拉真不吝溢美之词的长篇致辞。即使考虑到当时的各种习俗，这部作品仍然无法让人喜欢。作品的大部分内容显得冗长，但也包含了一个非凡的段落：在罗马的熙熙攘攘中，图拉真非常平静地置身于自己的宫殿中，与从前的坏皇帝图密善恐惧地躲在小密室中的样子形成了反差。[3]对宽敞和近乎神圣的内部空间的氛围描写带来了出人意料的诗性时刻。

---

[1] 《书信集》2.17。
[2] 《书信集》10.96。
[3] 《颂词》47–8。

有大量公元1世纪末和2世纪的希腊散文留存下来。在活跃于该时期的炫耀型演说家中，最有魅力的要数普鲁萨人狄翁（Dio of Prusa，约公元45年—约115年），也被称作"金嘴狄翁"（Dio Chrysostom）。他的许多作品实际上是关于实践道德的论文。其中最广为人知的一篇描绘了优卑亚岛上猎人和牧人们的生活，演说人声称在那里得到了热情接待。[①] 演说的后半部分讨论了城市穷人的困境，强调最卑微之人的道德重要性，这在异教徒作品中并不常见。另一篇演说是在菲狄亚斯雕刻的奥林匹亚宙斯巨像（世界七大奇迹之一）前发表的，探讨了人类的外形于何种意义上可以或不能代表神明的本质，在分析中融入了对神性之美几近狂热的情感。[②]

狄翁是普鲁塔克（约公元45年—约125年）的同时代人，后者被形容为古代最有魅力的作者之一。这项殊荣与其说来自他的某一篇作品，不如说来自它们全体：我们很自然会被促使他探讨如此广泛话题的活力打动，而且似乎可以从他身上感受到近乎小狗般天真的热情。他的作品分为两类。他的论文被后来的欧洲人统称为《道德论丛》（*Moralia*），大多以伦理学或实践道德为题，也有的涉及古代掌故。它们读起来大多很轻松，看不到作者有什么伟大思想。

---

① 演说词7。
② 演说词12。

普鲁塔克的另一类作品是传记；与所有古代传记作家一样，他的作品按照现代标准来看篇幅较短。他将其视作一类独特的体裁："我不写历史，只写传记。"[1] 他把自己比作肖像画家，最为关心面部和眼睛的表情，对身体其他部位几乎不感兴趣。因此他关注的不是大战和壮举，而是显示人的思想、性格、品德和缺陷的细节。他表示，小事最能说明问题，比如一句话或一个玩笑。

普鲁塔克的传记大多成对出现：他首先讲述一位希腊名人的故事，然后是一个罗马名人，最后用几页篇幅对两者加以比较。不同的传记用的手法差异很大。他不得不这样做，因为他的对象既有人们可能相当了解的近代人物，也有忒修斯和罗穆洛斯这样甚至不存在的传说人物。甚至在描绘材料质量大同小异的同时代的人物时，他也会变换手法。比如，他的尤里乌斯·恺撒传带有强烈的政治色彩，把罗马的冲突描绘成人民和少数人之间的斗争（这种分析可能更符合希腊城邦而非罗马），而马克·安东尼传则对"两人利己主义"的浪漫故事表示遗憾和感兴趣。莎士比亚根据它们改编的两部戏剧中反映了这种差异。《安东尼传》是普鲁塔克的最高成就。这是他的"负面传记"之一，即关于有才华的人走上歧途的故事，但也纵情展现了安东尼和克娄佩特拉华丽的自我毁灭式爱情的戏剧性。最初

---

[1] 《亚历山大传》1。

的几章生动描绘了一个强硬但不十分讨人喜欢的形象,但随着克娄佩特拉的登场,她的戏份变得和安东尼一样重要。安东尼死后,克娄佩特拉主宰了长长的结尾,她讲述了自己如何挫败屋大维抓住自己的企图,最终自杀身亡。安东尼死去前,普鲁塔克把她描绘成阴谋者,操纵安东尼为己所用,现在,她成了女英雄。上述安排虽然略显笨拙,但有力的叙述很容易让我们原谅这种缺陷。这一切的形式和特色同样保留在莎士比亚的悲剧中,克娄佩特拉在尼罗河上的著名画面("她坐的那艘画舫就像熠熠放光的宝座……")实际上相当忠实地改写了普鲁塔克的某个固定套路。[1]

普鲁塔克是个有良心的作家。不同于许多更平庸的历史学家,他没有仅仅依赖一两处材料来源,或多或少地复制它们,而是尽自己所能地做了广泛研究。不过,无论多么优秀的传记作家都存在严重的局限。即使证据比一般情况下更有效力,逸闻毕竟不可靠,而且没有办法真正确知传主究竟是什么样的。因此,普鲁塔克说的"不写历史"不仅表示他的体裁有所不同,也因为他缺乏严肃描绘实际状况的信息。值得注意的是,作为最好的古代传记《阿格里古拉传》(*Agricola*)的作者,塔西陀曾经与传主非常亲密。普鲁塔克描绘人物的方式更接近小说而非哲性历史。事实上,作为对性格的研究,这些作品对它们最

---

[1] 《安东尼传》26。

初的读者来说发挥了今天的文学小说的某种功能。

公元 1 世纪也是前文提到的那位希腊批评家最可能的生活时代，即《论崇高》(De Sublimitate)的作者。此人的名字已佚，一位抄工表示他可能叫"狄俄尼修斯或朗吉努斯"，后来被误会成狄俄尼修斯·朗吉努斯。从此，他被通称为朗吉努斯。朗吉努斯的崇高概念包括我们说的崇高庄严，但范围更大，涉及伟大的思想、情感力量、对比喻和其他形象的使用，以及风格、节奏和语言选择的技巧。崇高是评判技艺和灵感水准的尺度，而朗吉努斯是有作品从古代留存至今的最优秀实践文学批判者。他援引了《创世记》的开头，[1] 引用犹太文本的做法很不寻常，他本人可能是犹太人。

如果我们让时钟停在公元 90 年前后，拉丁语文学的历史可能显现出清晰的形状，与希腊语文学非常类似。它取得了炫目的高峰，然后走了下坡，接下去是第二波较小的高峰，后一时期意识到自己的迟到，并生活在更伟大过去的阴影之下。但世纪末两位天才作家的出现改变了这种情况，他们是塔西陀和尤维纳尔。尽管两人特点迥异，但有一点是共同的，即忧郁的庄严和阴沉的绚丽。通过这种共同的基调，两人也许找到了对他们所在时代的政治状况和他们在文学史上地位的最佳回应。

---

[1] 《论崇高》9.9。

在塔西陀(约公元56年—约118年)身上,拉丁语文学的白银时代姗姗来迟地实现了自己的潜力。他继承了那个时代对警句的偏好,但将其与某种塞涅卡和卢坎缺乏的能力结合起来,即直到何时停止的自制力。他的第一部作品很可能是其岳父——将军尤里乌斯·阿格里古拉的传记。作品的核心是阿格里古拉统治和平定不列颠的工作,一边是对传主的赞美,一边是对罗马化影响的极其客观和独立的观点,塔西陀将两者融为一体。他描绘了阿格里古拉的教化使命,包括鼓励不列颠人建造房屋、论坛和神庙,向他们的领袖传授博雅艺术。[1] 当地人甚至穿上了罗马长袍,将其视作身份的标志。但塔西陀也看到了这种影响的可疑一面,就像他用一贯的冷静而简短的方式解释的。不列颠人逐渐被那些让人变得软弱的诱惑吸引,比如柱廊、浴场和精美的筵席。他们天真地称之为文化,实际上却是对他们奴役的一部分。塔西陀让一位不列颠酋长用类似的口吻对罗马人说:"他们带来了毁灭,却称之为和平",这是他最广为人知的名言之一。[2]

在作品最后,塔西陀第一次展示了自己阴郁但富有诗意的叙事天赋。阿格里古拉返回罗马,准备面见嫉妒的图密善皇帝。他在晚上偷偷进城,乘着夜色前往帕拉丁山(Palatine

---

[1] 《阿格里古拉传》21。
[2] 《阿格里古拉传》30。

Hill）的皇宫。[①]但他随后病倒，很快就去世了。塔西陀表示，不清楚这是阴谋还是自然原因。他对阿格里古拉的最后评价既庄重又充满个人情感。[②]从中可以清楚地看到对图密善的愤怒，但受到严格控制。作品使用了细节和警句，不过结合了简洁精确的权威性。这些段落将拉丁语散文的雄辩和情感力量提升到新的高度。

他的专著《日耳曼尼亚志》（*Germany*）再次把他带到帝国的边缘和之外。这是一篇民族志论文，试图用蛮族自己的方式理解他们的习俗和社会，比如宗教。他的第一部长篇叙事作品是《历史》，讲述了从公元69年到96年的罗马历史，但只有开头部分（69年和70年）留存下来，导致我们无法看到塔西陀本人身处舞台中心时对各类事件的描绘（他在97年当选执政官）。现存内容分为远方战事和罗马本身的动态。那是一个内战和混乱的时代，在比一年稍多些的时间里有五位皇帝先后登基，只有最后一位坐稳了帝位。塔西陀用令人瞠目的粗暴力度描绘了这一切。没有哪位作家如此扣人心弦地描绘过罗马城，后者几乎成了戏剧中的一个角色。比如维特利乌斯（Vitellius）皇帝的最后时光：皇帝从广场逃往帕拉丁山上的皇宫，那里的空虚和孤独让他恐惧，他随后又逃到阿文丁山（Aventine Hill），在那里落入敌手，被半裸着在街道上拖行，

[①] 《阿格里古拉传》40–43。
[②] 《阿格里古拉传》44–6。

最后遭到杀害，尸体被用钩子拖进台伯河。①

塔西陀最后一部作品《编年史》回到更早的时代，叙述了奥古斯都之后的四位皇帝的统治，从公元14年提比略登基到公元68年尼禄身亡。这部作品同样没能完整流传下来：缺失了提比略统治的后期，卡里古拉的整个统治时期，克劳迪乌斯统治的初期和尼禄统治的后期。塔西陀的风格鲜明、精炼、机警而不对称，自始至终都极为出色。拉丁语没有定冠词和不定冠词，也可以抛弃英语中的许多代词和其他小助词，因此得以实现其他语言无法企及的紧凑和简练。塔西陀将母语的优点发挥到了极致，他的许多最精彩的表达很难翻译。他的风格与内容不可分割：隽语式的精炼和犀利的尖刻既是写作风格，也是思想和情感方式。他主要用自己的语言表现对权力、野心和愚蠢的冷眼旁观，但也可以描绘悲惨的场景，比如他简短讲述了曾经权倾朝野的提比略大臣塞扬努斯（Sejanus）倒台后，此人的孩子们如何被杀害。②被拖进牢房时，男孩意识到了自己的命运，而懵懂的女孩则不断询问自己做错了什么：她说，自己可以像孩子那样被打，她不会再这么做了。历史学家还加上了当时的报道：由于没有处死处女的先例，绞死两个孩子之前，刽子手在套索边奸污了她。如果考虑到卢坎可能会如何描绘这一切，塔西陀的简洁就更加令人称道了。拉丁语散文中没有哪

---

① 《历史》3.84–6。
② 《编年史》5(6).9。

个句子比这更加恐怖。

在《编年史》的开头，塔西陀宣称前人对该时期的描绘或谄媚或愤恨，但他的作品将"不带怒火或偏颇，因为我完全没有理由"。① 但直到第四卷，即对提比略统治的叙述已经过半时，他才小结了自己的方法和意图。② 他表示，所有国家都由人民、贵族或单人统治。这种分析与波吕比乌斯不谋而合，但他的结论有所不同：混合政体很难实现，即使实现也无法长久存在。他指出，研究民主需要理解民众和如何操纵他们，研究寡头统治需要理解领袖们的思想，研究单人统治的要点在于独裁者的小细节。他注意到，自己的某些内容可能被认为不起眼和不重要，但乍看之下不起眼的东西可能产生重大后果。这让人想起了普鲁塔克关注意味深长的小细节，尽管他认为那属于传记而非历史。然而，在塔西陀看来，细节的作用在于它们可能提供的历史教训，但"最不可能带来娱乐"。这又让人想起修昔底德曾失望地注意到，缺少故事让自己的作品不那么吸引人，不过塔西陀加入了新的激烈语气。他宣称，过去的历史学家可以写战争和征服，或者自由人民的政治斗争，而"我的劳动既狭隘又不光荣"。他们可以描绘其他国家的地理、战事的沉浮和将军的光荣战死，但他必须重述暴行、背叛和无辜者的毁灭——不变和令人厌倦的赘述。就这样，塔西陀把两种观点

---

① 《编年史》1.1。
② 《编年史》4.32–3。

结合起来:他的主题比其他历史学家的更乏味,而且是单调的。

这里使用了某种修辞技巧。我们不太相信塔西陀会像李维那样写作,而且可能怀疑他是否会指望我们相信。事实上,在描绘日耳曼尼亚的战事时,他似乎心不在焉。与卢克莱修的顽固类似,他忿忿地专注于令人不快的主题也体现了自己的美学力量,绝望和狭隘并非障碍,反而正是实现这种力量的途径。我们知道这才是他真正希望做的,他也明白我们知道这点。这是塔西陀恭维读者的方式:他设想我们同样心知肚明,有能力体会到他的微妙感情和反讽。

他对专制运作的研究在关于提比略统治的描绘中最为深刻,占据了作品的前六卷。提比略去世后,塔西陀总结了他的性格和人生。[①] 在古代,对人类性格主流但并非唯一的观点是,每个人生来具有固定的性情。环境可能让它无法完全展现,但它本质上是先天的。塔西陀认为,提比略生命的主导原则是伪装的能力。所以当他大限将至时,"虽然身体和气力都支撑不住了,伪装的能力却还没有抛弃他"。他的意志保持坚定,表情和谈话仍然从容不迫,塔西陀在这个坏人的身上还是能看到某些令人印象深刻的东西。塔西陀的最终评价是,在提比略的一生中,他的行为是逐渐堕落的,随着奥古斯都、他的外甥们、他的母亲和塞扬努斯先后死去,各种限制不复存在,

---

① 《编年史》6.50–51。

他真正的丑恶本性最终显露出来。不过,就在稍早些,他通过一位与皇帝同时代的人之口提出了另一种解释:尽管拥有丰富的从政经验,极权的影响还是改变和颠覆了提比略。①

这听上去像是现代人偏爱的观点,即性格是可塑的,可以被环境改变。所以,尽管塔西陀简洁精确地概括了自己的观点,他还是顺便提及了另一种可能。这是负责任历史学家的做法。不过,他自己的分析似乎遇到了一个难题:如果塞扬努斯是驱使提比略堕落的罪魁祸首,就像塔西陀之前所宣称的,那么此人的死为何导致皇帝陷得更深呢?塔西陀用一个精彩的警句回避了这个问题:"人们憎恶的是他的残忍,他的淫荡仍然隐藏着,只要当他喜爱塞扬努斯——或者惧怕此人时。"②句末的小转折把目光投向了心理的复杂性和心灵的黑暗角落。许多现代历史学家认为,塔西陀低估了提比略隐藏自己情感的策略、手段和(早年)纯粹必要性的动机。不过,他的判断虽然可能值得商榷,但并非有欠考虑。

因为认为提比略的行为是不断堕落的,因为看到某种罪恶在引导这一切,塔西陀承认皇帝具备某些优点,特别是在统治初期。他不是个迷信的人;他对金钱的诱惑有足够的抗拒能力;他可以不为谄媚所动。晚年的提比略退居卡普里岛(Capri),有传言说他沉湎于各种性放荡。为前十二位皇帝写了小传的苏

---

① 《编年史》6.48。

② 《编年史》6.51。

维托尼乌斯（Suetonius，约公元70年生）提供了细节。[1] 塔西陀历史的关键部分失传，但他很可能没有拿这些飞短流长大做文章。不过，对提比略性格某些部分的这种有限宽容会不会别有深意呢？

普鲁塔克写过一篇《论希罗多德的恶意》（*On the Malice of Herodotus*），把那位历史学家描绘成卑劣的修辞家。他罗列了坏作家使用的技巧：在只需较为柔和的语言时使用更加严厉的语言；在不相干的地方加入不可信的材料，忽略与主题相关的可信材料；在两种说法都可能的地方选择更加令人不快的那种；有时会讲述一个有损害的故事，然后表示自己并不真的相信；为了听上去更合理，在指责中加入少许赞美。作为对希罗多德方法的叙述，上述评价完全没有切中要害，但这正是我们对它感兴趣的地方。普鲁塔克把自己时代的标准用到了那位历史学家身上，描绘了赞美和指责的修辞技巧：如何抹黑你的暴君。我们可以在塔西陀作品中看到上述全部技巧。

这是否违背了他"不带怒火或偏颇"写作的宣言呢？并不完全如此。塔西陀可以回应说，演说家的工作是让自己的观点尽可能有说服力，在这点上，历史学是修辞术的分支（事实上，一位同时代的希腊智术师，佩林托斯人鲁弗斯 [Rufus of Perinthus] 正是这样说的）。当然，历史学家应该做出自己的判

---

[1] 《提比略传》43-4。

断，只要他不歪曲事实，区分事实和诠释是读者的事，读者也需要使用自己的判断。在我们可以将塔西陀与其他证据加以印证的地方，他看上去是可靠的。事实上，那些指责他使用修辞手法的人是在反过来夸奖他，因为他们自己的结论大多来自他的文本。塔西陀给了我们对他的结论提出质疑的材料。诚然，我们也许需要保持警惕，但这正是他希望的。

还有另一个考虑：塔西陀憎恶提比略，但在某种程度上也喜欢此人。他在《编年史》中唯一一次描绘了皇帝的外貌：此人身材高大，驼背，瘦得出奇，秃顶，脸上长满脓疮，敷着药膏。[1] 这种内容本该属于传记而非哲性历史。有人也许会说，用丑陋的外貌来诟病皇帝是不是最不公平的呢？不过我们更应该认为塔西陀对此人着迷，后者的形象如此有力，以至于作者不得不将其外貌也加入作品。这是古典散文中对个人最详细的研究，也是古代作品最接近现代小说理念的地方。因此，让塔西陀的美学意义超过史学意义，把他看作文学大师的想法可能很有诱惑力。但这种想法是错的。相反，他的天才之处在于让美学想象为思想探索服务。

罗马没有连贯的讽刺诗传统，四位主要的讽刺诗人——卢基利乌斯、贺拉斯、佩尔西乌斯和尤维纳尔分别自成一家。佩

---

[1] 《编年史》4.57。

尔西乌斯（公元34年—62年）活跃于尼禄的统治时期，他只写过6首诗歌和一段用"瘸腿短长体"写的序诗。他推崇贺拉斯的狡猾，[①]在戏谑中隐藏尖锐，但那不是他本人的风格。相反，他的作品乖戾、紧密而曲折。佩尔西乌斯认为自己的老恩师说过他善于使用鲜明的对比，[②]他还鄙视当代诗歌缺乏胆量和魄力。[③]他在文艺复兴时期大受推崇，多恩（Donne）的《讽刺诗》（Satires）带有一些其奇特而尖锐的基调。尤维纳尔（活跃于约公元100年—130年）是四大讽刺诗人中的最后一位，与其他三人大不相同。他的风格更加华丽，卢基利乌斯与贺拉斯追求的个人化和倾诉式基调被严格的非个人性取代。诗中的声音非常激烈，但我们不知其出自何方。这种风格让人想起卢克莱修，事实上，卢克莱修作品的讽刺部分最接近尤维纳尔的诗歌。

第1首讽刺诗以怒气爆发开头："我永远只是个听众吗？"仿佛我们正在听人读诗。他已经受够了这类文学吟诵，准备采取报复。然后，他突然让我们置身罗马的繁忙中：律师马托（Matho）的肩舆经过，被这个超胖的家伙塞得满满当当，[④]谄媚者把我们挤开。[⑤]如果站在十字路口，你会想要在大号笔记本上记录看到的骗子。"即使我没有天赋，愤慨也会让我写出

[①] 《讽刺诗》1.116–8。
[②] 《讽刺诗》5.14。
[③] 《讽刺诗》1.103–6。
[④] 肩舆一般供两人乘坐，肥胖的马托一人占据了两个座位。——译注
[⑤] 《讽刺诗》1.33–39。——译注

这样或者像克鲁维埃努斯（Cluvienus）那样的诗歌。"① 我们不知道克鲁维埃努斯是谁，但也无需知道，那显然是某个雇佣文人。这句话的意思是，当下生活的丑陋驱使他走上讽刺的道路，似乎他的某种更崇高抱负遭受了挫折。在后来的一首诗中，尤维纳尔疑惑读者是否觉得他超出了惯常的体裁，开始显得像是索福克勒斯（答案是否定的）。② 很难在他身上找到早前讽刺诗人的痕迹，但能听见维吉尔的回响。

愤慨不必然表示愤怒，也不必然表示义愤：他呈现在我们面前的许多形象的确是邪恶的，但他的讽刺对象大多是粗俗和缺乏品位：愤慨表示普遍意义上的"事情不该如此"。他对自己笔下最肮脏的角色之一表现出反讽的温和：第9首讽刺诗中的奈沃卢斯（Naevolus）是个专门取悦受型客人的男妓。尤维纳尔与他进行了面谈，他抱怨自己的生活非常艰难，而讽刺诗人则回复以同情和好心的理由。反感之情被留给了我们。第3首讽刺诗中对罗马的谴责并非由诗人亲自表达，而是被放在虚构人物翁布里基乌斯（Umbricius）口中，后者即将离开，因为不可能在那里诚实地谋生。与尤维纳尔不同，此人是罗马本地人，他的背井离乡带有悲凉之意。同样动人的还有翁布里基乌斯对一贫如洗的科尔杜斯（Cordus）的描绘，后者住在阁楼上，温和的鸽子曾经在他的屋瓦上生蛋。他拥有几件装饰品和一箱

---

① 《讽刺诗》1.79–80。

② 《讽刺诗》6.634–7。

书,没有文化(不懂希腊语)的老鼠将一点点吞噬那些书。[①]"谁会否认科尔杜斯一无所有?"——但他在火灾中失去了"一无所有"。这段描写非常感人,但也包含了动人的幽默。在介绍翁布里基乌斯时,尤维纳尔列出了自己眼中罗马的恐怖:火灾、房屋倒塌、一千种可怕的危险,还有8月时仍在吟诵的诗人。[②]上述危险足够真实——我们在其他许多地方也听说过——但尤维纳尔在清单最后略带幽默地让一切变了味。怒容尚未消失,轻松的笑容已经闯了进来。

在不同时代,尤维纳尔曾被解读成谴责自己时代罪恶的先知之声,或者轻浮的机会主义者。更晚近些,他还被视作自嘲的反讽作家,描绘了一个很容易被我们看穿虚伪之处的卫道士形象。上述观点都忽略了重点:尤维纳尔是个雄辩家。我们已经提到,佩特罗尼乌斯和塔西佗都指责雄辩术对演说产生了不利影响。尤维纳尔本人也对此加以嘲笑。他回想起学生时代做雄辩练习时被要求"向苏拉(Sulla)进言",建议这位独裁者(非常久远时代的人物)应该归隐和睡得更加安稳。[③]他还对罗马的劲敌汉尼拔(Hannibal)说:"去吧,疯子,冲过蛮荒的阿尔卑斯山,成为学生们的最爱和一段雄辩词。"[④]不过,雄辩为他

---

① 《讽刺诗》3.203–11。
② 《讽刺诗》3.6–9。
③ 《讽刺诗》1.15–17。
④ 《讽刺诗》10.166–7。

的几首作品提供了结构。

这在第8首讽刺诗中表现得最为明显，诗歌开篇首先问道：家谱有什么用？——然后表示出身高贵是件坏事，因为这可能让人看上去不如他的祖先。雄辩的主题在诗歌伊始被提出，并得到相应的回答。篇幅浩大的第6首讽刺诗把反对婚姻作为主题。作品以萨尔图努斯时代的画面开篇，那是大地上仍有"贞洁"和"正义"的黄金时代。当时的女子不像爱情诗歌中的莱斯比亚或卿提亚，而是用自己的乳房哺育健硕的婴儿，毛发常常比她们打着橡子味嗝的丈夫更加浓密。这并非幼稚地把过去理想化，而是一种反讽的观点。诗歌罗列了不同类型的女子：有的极其残忍或放荡，有的则仅仅让人讨厌：装腔作势的爱乐者、对政治感兴趣的女士、文学爱好者和让丈夫显得渺小的贵族妇女。假设你找到了完美的妻子——谁能忍受完美呢？我们不应把这首有力而新颖的讽刺诗看作七百行厌女言论。男性也受到了指责：在妻子刚开始韶华逝去时就将其抛弃的男人，以及所有讨厌品德的男人。诗人是一位竭力为自己的案件辩护的律师；对于讽刺诗中提到的任何内容，他同样可以写上七百行来警告女性注意男性的卑鄙。

雄辩术还以不那么公开的方式为他最宏大的表演——第10首讽刺诗提供了结构。未被言明的主题是："我们应该祈求什么？"随后，诗人罗列了通常被认为是福祉的东西——权力、军事荣耀、美貌和长寿——但又通过来自当下生活、历史和神话中的例子——证明它们会带来不幸。比如，年老会造成不举，尤维纳尔描绘了主人如何忙了一夜，而阳具仍然软弱无力[1]——但用了让人联想起维吉尔的语言。[2] 在提到特洛伊国王普利阿莫斯的威严时，[3] 作者再次想到了维吉尔[4]——如果国王的寿命短些就好了——然后描绘了他如何像献祭的可怜老牛那样被杀。这段描写流露出强烈和忿忿不平的遗憾，鄙夷中混杂了某种愤怒的同情。

尽管他的某些诗歌可能显得杂乱，但尤维纳尔是个专一的诗人和出色的警句发明者，几乎每行诗中的语言都带有敏锐而鲜活的观点和细节。他还是技巧大师，自维吉尔以来，没有人能像他这样把六音步体用得如此富有表现力。为了对这点略加体会，我们可以观察一下他最著名的表述如何通过上下文获益。比如，他会让关键字词延续到新的一行开头，使其处于醒目位置："拉上门栓，看住她。"[5] 但谁来看住看守者自己呢？[6] 在一段铿锵的哀叹中，他表示罗马人民曾经有权选出将军、执

---

[1] 《讽刺诗》10.204-6。

[2] 《埃涅阿斯纪》6.617，"(忒修斯)坐着，并将永远坐着"(Sedet, aeternumque sedebit)。尤维纳尔的表述是"(阳具)委顿着……并将委顿下去"(iacet …iacebit)。见 Jenkyns, Three classical poets--Sappho, Catullus, and Juvenal, Duckworth, 1982, p205——译注

[3] 《讽刺诗》10.258-272。

[4] 参见《埃涅阿斯纪》2.506-558。——译注

[5] 《讽刺诗》6.347-8。

[6] 'pone seram, cohibe' sed quis custodiet ipsos custodes，在"看守者"(custodes)前换行。——译注

政官和军团指挥，现在却"只急于得到两件东西／面包和竞技"。[①]在第10首讽刺诗中，他以雄辩家的恰当方式结束论证："那么，人没有应该祈求的东西了吗？"不，有的，那就是"心灵和身体的健康"。[②]在此处，这不完全是公共中学的理想，就像看上去那样。他曾说，如果你必须祈求些什么，如果你想要经历献祭肚肠和香肠的过程（对宗教仪式的不屑描绘），那就祈求这个吧。诗人在情感上是不情愿的：希望至少你的心灵和身体能正常。但作品不失高贵：诗歌结尾向往的美德更看重劳动而非奢侈，并超越了愤怒和欲望。崇高的斯多葛主义和讽刺贬低间形成了强大的张力。

写实主义是尤维纳尔的讽刺技巧之意。他命令道："称一称汉尼拔"，看看那位伟大将领有多重？[③]亚历山大大帝对世界的有限感到不满，但他将不得不满足于石棺里的空间。[④]这种写实主义和视觉性结合起来。罗马人的胜利看上去到底什么样？诗人展现了破坏与不幸：残破的盔甲和马车，悲惨的俘虏。[⑤]如果汉尼拔作为胜利者进入罗马会是怎样的情景呢？大象背上坐着个独眼龙。[⑥]尤维纳尔对细节拥有敏锐的观察能

[①] 《讽刺诗》10.80-81。
[②] 《讽刺诗》10.346-66。
[③] 《讽刺诗》10.147。
[④] 《讽刺诗》10.168-72。
[⑤] 《讽刺诗》10.133-7。
[⑥] 《讽刺诗》10.157-8。

力,而且常常融入幻想:爱乐者的手在里拉琴上滑动,戒指熠熠放光;[1] 罗马夜间的"瞭望窗"既透出烛光,又让胆战心惊的行路人不得安宁;[2] "被下水道养肥的"狗鱼从地下进入了城市中心。[3][4] 在腐败的军事委员会面前,申诉者看到了"士兵的皮靴和架在长椅上的肥胖小腿",[5] 我们仿佛和他一起紧张地注视着地面。满是尘垢的课本被比作它们的作者,贺拉斯褪了色,维吉尔被烟灰染黑。[6] 有的段落展现了纯粹的美:"仅凭香味就能让你吃饱的苹果,仿佛来自永远是丰收季节的淮阿喀亚人,或者从赫斯珀里得斯姐妹那里偷来……"[7] 但这些苹果只在盛大宴会上献给主人和他的贵客,最低等人的桌子上只有一块烂水果。尤维纳尔对现代讽刺理念的贡献要超过其他任何古代作家。他是诗人中最有讽刺精神的,也是讽刺诗人中最具诗意的。

---

[1] 《讽刺诗》6.380–82。

[2] 《讽刺诗》3.275。

[3] 《讽刺诗》5.104–6。

[4] 原文为 aut glacie aspersus maculis Tiberinus,意为"因冰块而布满斑点的台伯河鱼",对于这是何种鱼类,学者们意见不一。Clausen 认为 glacie 当作 glaucis(灰色的),觉得"灰色斑点的鱼"应该是鲈鱼。Bradshaw 同样认为是鲈鱼,但他保留了 glacie,指出斑点是因为这些鱼逆流而上时感染了水霉病,被古人错误地归因于由冰块造成的。——译注

[5] 《讽刺诗》16.13–14。

[6] 《讽刺诗》7.226–7。

[7] 《讽刺诗》5.149–53。

第十一章
CHAPTER 11

两部小说

古代世界没有18世纪以来在西方文化中如此重要的现实主义小说。就像我们已经看到的,最早的散文体虚构作品是色诺芬的《居鲁士的教育》,但它的历史模式没有吸引其他作家。很久以后,希腊人发展了传奇小说:在这些故事中,男孩和女孩坠入爱河,然后被分开。在遭遇了艰难和历险后,他们终成眷属。海盗、强盗、异域旅行、监狱、折磨和强奸威胁是这类作品的标准元素。五部此类作品完整地保留下来,时间从公元前1世纪到公元3或4世纪。其中一部特别短小,但因为温柔和淳朴而与众不同。那就是隆戈斯(Longus)的《达夫尼斯与克洛娥的田园故事》(*Pastoral Tale of Daphnis and Chloe*,公元2世纪末或3世纪初),它散发出真正的魅力,尽管活力略有不足。这部作品的伟大历史意义在于,它把散文体田园传奇的理念留给了后世的欧洲,是菲利普·西德尼爵士(Sir Philip Sidney)的《阿卡迪亚》(*Arcadia*)和托马斯·洛奇(Thomas Lodge)的《罗萨琳德》(*Rosalind*)的鼻祖,后者又成为莎士比亚的《皆大欢喜》的模板。

另一部作品篇幅更短,而且性质完全不同,它也许是公元前1世纪末最富想象力和最扣人心弦的希腊语散文虚构作品,那就是约翰的《启示录》(我们对他的了解完全来自该书,他显然不是第四福音书的作者),后来成为《圣经》的最后一书。这是一部虚构作品,描绘了可能是作者本人"经历"的幻想事件,像但丁的《神曲》那样使用第一人称叙述。它类似犹太人的启示录作品,但远远超越了其他我们知道的例子。我们还可以将其与《牧人书》(Shepherd)进行比较——公元2世纪的一部基督教异象作品,叙述者自称赫尔马斯(Hermas)——后者要苍白和松散得多。令人信服地描绘死后世界极其困难,特别是天堂。约翰的绝妙想法专注于上帝本人和崇拜行为,从而让天堂居民的思想从自身的幸福转向外部和他者。作品中心处的末世恐怖是其最著名的部分,但更不寻常的是最后新耶路撒冷从天而降的画面,一幕灿烂的和平与欢乐异象。故事走向了终极的启示或完美之光,除了一两部最伟大的作品,比如《伊利亚特》《俄瑞斯忒亚》和《理想国》,在古典文学中几乎找不到能与之媲美的作品(也许在所有时代都寥寥无几)。

只有两部拉丁语小说留存下来,其中仅一部是完整的,但两者都是杰作而且都独一无二,找不到任何相似作品。首先是佩特罗尼乌斯(Petronius)的《萨梯里卡》(Satyrica,常用的书名Satyricon源于误解,即"Satyrica的"十卷内容)。书名意为"萨梯式的故事",让人产生对刺耳、猥亵和性放纵的联想。作品似乎诞生于尼禄时代,我们很自然地会猜测作者就是那个以担任尼禄"风雅仲裁"(arbiter of taste)闻名的佩特罗尼乌斯。但塔西陀在对这个能干而玩世不恭的酒色之徒做性格描摹时并未提到他写过什么东西,如果此人的确是《萨梯里卡》的作者,那么这种沉默就变得意味深长:小说这种低俗的体裁被认为不值得写入哲性历史。整个"特里马尔基奥(Trimalchio)的宴会"部分和几个相当长的片段流传了下来。小说可能很长,我们手头只是其中很小的一部分。

故事由恩科尔皮乌斯(Encolpius)用第一人称讲述,这个人物结合了在古代很少见,但在 20 世纪非常流行的两类形象,即反英雄和狡诈的叙述者:他受过教育而且老于世故,是个寄生虫和小偷,我们通过他冷静而睿智的眼睛看待小说情节。故事似乎描绘了他与不忠的娈童吉通(Giton)和对头阿斯库尔托斯(Ascyltus)的漫游——这三个名字都带有性暗示。[①]主人公受到不举的困扰,他在故事中似乎遭到男性生殖神普利阿普斯(Priapus)的追击(戏仿了荷马史诗中波塞冬对奥德修斯的追击)。作品的一些(也许是很多)部分非常下流,特里马尔基奥宴会的社交喜剧可能是非典型部分。作品中的另一个角色是坏诗人欧墨尔波斯(Eumolpus),但遵循闹剧的无厘头做法,

---

① "恩科尔皮乌斯"意为"在胸部"或"在大腿";"吉通"意为"邻居";"阿斯库尔托斯"意为"不受干扰"或"不知疲倦"。——译注

佩特罗尼乌斯安排他用浮华的风格讲述了一个关于以弗所寡妇的阴森而滑稽的故事。[1]这是古典文学中最好的短篇故事之一：它在很小的篇幅内展开了一个生动的故事，并有一两处转折，这点类似回头浪子的寓言，但此外别无共同之处。

特里马尔基奥曾经是个奴隶，后来变得极其富有。佩特罗尼乌斯让他的财富多得令人感到荒谬：他计划在西西里买下土地，以便在自己的土地上从那不勒斯走到非洲[2]（我们可以对比沃德豪斯 [P. G. Wodehouse] 笔下的美国大亨，此人求购肯特郡和萨塞克斯郡，并等待着报价被接受）。但佩特罗尼乌斯不仅会幻想，而且善于观察。作为全面的性格研究，特里马尔基奥的形象在古代散文体虚构作品中独一无二。他是一大堆矛盾的结合体，但那是天性使然——他想要采取某种态度，但无法决定选哪个。他有时对奴隶非常严厉，有时则持我们从塞涅卡那里听到的高尚哲学观：奴隶是人，和其他人喝同样的奶。[3]他带来的银骷髅展现了这种混乱：他感伤地对人的渺小慷慨陈词，但那种昂贵的材料宣示着他的重要性。[4]他表示人们应该在宴席上谈论文学，[5]不过他为自己写的墓志铭既傲慢又庸俗："有德、勇敢而真诚，他出身卑微，留下了三千万塞斯特

---

[1] 《萨梯里卡》111-2。
[2] 《萨梯里卡》48。
[3] 《萨梯里卡》71。
[4] 《萨梯里卡》34。
[5] 《萨梯里卡》39。

斯，从不听哲学家的话。"[1]

有时，佩特罗尼乌斯让他变得比正常情况下更加风趣——除非我们假设他的风趣是无意的：在愚蠢地大谈占星术时，他表示出生在摩羯座下的人长着"顽固的脑袋、无耻的额头和尖锐的双角。许多学者都出生在这个星座下……"[2]大多数情况下他是个笑柄：此人迷信而自作多情，他的双关语非常幼稚，他的炫耀非常粗俗——他当众使用一把银夜壶，用奴隶的脑袋擦手。[3]他表示，自己有一百个杯子，上面如此精美地描绘了"卡桑德拉死去的孩子们，让你以为他们还活着"。[4]他渴望被爱，曾告诉自己的奴隶们，他准备在遗嘱中让他们获得自由，"好让我的家里人现在就像我已经死了那样爱我"。[5]他把一小块面包扔给狗，表示"我家里没有人更爱我"。[6]后来，带着喝醉后的多愁善感，他演练了自己的葬礼：他的裹尸布被带进来，他躺在一堆垫子上宣布，"假装我死了。说些好听的话"。[7]恩科尔皮乌斯觉得特里马尔基奥令人作呕和可鄙，但现代读者可能觉得此人身上有些讨人喜欢的地方。佩特罗尼乌斯的意图是什么？也许他希望我们与叙述者持不同意见，也许这又是一个

---

[1] 《萨梯里卡》71。
[2] 《萨梯里卡》39。
[3] 《萨梯里卡》27。
[4] 《萨梯里卡》52。
[5] 《萨梯里卡》71。
[6] 《萨梯里卡》64。
[7] 《萨梯里卡》78。

作者的创造性活力超越了他有意识构思的例子,创造出比他想要的更为丰富的效果。

较卑微的客人们快速、悲观而八卦的谈话也让故事变得生动。[①]有时,我们对口语语言了解不够,无法确定某种简洁的表达是陈词滥调还是生动发明:比如在谈到某个去世的人时,他们会说"他加入了大多数"。我们在这里第一次遇到了后来狄更斯笔下的萨姆·维勒(Sam Weller)用的转义法[②]:走失了斑纹猪的乡下人表示,"有时这样,有时那样"。[③]有的谈话旨在让人觉得厌烦,尽管佩特罗尼乌斯善于将乏味变得有趣。有个说话者似乎在感伤主义和传神的虚无主义之间摇摆不定:"亲爱的,我们只是会走路的皮囊。我们还比不上苍蝇……不过是泡泡。"恩科尔皮乌斯等人觉得此人十分讨厌,但小说中还是流露出意味深长的悲观,就像特里马尔基奥本人讲述的故事:他看见西比尔被吊在一个瓶子里,当孩子们问她想要什么,她回答说:"我想要死。"[④]

《萨梯里卡》并非完全没有文学祖先。贺拉斯讽刺过荒谬的

---

① 《萨梯里卡》41–6。
② 《匹克威克外传》中的人物,他和他的父亲喜欢引用套话或俗语,但总是文不对题,从而营造出幽默效果。比如在第27章,维勒回答说:"总之是好意,先生,是最好的动机,就像一位绅士遗弃妻子的时候说的,因为她和他在一起好像根本就不愉快呀。"——译注
③ 《萨梯里卡》45, modo sic, modo sic,意思是命运无常。——译注
④ 《萨梯里卡》48。

宴会，尤维纳尔也会这样做，[1]它还可能与墨尼波斯讽刺诗有一定关联。不过，它本质上似乎是完全原创的。它的核心处是冰冷无情的，也许我们可以称其为讽刺，但讽刺往往有道德立场，而佩特罗尼乌斯高调地反对这些。我们不该苛求他：《萨梯里卡》对规矩的强烈无视可能在篇幅较大的古代作品中独一无二。

唯一完整流传至今的拉丁语小说是阿普列乌斯（Apuleius）的《金驴记》（*Golden Ass*）。公元125年左右，作者出生在今天阿尔及利亚的马道洛斯（Madauros）。他还有其他作品传世，特别是《辩护篇》（*Apology*）和《英华集》（*Florida*），前者是他在受到行巫指控时为自己做的生动、渊博而奇特的辩护，后者收集了他演说中的华丽词句。但让他获得不朽的还是那部他本人很可能称之为《变形记》（*Metamorphoses*）的小说，尽管更为人所知的名字在公元4世纪已经被使用了。

小说的基本情节来自一个失传的希腊故事，只有删节版本存世：由于魔法实验失败，叙述者卢基乌斯被变成了驴，在最终变回人形前，他经历了形形色色的事件。作品的许多内容是他遇到的人讲的故事，其中最长的是丘比特与普苏克的故事，占据小说五分之一的篇幅。最后，阿普列乌斯完全脱离了自己

---

[1] 贺拉斯，《讽刺诗》2.8；尤维纳尔，《讽刺诗》5。

的模板：变回人形后，卢基乌斯看到女神伊西斯显圣，他通过了入教秘仪，作为僧侣定居在罗马的伊西斯神庙。

作品的开头节奏明快，从句子中间拉开帷幕："我愿为您编缀各种故事……"我们仿佛正被一个小贩搭讪，催促我们观看他的埃及莎草纸。叙述者随后解释说自己是希腊人，后来自学了拉丁语，这就是为什么他的语言听上去可能有点奇怪。这当然只是客套话，他很快就将自己的技艺与从一匹马跳到另一匹马上的马戏团骑手相提并论——换而言之，他是风格大师。事实上，塔西佗和阿普列乌斯称得上拉丁语散文风格最顶级的两位大师，他们各自发展出了极具个人特色的文风，但两人的区别不能再大了。塔西佗简练而不对称，阿普列乌斯对称而散漫。他喜欢结构松散的从句、重复的短语、动感的节奏和些许的韵律。他的措词是独一无二的大杂烩，集古词、口语、新造词和纯粹的异想天开于一身；他的叙事结合了强烈的活力和难以捉摸的美。喜剧和风格主义融为一体：当卢基乌斯向一个饶舌的老太婆打听某个人时，后者开了个不合时宜的玩笑，但卢基乌斯继续一脸严肃地用复杂而浮夸的方式问道："别开玩笑，亲爱的老人家，请告诉我他是个什么样的人，住在哪幢房子里。"[1] 后来，他爱上了一个脾气不好的女奴，原因是她搅拌锅中所炖食物的诱人方式，画面既迷人又荒唐。[2] 与历险相对应

---

[1] 《金驴记》1.21。

[2] 《金驴记》2.7。

的是精彩的固定套路描写：带有翅膀的雕像似乎飞了起来，身后是覆盖着苔藓的石窟，充满了闪亮的光影，[①]在阳光下熠熠生辉的一头金发，让蜂蜜的色彩相形见绌。[②]

阿普列乌斯兑现了在作品开头承诺提供的消遣，但作品的许多内容阴沉而怪诞。驴子不断被殴打和棒击，遭到各种危险和侮辱，包括险些被阉割以及被强迫以动物之身与女子交合。人们被尿浸透，或者身上溅满了粪便。许多角色以可怕的方式死去，无论是好人或者坏人。性与神圣，粗俗与优雅，恐怖、猥亵与浪漫被奇怪地融合在一起，通过风格与叙事的活力结合成整体。

在丘比特与普苏克的故事中，阿普列乌斯变得更加洛可可式、精致和迷人。[③]令人感到不协调的是，故事是由为一群强盗做饭的老妇人讲述的，我们可以比较维吉尔《农事诗》中普罗透斯讲述俄耳甫斯和欧律狄刻故事时用的优美而不协调的口吻。作者在这里令人惊叹地将不同基调融为一体。比如童话，故事以"在某个国家，从前有一位国王和王后"开头。事实上，普苏克是他们三个女儿中最年轻和最可爱的那个，她有两个坏姐姐，就像灰姑娘那样。又如柏拉图风格的神话，故事描绘了"心灵"（普苏克）与"肉欲"（丘比特）的结合。这还

[①] 《金驴记》2.4。
[②] 《金驴记》2.8。
[③] 《金驴记》4.28–6.24。

是一部希腊小说风格的传奇,女主人公经历了众多磨难,终于苦尽甘来。这个故事还包含了奥维德风格的喜剧,女神们的行为似乎受到了当时社会礼仪的制约。

在故事的中段,一位看不见的情人每晚来到普苏克身边,但警告她永远不要试图看到自己的容貌,否则就再也见不到他了。然而,在姐姐们的唆使下,她试图杀死情人。当她手持油灯来到床边时,发现那是爱神丘比特。随后出现了也许是拉丁语散文中最为优美的句子,令译者感到绝望,但尝试一下相当忠于原文的翻译也许还是值得的:

> 她看见那颗被仙酒陶醉的头颅上披着浓密的金发,在乳白色的脖颈和玫瑰色的脸颊上,一绺绺卷发被精致地梳理,一部分垂向前额,另一部分垂向脑后,如同闪电般放射出熠熠的光芒,甚至油灯的光芒也黯然失色。在长翅神明的肩头,羽毛透出露珠般的光泽,它们组成的花朵烁烁放光,尽管他的翅膀处于安息中,柔软而轻盈的细小羽毛末端仍在很不安分守己地微微舞动。①

事实上,这是精湛技艺的展示,是绮丽文句的华彩,就像

---

① 《金驴记》5.22。

丘比特的头发那样被自己的美陶醉。阿普列乌斯为"垂向前额"和"垂向脑后"发明了 antependulus 和 retropendulus 这对词，而被译成"精致地"的 decoriter 也是他独有的。不过，表面的展示并非全部，阿普列乌斯的观察还非常细致。羽毛组成了花朵，花朵烁烁放光，光泽犹如露珠：这里的语言既是幻想式的，又体现了精确的观察。它还探索了细节，比如细羽末端的微微颤动。普苏克迷醉的目光把我们带到了故事有情欲色彩的高潮，但高潮并非性或者人，而是落在羽毛上。就这样，肉体欲望同时被赞美和超越：人的激情、自然的美和神的显圣融为一体。令人吃惊的是，这是拉丁语文学中最富宗教色彩的时刻之一。它还是圣礼式的：一缕卷发和湿润的羽毛不仅是物质实在，也是丘比特显露超自然神性的方式。

学者们曾对小说最后部分的卢基乌斯精神转变感到困惑，因为它被认为与作品其他部分格格不入。也许这个问题更多属于批评家而非读者：和《农事诗》类似，《金驴记》的结尾与前文大相径庭，但奇妙的是又令人感到满意。无论如何，风格的改变也许不像人们常说的那么大。阿普列乌斯不像佩特罗尼乌斯那样沉湎于故事中猥亵的一面：无论显得多么活泼，他的叙事中总是带有黑暗色彩，直到最后沐浴在强烈的光芒中。在丘比特和普苏克的故事中，作者令人惊叹地将不同基调融为一体，如果意识到宗教性也是其中的一部分，那么我们就会觉得卢基乌斯的皈依在某种程度上已经埋下了伏笔。在最后一卷的前半部分，向伊西斯致敬的游行队伍兴奋而狂热，宗教和狂欢仍能携手而行。这是一段对异教徒崇拜中的宗教皈依独一无二的描写；从我们掌握的证据来看，除了基督教，此前的皈依体验仅限于哲学信仰，比如卢克莱修。阿普列乌斯可能在模仿基督徒，也可能我们在这里领略了别处看不到的异教徒宗教体验的世界。但无论阿普列乌斯的材料来自哪里，他都创造了完全属于自己的风格、基调和世界。

后　记

　　西方文明诞生于古地中海，建立在希腊人、罗马人和犹太人三个民族的文化之上——这些是老生常谈。古典文学的最高成就非常伟大。一部新近的哲学史指出，任何合格的最伟大西方哲学家名单必须包括四个名字，柏拉图和亚里士多德是其中的前两位。欧洲最伟大六位诗人的名单无疑应该包括荷马、埃斯库罗斯和维吉尔。如果要挑出最伟大的历史学家，我们很可能会选择修昔底德。古人开创了大部分重要的文学体裁，尽管我们理解的小说是个明显的例外。和布道文一样，忏悔式回忆录出现在古代晚期，标志是圣奥古斯丁（公元354年—430年）的《忏悔录》。

　　古人发明了那么多东西（不仅限于文学），我们也许会对他们没有发明某些东西感到惊讶。他们为何没有发明手推车、风车或者滑轮车？为何没有发明印刷术？后者的缺失限制了多种形式的写作。不可能有新闻业，也没有日记。我们也几乎找不到真正的大众文学，因为尽管可能有过写给大众的消遣作品,但除非抄工们不断抄录,它们无法留存下来。书籍昂贵的事实可能阻止了小众体裁的发展。没有侦探小说(次经中关于彼勒 [Bel] 的简短故事很难够格[1]),科幻小说(琉善的月球之旅只是诙谐幻想[2])或儿童文学(动物寓言是写给成年人的)。

因此,古典文学留下了足够多的新领域供后世作者探索(若非如此将是令人沮丧的),但我们不应据此认为它在风格、方法或观点上存在局限。我们受到了语言的羁绊。"古典"一词有几个常用义项,本书使用了其中之一,表示涵盖了下至公元 5 世纪中期左右的希腊和罗马文学。但这个词的源头是某些作品具有特殊权威的观念,以及希腊人和罗马人长久以来被视作有资格教导我们如何写作、雕塑、建筑和思考的事实。在另一种意义上,"古典"与"浪漫"相对,古典文学被认为最看重控制、规则、传统、纪律和形式美。

我们应该试图区分"古典"的不同含义,但它们很容易混为一体。从本书中可以清楚地看到,许多古代文学是"浪漫"的,无论在这个同样难以捉摸的词的何种意义上。经过对古典时代的盘点,我们也许还会惊讶于所有最伟大的古典作家多么具有原创性。这点值得强调,因为人们通常认为,古人不太注重原创。普遍的说法是,这些作家对自己所用的体裁,对每种体裁的规则或者说至少是预期具有强烈的意识。这种说法有一

---

[1] 《但以理书》(次经)14.5–22。——译注
[2] 琉善,《真实的故事》。——译注

定道理，但体裁的"规则"应该被理解成作者觉得合适和值得的写作方式，而非一套事先存在的命令，让他感觉是在被迫遵守（我们也许可以比较好莱坞史诗这种现代体裁，它同样拥有一些常用的规则或惯例，但仅仅是因为导演和观众喜欢它们，而非某个文化权威部门强加的）。当规则变成命令时（在古代也发生过），也就标志着创造的火花正在熄灭。我们看到，整个拉丁语文学都是后来者，处于希腊的阴影之下，但最优秀的拉丁语作家仍能设法做到原创。

这些就是后世的伟大灵魂们理解的事实。莎士比亚和弥尔顿，文艺复兴和巴洛克时期的建筑师，提香（Titian）和丁托列托（Tintorettto）没有觉得他们的古典素材限制了自己。古希腊人和罗马人是我们的父辈，他们总体上是好父母。健康的雏鸟将会离巢，最优秀古代作者（如果恰当欣赏的话）的成就之一是让我们能够自由翱翔。

图书在版编目（CIP）数据

古典文学/(英)理查德·詹金斯著；王晨译.-上海：上海文艺出版社.2016.8（2018.5重印）

（企鹅·鹈鹕丛书）

ISBN 978-7-5321-6130-0

Ⅰ.①古… Ⅱ.①理… ②王… Ⅲ.①古代文学史—西方国家②古典文学—文学评论—西方国家 Ⅳ.①I109②I106

中国版本图书馆CIP数据核字（2016）第161586号

Classical Literature

Copyright © Richard Jenkyns, 2015

First published in the English language by Pelican Books, an imprint of Penguin Books Ltd.

All rights reserved.

Simplified Chinese edition copyright© 2016 by Shanghai Literature & Art Publishing House

Published under licence from Penguin Books Ltd.

Penguin(企鹅), Pelican (鹈鹕), the Pelican and Penguin logos are trademarks of Penguin Books Ltd.

® "企鹅"及相关标识是企鹅图书有限公司已经注册或尚未注册的商标。
未经允许，不得擅用。
封底凡无企鹅防伪标识者均属未经授权之非法版本。

著作权合同登记图字：09-2016-168

出 品 人：陈 征

责任编辑：肖海鸥

书　　名：古典文学
作　　者：(英)理查德·詹金斯
译　　者：王 晨
出　　版：上海世纪出版集团　上海文艺出版社
地　　址：上海绍兴路7号 200020
发　　行：上海文艺出版社发行中心发行
　　　　　上海市绍兴路50号 200020 www.ewen.co
印　　刷：上海盛通时代印刷有限公司印刷
开　　本：787×1092 1/32
印　　张：10.625
插　　页：2
字　　数：198,000
印　　次：2016年8月第1版 2018年5月第2次印刷
I S B N：978-7-5321-6130-0/I·4898
定　　价：49.00元
告 读 者：如发现本书有质量问题请与印刷厂质量科联系　T: 021-37910000